U0883126

本书出版得到广西民族大学“广西一流学科”中国语言文学学科建设经费资助。特此鸣谢。

五四复调

疑古思潮与白话文学史的建构

陈岸峰 著

中国社会科学出版社

图书在版编目(CIP)数据

五四复调：疑古思潮与白话文学史的建构 / 陈岸峰著. —北京：中国社会科学出版社，2020.5（2020.9 重印）

ISBN 978-7-5203-6038-8

Ⅰ.①五…　Ⅱ.①陈…　Ⅲ.①新文学（五四）—文学史—研究
Ⅳ.①I209.6

中国版本图书馆 CIP 数据核字(2020)第 033155 号

出 版 人　赵剑英
责任编辑　慈明亮
责任校对　王　龙
责任印制　戴　宽

出　　版　中国社会科学出版社
社　　址　北京鼓楼西大街甲 158 号
邮　　编　100720
网　　址　http：//www.csspw.cn
发 行 部　010-84083685
门 市 部　010-84029450
经　　销　新华书店及其他书店

印刷装订　北京君升印刷有限公司
版　　次　2020 年 5 月第 1 版
印　　次　2020 年 9 月第 2 次印刷

开　　本　880×1230　1/32
印　　张　8.125
插　　页　2
字　　数　183 千字
定　　价　48.00 元

凡购买中国社会科学出版社图书，如有质量问题请与本社营销中心联系调换
电话：010-84083683

版权所有　侵权必究

目　录

序

我与陈岸峰教授相识于香港浸会大学，后来又在香港大学再度成为不同部门的同事，从时间上说，倒也有八九年光景了。说来既奇怪却又毫不意外，我们原来见面的次数总的加起来，可能并不超过五回，一方面固然是因为我们在工作和生活上的负担都很沉重，另一方面也可能是我们在性格上，都有一种自甘于孤独的倾向吧，所以我们都把社交有意无意地减到最少。要知道，现在的所谓学术和文化界中人，颇不乏以鼓吹交际应酬、自我营销和将学术与文化假普及之名而行市场化之实的大腕，他们都很吃得开，但大多名实不符。我有理由相信这种现象已成为无须多辩的主流。可能是我与岸峰都有着相对于其他惯于归宗入派、集体成家的学者们，更为独立和自由的精神和思想吧，我们对于这种社交式，甚至是武林式的学术交流，态度一向是比较冷淡的。而我和他之间的沟通，一般就通通电话，谈的都以业务为主，偶尔吐吐工作和生活上的苦水，却从来也不觉得有什么不圆满。君子之交淡如水，水却是流动鲜活的；流水不腐，不是很好吗？我想真正的学者，他们之间的交往，重要的并不在于密切与否，而是在于各自对学术的真诚程度。选堂师说的求正、求是和求真，大抵是每一位有诚意的学者都会认同的处世态度，有此基础，就能成为朋友。而我和岸峰，就是朋友。

在学术和文化工作方面，我是非常敬佩岸峰的。在今天中华文史的学术界一味强调专业，以专家为重的时候，他却是一位罕有的少数派，做学问竟不赶时髦，以打通为己任。当今学林，遍地专家，但吾师选堂先生以为其中多有不通者，因此，他一方面自嘲无家可归，另一方面却又诱导学生要不分家。依我看，岸峰治学其实也是朝着不分家的方向走的，他以中国文学研究为主，堪称是一位卓有成绩的中国文学史家，但细分他曾经涉足过的课题，不难发现他其实是宜古宜今的。试问现在能有多少个四十多岁的博士、教授，可以在中国现当代小说、中国文学史、香港文学、中国古典文论与文学批评、明清诗学等领域，都有所著述，都有学术上的建树呢？岸峰就是这样年轻有为的一位学者。他在沈德潜诗学研究、20 世纪中国文学史的学术史研究和现当代中国小说研究、文学史、魏晋文学及杜诗学等几方面，都有专门的著述面世，如果把这几本书连接起来读，相信可以证明我上面说的打通这一点。最少他可以算是从古典文学一直打通到现当代文学的一位充满着学术热诚的学者，再加上他对西方的比较文学理论和文学史理论也十分娴熟，并能恰到好处地运用于他的各个研究课题里，同时也能恰如其分地自我克制，没有一般比较文学出身的学人常见的那种在研究中国文学时西风硬压东风、喧宾夺主的过火表现，的确难能可贵。

眼前这部《五四复调：疑古思潮与白话文学史的建构》书稿是岸峰在中国文学史研究方面的一部重要著作。从这些研究我们可以看出岸峰在文学史研究方面的成就；毋庸置疑，他在相关领域的研究与学术史上，已经作出了重要的贡献。首先谈一谈他的选题。以我所知，在他之前还没有学者曾认真地以胡适的《白话文学史》和顾颉刚的疑古史学之间的关系，作为核心的研究考察的范畴，从而清楚揭示晚清民初以来学术思潮的重大流变；因此说岸峰是一位长于开辟新课题的学者，当不为过。约十多二十年前，我也曾经用力于研究澳门这个特殊地方的文学发展历程，后有《澳门文学史初稿》一书行世，该书的选题当时也属草创，研究和撰述的过程备极艰辛，多有不足为外人道的地方，因此我自信是颇能体会岸峰研究时的甘苦，任何一个新题目，都不是容易做的。胡适的《白话文学史》可能是“五四”时期最前卫的其中一部文学史的书写。胡氏几乎把一切他认为已死的文学，主要是旧体文学和许多古代名家的文学打入另册，重新标榜他所主张的历代白话文学，并为之编写通史，他这样做的目的，恐怕就是要彻头彻尾地颠覆传统的中国文学史和中国文学史的传统，从而建构他心目中新的中国文学史传统，并为这种传统重新定位，以争正统。《白话文学史》对 20 世纪以来中国人认识自己的文学传统这一方面，影响至巨，但胡适在此书及他一系列的文学史论述背后的根源思想何在，却一向乏人探究。岸峰却能不辞劳苦，以学术思想史的角度，把晚清以来一系列的疑古和反传统浪潮中的头面人物如王闿运、廖平、吴虞、康有为、梁启超、章太炎等，由时间到空间，勾勒出一条胡适所受影响的真正脉络，继而考索胡氏对他的学生顾颉刚在《诗经》研究方面的疑古影响和传承史实，得出崔述—胡适—顾颉刚这样一条非常清晰可信的文学史疑古关系线和崔氏对新文学阵营有重大影响等新颖的结论，以上是他在这部书里纲领性论述方面的贡献，成绩可喜可贺。而他在研究这个课题时，方法论方面的表现也十分恰当，既有历时性的历史考证，追源溯流，条分缕析，也有共时性的比较研究。他出入于胡、顾二氏常用的历史研究法、古史与传说的层累造成说、杜威的实验主义的简化和中国化、作为白话文学史学方法论的疑古史学、民间文学理论以及白话文学史与民族主义的关系等理论、方法与方法论，举重若轻，并率先把上述这些理论、方法与方法论，与胡、顾二人建构新的中国文学史传统的重要关联论述清楚，使我们读后不得不承认这是一项学术上的建树。最后要指出的是，岸峰在整部书的论述中，表现出了反对单元或简单二元论的论述，处处主张多元、歧异等存在的更为真实的历史事实，着实超越了一般学者，尤其是许多走红于今日标榜“洋为中用”的某些比较文学学者。我研究晚清民国文化史，前后也有二十多年了，也曾有一两本书面世，可说是累积了一点经验，所以我有理由相信，这部书乃一本自成体系的文学史学，以至于晚清民国学术思想史的著作。

岸峰为学通古今、贯中西，加上治学风格严正，极为重视学术上的规范化要求，全书注释清楚明白，征引书目又极详尽，非时下一般大大小小以巧取豪夺他人研究成果为术的“学人”可望其项背的。我确信这是一部有益的著作。谨在此祝贺岸峰。

郑炜明（香港大学饶宗颐学术馆副馆长）

摘　　要

因为政治原因、学术分科以及惯性的沿习，胡适与顾颉刚在疑古思潮的影响下而建构的白话文学史，一直为学界所忽略。

衰颓的清末民初重新激起了存在已久的疑古思潮，胡、顾以杜威的实验主义与中国固有的疑古思潮结合的方法论，建构起了白话文学史。《诗经》的论争揭开了批判、重构传统的序幕，此中顾颉刚关于《诗经》与歌谣的研究，将作为“经典”的《诗经》转化为白话文学的源头，意义重大，而其论证之具体、详密，堪称之为白话文学史建构的奠基石。胡适的《白话文学史》中的所谓“民间文学”的内容及论证一直以来人们褒贬不一，而其对明、清文人小说创作的考证几成为“民间文学”的典范，真正为人所忽略的“民间文学”却是一直名不见经传于白话文学史的顾颉刚所挖掘、整理的孟姜女故事与歌谣。其成果丰硕，而其所引起的对民间文学的挖掘与探索风气，在白话文学史建构的意义上，至关重要。

由此可见，胡适作为理念的提出者，与顾颉刚之成为理念的实践者，乃两人在白话文学史上的合作与互补的位置。疑古思潮与白话文学史的建构，是在20世纪初的风雨飘摇的大时代下以胡、顾为首的知识分子的重估传统所促生的崭新白话文学传统，既是一种独特的文学史书写形态，同时亦是对传统的一种发明，而并非非理性的全盘反传统。

总括而言，白话文学史的建构并不止是传统学术或文学史的理念论争，而是牵涉更为复杂的时代、政治，以至于思想史的因素。

第一章

疑古思潮与白话文学史的建构

一 前言

文学史的书写并非止于记录文学的发展及其演变，同时亦昭示一个民族的过去与未来，甚至蕴含了该民族的集体记忆，以“维持一个社群与身份的共同感觉”（to support feelings of community and identity）。[①] 文学史之编写，一方面，是为记录文学的发展脉络，作家的作品因此无论是否不再存世，或为任何因素（如政治）干扰而禁毁，其作品与文学的观点均可延续下去；另一方面，文学史之编写也可为后来者鉴，唯有如此，文学创作才有发展与突破的生机。故此，“五四”时期的“文学革命”，具体便是白话文学史的建构，这是一场综合文学、历史，以及思想史的重大革命。历来有关白话文学史的建构，均大体侧重于文学层面，而长期忽略“五四”期间史界的关键人物，亦即同为疑古史派主帅的胡适与顾颉刚在理论上的探索与

① David, Perkins, “The Functions of Literary History,” *Is Literary History Possible*, Baltimore: The Johns Hopkins UP, 1992, p. 180.

实际白话文学资源上的开发。

1. 粗疏与沿袭

文学史作为史学的一种，要有一定的事实依据才能下判断实属必然，然而沿袭前人的文学史书写内容及其模式并非尊重“客观事实”，而是缺乏创见。学术研究并非创作，我们当然不能凭空想象，然而学术研究更应注重新问题与新范例的创发，别将问题简单化，不然将一池死水，了无生气。例如，胡适乃白话文学的主帅，首揭新文学革命的大旗，他的白话文学史观改变了中国文学的发展，当然他的一言一论都极重要，然而很少有人注意到他最推崇的文学盛世却竟然是元代，他认为当时之文学“言文合一”，“白话几成文学的语言”；而元代的关汉卿等剧作家当然亦是他力捧的白话文学正宗。① 而他这个观点的出处并不幽僻，就在著名的《文学改良刍议》一文当中。这是一篇几乎是所有“现代文学史”的编写者与胡适研究者均必读的文章，然而没人提及这一重要的观念，② 亦没有人予以质疑。我们都知道，元代的国祚短暂而且兵荒马乱，当时汉族备受蒙古统治者的歧视，文人的地位更是位列第九等的卑微地位。故此，除了极少数被纳入朝廷的汉族文人如赵孟頫等之外，其他绝大多数的文人均绝意仕途；至于有才华者为了谋生不得已而流落勾栏，故而杂剧成为元代的文学主流。然而，除

① 胡适：《文学改良刍议》，北京师范大学中文系现代文学教学改革小组编《中国现代文学史参考资料》第1卷上册，高等教育出版社1959年版，第50页。

② 顾颉刚亦曾注意到元曲的问题，他说：“……以前有人认为元曲之兴乃源于元代以词曲试士，则无实证可凭。”顾颉刚：《唐代诗歌、小说之盛由科举投献来》，《顾颉刚读书笔记》第1卷，联经出版事业公司1990年版，第4470—4471页。

了杂剧之外，元代其他的文类则成就不高，几成中国文学史的定论。① 故此，胡适将元代文学视为中国文学史上之最盛的朝代，其见解相当独特，却难以令人信服，而他代表的又是新文学革命的主要发言人，故而他的这一文学史观便非常值得我们重视，以至于质疑。这并不是说历来都没有如此观点者，就断定胡适的观点必然是荒谬。我们必须探索为何他会提出这样的一个截然不同于时流的文学史观？其论断是有合乎逻辑的论证，还是故作惊世骇俗的革命语言？② 这对于理解胡适的整套文学史观都是非常重要的一个观点，而这一观点亦牵涉整个“现代文学史”的发展。这都是值得大书特书、深入探讨的一个重要课题。然而，几乎在所有的“中国文学史”的元代部分、“现代文学史”的专著或有关胡适的文学史研究中，胡适所提出的这一观点均未曾为人所注意。此例子的疏忽说明学者沿袭前人的论见而缺乏自己在资料堆中爬梳、整理、发现的耐心，以及提出新观念的期待与勇气。

---

① 在由柳存仁、陈中凡、陈子展等八人合著的《中国大文学史》第 857 页中，元代文学史只占了 55 页，见柳存仁等《中国大文学史》，上海书店出版社 2001 年版。刘大杰指出：“……在文学史的观点上，元代却是一个重要的时期，因为在这个新政治的局面下，在这个旧精神旧信仰的崩溃下，文学得到了新的发展的机运和自由，它可以从旧的圈套和旧的束缚中解放出来，前人视为卑不足道的民众文学，大大地抬起头来，代替了正统文学的地位，而放出了异样的光彩。”话虽如此，其实刘大杰所称誉的只是元代的散曲、杂剧而已，至于古文诗词以至于小说，刘氏则认为是“承袭前代的作品，跳不出唐宋诸贤的圈子。……至于元代的白话小说，多为宋代话本的拟作，没有伟大的作品。”见刘大杰《中国文学发展史》下册，百花文艺出版社 1999 年版，第 234 页。

② 蒋星煜注意到了胡适关于元杂剧、南戏与传奇的观点，却有如下结论：“胡适对于元杂剧、南戏、传奇发表了许多看法，有的有新的见解，但在分寸掌握上失去平衡，许多优缺点、长短处都说过了头，感情激动，而缺乏理论的依据和科学的分析。”蒋星煜：《胡适论元杂剧与明清传奇》，《中国古代、近代文学研究》1993 年第 1 期。

2. “疑古思潮”在“现代文学史”中的缺席

综观而言，有关新文学运动的研究的范围，大致如下：第一，新文学运动的性质。论者着重的是，新文学运动究竟是文艺复兴？还是启蒙运动？或是两者皆非？[①] 第二，新文学运动与古典文学的关系。早年曾有王瑶的零星论文论及[②]；近年之论述则较着重于晚清以来的古典文学及其与白话文运动之角力。[③] 第三，探讨个别文学家与学者与新文学运动的关系，或个别作家作品及其思想的研究。[④] 第四，关于文学史的书写。这方面因基于政治立场的不同，故而对新文学运动的性质以及个别作家的评价均截然不同，譬如王瑶的《中国新文学史稿》以及 1949 年之后的现代文学史，或如夏志清的《现代中国小说史》及其所引发与普实克的论争。[⑤] 在上述的四个论述范畴

---

① 例如 Vera Schwarcz, *The Chinese Enlightenment: Intellectuals and the Legacy of the May Fourth Movement of* 1919 (Berkeley: University of California Press, 1986)；余英时等：《五四新论：既非文艺复兴，亦非启蒙运动》，联经出版事业公司 1999 年版。

② 参见王瑶《论鲁迅作品与中国古典文学的历史联系》《论现代文学与中国古典文学的历史关系》《“五四”时期对中国文学传统的价值重估》诸文，收入《中国现代文学史论集》，北京大学出版社 1998 年版。此外亦可参见王瑶《关于中国古典文学问题》，上海古典文学出版社 1956 年版。

③ 如 David Der-wei Wang（王德威），*Fin-de Siècle Splendor: Repressed Modernities of Late Qing Fiction*, 1849-1911 (Stanford: Stanford UP, 1997)。

④ 关于这方面的论述，最著名的应算 T. A. Hsia（夏济安），*The Gate of Darkness: Studies on the Leftist Literary Movement in China* (Settle: University of Washington Press, 1968); Leo Ou-fan Lee, *Voices from the Iron House: A Study of Lu Xun* (Bloomington: Indiana University Press, 1987)。汪晖：《反抗的绝望》，久大文化股份有限公司 1990 年版；钱理群：《周作人论》，人民文学出版社 1991 年版。

⑤ Jaroslav Průšek, “Basic Problems of the History of Modern Chinese literature and C. T. Hsia, *A History of Modern Chinese Fiction*” & C. T. Hsia, “On the ‘Scientific’ Study of Modern Chinese Literature—A Reply to Professor Průšek,” in *The Lyrical and the Epic*, ed. Leo Ou-fan Lee (Bloomington: Indian UP, 1980), pp. 195-230, 231-266.

中，对于以顾颉刚为首的疑古史派对白话文学史建构的思想背景、方法以及其在文学史、学术史以至于思想史上的意义，在目前的现代文学史，① 或者有关白话文学史的研究中，② 均未有足够的深入探讨或深刻的认识，甚至可以说是完全被忽略。

直至目前为止，并未见有任何将“疑古思潮”与胡适及顾颉刚建构白话文学史的关系的专著。目前学界主要还是将“疑古思潮”置于史学的范畴，将胡、顾两人并称为“疑古派”的，唯有周予同与许冠三而已。③ 而且，现在的论著一提起疑古学派，必定首举顾颉刚，而胡适却反而敬陪末座，更多的是连陪坐的份儿都没有。④ 故此，方有学者提出如下的证据以说明胡适在《古史辨》与疑古思潮中的重要性：

> 胡适在《古史辨》上发表文章持续到1933年第六册出版，他对古史辨派的贡献不容忽视。尤其重要的是，在古史

---

① 无论是大陆，还是港、台方面的中国文学史，均忽视了疑古思潮与白话文学史的关系，如王瑶《中国新文学史稿》，上海文艺出版社1982年版；林志浩主编《中国现代文学史》，中国人民大学出版社1995年版；唐弢、严家炎主编《中国现代文学史》，人民出版社1996年版；钱理群、温儒敏、吴福辉《中国现代文学三十年（修订本）》，北京大学出版社1998年版；司马长风《中国新文学史》，昭明出版社1978年版；尹雪曼《中国新文学史论》，中央文物供应社1983年版；大鹏《传递白话的圣火：少年胡适与中国文艺复兴运动》，骆驼出版社1996年版；连燕堂《从古文到白话：近代文界革命与文体流体》，中央民族大学出版社2000年版。

② 例如高大鹏《传递白话的圣火：少年胡适与中国文艺复兴运动》，骆驼出版社1996年版；连燕堂《从古文到白话：近代文界革命与文体流体》，中央民族大学出版社2000年版。

③ 周予同：《五十年来中国之新史学》；许冠三：《新史学九十年》上册，香港中文大学出版社1986年版，第133页。

④ 有学者认为20世纪80年代的大陆学界大多数的人都已不认为胡适是疑古学派中人，“而极少谈到胡适”。见张京华等《二十世纪疑古思潮》，学苑出版社2003年版，第265页。

> 辨派创立初期，胡适实际上具有规划、领导的作用。即使在顾颉刚提出“层累说”之后，胡适也仍然是古史辨派的思想导师。在顾颉刚提出“层累说”的同时，胡适提出了“缩短”与“拉长”的“两阶段说”。既然胡适在古史辨派“内部”具有创立此一理论的“资格”，那么“两阶段说”就应当与“层累说”一样被视为古史辨派早期的重要概念而与“层累说”平行并举。[①]

所谓“古史辨”学派，是以疑古辨伪为特征的史学派别。长期以来，学界都把顾颉刚作为这一史学派别的创立者，这自然是不错的，但应该指出的是：胡适乃“古史辨”学派的启示者和支持者，没有胡适，就不会形成“古史辨”学派。[②]

其实，早在20世纪20年代的钱基博已犀利地指出胡适乃承王闿运（壬秋，1833—1916）、廖平（季平，1852—1932）、吴虞（又陵，1872—1949）、康有为（广厦，1858—1927）与梁启超等清末疑古学派的一脉而崛起，[③] 并在“五四”期间的学术界间风云际会，掀起了翻天覆地的文学革命。而在1950年左右，晚年的胡适亦曾以英文撰写了一篇关于疑古的文章，题目是：*The Important Role of Doubt in Chinese Thought*（《中国思想中怀疑

---

① 有学者认为20世纪80年代的大陆学界大多数的人都已不认为胡适是疑古学派中人，“而极少谈到胡适”。见张京华等《二十世纪疑古思潮》，学苑出版社2003年版，第267页。

② 季维龙：《胡适与顾颉刚的师生关系和学术情谊》，沈寂主编《胡适研究》，安徽教育出版社2000年版，第226页。

③ 钱基博：《四版增订识语》，《现代中国文学史》，岳麓书社1986年版，第509—510页。

所扮演的重要角色》)。[①] 由此印证“疑古思潮”在胡适思想中的重要位置，从而亦正可佐证胡适与顾颉刚师生二人在《古史辨》中的思想导师与实践者的位置。

二　疑古思潮与反传统思潮的关系

1. “疑古思潮”述略

“疑古”究竟有何实指？路新生指出：

> 这个词是由动词“怀疑”和名词“古史”复合而成的一个词，它的意思应当是指对古史的真实性表示怀疑。这种怀疑，落实于治学，往往以“辨伪”的方式表现出来，所以，如果将讨论的范围限定在“学术”以内，我们可以说，“疑古”也就是“辨伪”。又因为怀疑的对象——“古史”实包含着有关古史记载的文本典籍和古史本身两个方面，因此，“疑古”或者说“辨伪”一词也就包含了对有关古史记载的文本典籍的真实性的怀疑和对古史本身的真实性的怀疑这两方面的内容。[②]

① Hu Shih (胡适), “*The Important Role of Doubt in Chinese Thought*” (《中国思想中怀疑所扮演的重要角色》), 周质平编《胡适未刊英文遗稿》(*A Collection of Hu Shih's Unpublished English Essays and Speeches*), 联经出版事业公司 2001 年版，第 626—650 页。

② 路新生：《自序》，《中国近三百年疑古思潮研究》，上海人民出版社 2001 年版，第 1 页。

在中国近三百年的学术思想史上，疑古思潮出现过三次：明清之交一次，清初一次，“五四”前后即中国现代史上一次。[①] 而叶忆如则认为历代疑古辨伪思想可依五四运动划分为两点：第一，为传统经典间冲突的疑古辨伪思想，以经今文学为代表。第二，为五四反传统的疑古辨伪思想，以西方输入的史观与科学的治学方法为代表。[②]“五四”以后，新文化运动的狂飙席卷中国，对中国传统文化进行全面的价值重估，成为新文化运动的重要组成部分。疑古思潮就在这样的时代氛围中勃兴，成为带有制约着思想界总体走向的一种社会思潮。所以，路新生认为就以对社会现实所产生的影响和冲击程度而言，在疑古思潮发展史上，又以“五四”前后即中国现代史上的那一次疑古思潮的涌动为最大最深。[③] 至于“五四”以后对疑古思想乃至疑古思潮的总结工作，则可分为两部分：一是搜集、整理历史上有关疑古思想和思潮的史料；二是撰写关于疑古思想和思潮的“史”的著述。[④]

疑古在史学上的影响，巨大而深远，而在文学方面的影响亦是具体而又为人所忽略，而白话文学史的建构就是疑古思潮在“五四”期间的一个意外的巨大收获。

---

① 路新生：《自序》，《中国近三百年疑古思潮研究》，上海人民出版社2001年版，第2页。

② 叶忆如：《顾颉刚古史神话观研究》，硕士学位论文，高雄师范大学国文研究所，1993年。

③ 路新生：《自序》，《中国近三百年疑古思潮研究》，上海人民出版社2001年版，第3页。

④ 同上书，第4页。

2. “疑古思潮”与清末民初的反传统思想

清末民初的思想界，曾兴起一股激烈的反传统思潮。① 而这一反传统思潮，又与国族之日益衰落有莫大关系。梁启超曾说：“唤起吾国四千年之大梦，实自甲午一役始也。”② 而同时梁启超又在《新民说》的“进步”中说：“破坏，仁矣哉！”“其破坏者，又有踵起而破坏之者，随破坏而随建设，甲乙相引，而进化之会乃衔于无穷。”1930 年 9 月《游学译编》第 10 期上的一篇名为《民族主义之教育》中有如下“破坏”的价值观：“夫善言革命者，当天下之不欲急急于破坏，而日日与之言破坏。……其用在于群，群天下之思想而为有意识之破坏。其事主于积，积天下革命之材力，而为有价值之破坏。”③ 诗人柳亚子则说：“我待要山河破，把祖国新造。”④ 刘师培亦有诗云：“群龙无首他年事，好与驱除万恶斗。”⑤ 清末民初的反传统思潮，于焉可见一斑。

在有关反传统的论述中几已成经典的林毓生的 *The Crisis of Chinese Consciousness*：*Radical Antitraditionalism in the May Fourth Era* 通过对陈独秀、胡适、鲁迅三人的分析得出一个结论：所

---

① 关于这方面的论述，除了可参见 Lin Yusheng，*The Crisis of Chinese Consciousness*：*Rradical Antitraditionalism in the May Fourth Era* 与汤一介编的《论传统与反传统：五四 70 周年纪念文选》之外，还可参见王元化《论传统与反传统》，《传统与反传统》，上海文艺出版社 1990 年版，第 6—30 页；王汎森《古史辨运动的兴起》，允晨文化 1987 年版，第 1—21 页。

② 梁启超：《改革起原》，《戊戌政变记》，中华书局 1954 年版，第 133 页。

③ 《民族主义之教育》，《辛亥革命前十年间时论选集》第 1 卷上册，生活·读书·新知三联书店 1962 年版，第 407 页。

④ 杨天石、刘彦成：《南社》，中华书局 1980 年版，第 37 页。

⑤ 同上书，第 38 页。

谓“全盘反传统主义”（totalistic antitraditionalism，totalistic icononclasm），[①] 认为中国传统必须而且可以整体地加以抛弃。他进而指出，这是新文化运动中（或以后）一种支配中国知识界相当普遍的心态。[②] 此结论引起相当多的商榷。[③] 究竟清末民初的反传统是否如林毓生所言的一面倒？

“五四”运动中的“传统”与“反传统”的关系是非常复杂的，实非如林毓生该书的“全盘反传统”的论定那么简单。我们要提出的是，现有的研究过于“系统化”“二元化”，我们要打破的就是“齐整”说，要凸显的是多元而复杂的历史真相。在钱基博的《中国文学史》与《现代中国文学史》的开端，我们均可以看到如下他在关于“执古”与“骛外”的论争之外指出的“会通派”：

> 吾人何为而治文学〔史〕耶？曰：智莫大于知来。来何以能知？据往事以为推而已矣。……而文学史者，所以

① Lin Yusheng, *The Crisis of Chinese Consciousness: Radical Antitraditionalism in the May Fourth Era*, pp. 85, 89, 91-92.

② 参见章清《传统作为“知识资源”的失落》，《二十一世纪》1999 年 12 月总第 56 期。

③ 林毓生《中国意识的危机》中的“五四”时期的“全盘反传统”之说在中国大陆备受学界关注，然而招来的都是质疑与反对。例如王元化便认为林毓生写作该书的理论模式是作为先决条件提出来的，而这些先决条件本身是有待论证的。详见王元化《论传统与反传统》，《传统与反传统》，上海文艺出版社 1990 年版，第 17 页以及第 30 页注 5；而王瑶亦说：“‘五四’时期对传统文学的‘重新估定价值’绝不是简单粗暴的‘全盘否定’传统……”见王瑶《“五四”时期对中国传统文学的价值重估》，《中国现代文学史论集》，北京大学出版社 1998 年版，第 344 页。余英时则认为五四运动虽然以提倡新文化为主旨，而其中仍不免杂有旧传统的成分。见余英时《五四运动与中国传统》，汪荣祖编《五四研究论文集》，联经出版事业公司 1979 年版，第 113—124 页。

见历代文学之动，而通其变，观其会通者也。民国肇造，国体更新；而文学亦言革命，与之俱新。尚有老成人，湛深古学，亦既如荼如火，尽罗吾国三四千年变动不居之文学，以缩演诸民国之二十年间；而欧洲思潮又适以时澎湃东渐；入主出奴，聚讼盈庭，一哄之市，莫衷其是。榷而为论，其弊有二：一曰执古，一曰骛外。何以骛外？欧化之东，浅识或自菲薄，衡政论学，必准诸欧；文学有作，势亦从同，以为“欧美之学，不异话言，家喻户晓，故平民化。太炎、畏庐，今之作者，然文必典则，出于尔雅；若衡诸欧，嫌非平民。”又谓：“西洋文学，诗歌、小说、戏剧而已。唐宋八家，自古称文宗焉；倘准则于欧美，当摈不与斯文。”如斯之类，今之所谓美谈；它无谬巧，不过轻其家丘，震惊欧化，降服焉耳。不知川谷异则，民生异俗，文学之作，根于民性；欧亚别俗，宁可强同？李戴张冠，世俗知笑；国文准欧，视此何异。必以欧衡，以诸削足；屦则适矣，足削为病。兹之为弊，谥曰“骛外”。然而茹古深者又乖今宜；崇归〔有光〕、方〔苞〕以不祧，鄙剧曲为下里，徒示不广，无当大雅。兹之为弊，谥曰“执古”。知能藏往，神未知来，终于食古不化，博学无成而已。①

其所抨击的“执古”与“骛外”的两种极端现象，实际所指的是当时拥护旧文学者如林纾等人与胡适等新文学运动领导者之间的角力、论战。现在，我们取其观点，旨在说明现在学

① 钱基博：《现代中国文学史》，岳麓书社1986年版，第8—9页。

界对“五四”新文学革命的一种普遍结论，不就是“古典”与“革命”，或“传统”与“反传统”的二元思维，其实均过于简化了当时的实际情况。至少，在当时钱基博心中，他就是超然于“执古”（传统）与“骛外”（反传统）之外的“会通”派，当然还包括其所友好的“学衡派”中人。①

在此我们必须问的是，“传统”是什么？究竟胡适与顾颉刚是如何理解“传统”？

西方中的“tradition”涵盖的内容遍及文化一切，而汉语的“传统”在用语上除了与 tradition 相应之外，还有“先后相望”“承担继绍”的价值意涵。② 故而“传统”一词既是名词，亦同时是具有传承意味的动宾结构，即所谓的：

> 儒者传经，释者传灯，薪传喻师徒相传，圣人道人匠人皆有所传，传而成谱系有宗有主谓之统。③

传统在一般的论述中看来，既博大，又遥远，而且抽象。在很多时候，“传统”被等同于“过去”。在胡、顾等新文学阵营中人看来，在很大程度上“传统”就是等同于“过去”，正如他们所攻击的“传统”，往往就是指涉“封建”。故而他们反“封建”，其实亦就是反“传统”；而他们反“传统”，实际上就是亟于否定“过去”，肯定他们的“当下”。其实，“传统”

---

① 有关“会通派”的相关论述，可参见徐葆耕《〈会通派如是说——吴宓集〉前言》，《解析吴宓》，社会科学文献出版社 2001 年版，第 23—43 页。

② 黄继持：《中国文学传统：现代文学行程中之审思》，《现代化·现代性·现代文学》，牛津大学出版社 2003 年版，第 28 页。

③ 同上书，第 27 页。

并非铁板一块，“传统”具有动宾结构的功能，这是指一个有动能的系统。“传统”就好像绵绵不绝的河流：从远观，它静默无声，然而内在血脉流畅；从近观，它又汹涌澎湃。故而身在“传统”的动能量很强的时候，胡、顾他们就看到了“传统”汹涌澎湃的狰狞一面。当“五四”的热情过后，渐离“传统”的他们，或又怀念起“传统”温馨的一面。

“传统”在长远来说，平静而稳定，它既在默默变化，而又不是骤变。故而中国的传统的向心力很强，一切非传统可容纳的事物皆无法进入“中心”而被强大的向心力抛出。然而，“传统”亦有如冬天的黄河一样结了冰，一段时间之内失去了活力的时刻。这就是胡、顾等人眼中的“传统”。故而这样的“传统”在彼等眼中变成了固定的物体，而不见其流动的属性。亦因为这样，方有所谓的“五四”时期的全盘反传统之说。[①]就是在如此的氛围底下，他们将传统“对象化”而视为他们要“整理”的“国故”。其实，必须指出的是自清末至“五四”短短的几十年之间，“传统”的崩溃的速度可抵得上几百年，其快速正如李鸿章所言的“数千年来未有之变局”，确为中国历史上所罕见。然而，对于在当时视“传统”为阻碍进步、国族沦丧之基本原因的“五四”文人而言，他们唯恐传统崩溃得太慢。罗志田指出：

---

① 关于反传统的最著名之作应首推如下著作：Lin Yusheng, *The Crisis of Chinese Consciousness*: *Radical Antitraditionalism in the May Fourth Era* (Madison: University of Wisconsin Press, 1979)；汤一介编：《论传统与反传统：五四70周年纪念文选》，联经出版事业公司1989年版。然而，从以林毓生的专著与汤一介编的论文选来看，几乎所有论者均没注意到疑古思潮与反传统思想的关系因而缺乏给予应有的论述。

……他们的基本目标是力图“民族或国家的整体目标与价值体系”，以“指向一个风格不同的未来”，他们的反传统恰是出于民族主义的关怀。[①]

此种激烈的反传统精神自“五四”之后一直延续下去而没有得到适当的疏导，故而方有后来的“文化大革命”，除了继续打倒“孔家店”，更具体化至一切代表“封建”的建筑物的摧毁，以致人伦纲常的撕毁断裂。

以下，我们要论述的是胡适与顾颉刚如何在疑古思潮的反“传统”基础上建构起白话文学史。

三　以胡适与顾颉刚作为中心的意义

1. 疑古思潮对胡、顾的影响

钱基博在其《现代中国文学史》的《四版增订识语》中指出该书增订版“有郑重申叙，而为原书所未及者三事”，[②] 其中之一即是将胡适及其所领导的新文学运动的非周薄孔的言行上溯至王闿运、廖平、吴虞、康有为、梁启超这一“疑古非圣”的传承系统，并为此疑古传统而勾勒出一条地域的脉络：

疑古非圣，五十年来，学风之变，其机发自湘之王闿

① 罗志田：《序论》，《民族主义与近代中国》，东大图书股份有限公司 1998 年版，第 17 页。

② 钱基博：《现代中国文学史》，岳麓书社 1986 年版，第 509 页。

> 运：由湘而蜀（廖平），由蜀而粤（康有为、梁启超），而皖（胡适、陈独秀），以汇合于蜀（吴虞）：其所由来者渐矣，非一朝一夕之故也。①

由此可见，胡适在当时的学者如钱基博眼中，确是“疑古非圣”中的重要一员，故而备受攻击；顾颉刚则因仍是学生而又未曾在学术界崭露头角而得以幸免。除了王闿运之外，后世称之为大师或革命先驱的这批人物，在钱氏笔下，全部沦为丑角，几乎无一幸免。此等为钱氏所攻击的人物有一共通的特色，即均为反传统的人物。

胡、顾二人当时堪称“疑古”的旗手，以下文字基本最能表达胡适的疑古思想：

> 现在先把古史缩短二三千年，从《诗三百篇》做起。“将来等到金石学，考古学发达上了轨道以后，然后用地底下掘出的史料，慢慢地拉长东周以前的古史。至于东周以下的史料，亦须严密评判，“宁疑古而失之，不可信古而失之”。②

为什么要“疑古”呢？顾颉刚则认为：

> “疑古”是因为“信古”的成见压服了固有的理性，这种成见成为一种毒焰而存留于古代学术界，长久下去，

① 钱基博：《现代中国文学史》，岳麓书社1986年版，第510页。

② 顾颉刚编著：《古史辨》第1册，上海古籍出版社1982年版，第22—23页。

科学的研究是提倡不起来的。①

……想我幼年时，看着书中的话，虽也常常引起怀疑，但总以为这是经过前代学者论定的，当不致有大错。常说考证之业到清儒而极，他们已经考证清楚了，我们正可坐享其成，从此前进探求事理之极则，不必再走他们的老路了。后来怀疑了古书古史，也只以为唯有古书古史是充满着靠不住的成分的。哪知这年做了几个小题目的研究，竟发现近代的史籍，近人的传记也莫不是和古书古史一样的糊涂，再看清代人的考证时，才知道他们只是做了一个考证的开头。从此以后，我对于无论哪种高文典册，一例地看它们的基础建筑在沙滩上，里面的漏洞和朽柱不知道有多少，只要我们何时去研究它就可以在何时发生问题，把它攻倒。②

其实，“疑古”与“信古”之别只在于前者是以理性的、批判性的方法作学术整理，而后者只是一种懒性的因循；而两者更重要的分别则在于对“历史”的态度，前者只是将“历史”视为一种书写，或不同时代的官方意识形态的一种呈现，而后者则视“历史”为真理，或一种至高无上的权威。相对于“五四”时期的视传统为“封建”的象征，胡、顾他们的学术研究处处强调的是“理性”与“科学”。

然而，无论他们怎样强调“理性”与“科学”，胡适与顾

① 顾颉刚：《瞎子断扁的一例——〈静女〉》，《古史辨》第3册，上海古籍出版社1982年版，第518页。

② 顾颉刚：《自序》，《古史辨》第1册，转引自彭明辉《疑古思想与现代中国史学的发展》，商务印书馆1991年版，第131—132页。

颉刚在疑古的传承方面，在远的一面他们乃深受姚际恒、崔述、郑樵等疑古大师的影响，最直接的影响则来自当时的国学大师康有为与章太炎。在当时，康有为与章太炎乃经今古文大师，占据了清末民初思想界的中心地位。[①] 除却经学门派之不同外，康氏自称“南海圣人”，乃孔教的拥护者，称孔子为教主，此举招来胡适这样的嘲讽：

> 有些人还以为孔教可以完全代表中国的古文化；所以他们至今还梦想孔教的复兴；甚至于有人竟想抄袭基督教的制度来光复孔教。[②]

顾颉刚则认为孔子并没想过当圣人，只是想做个君子而已。[③] 章太炎亦同样反儒教，故而只视孔子为良史家而已。康有为主维新，拥帝制；章太炎倡革命，戮力排满。相同的是，康、章两人均为反传统的重要人物。然而，两人却针锋相对地论争起来。顾颉刚就是在《国粹学报》上看了康、章之争而又受了钱玄同的启发，受其鼓舞，以古文家的话批评今文家，以今文家的话批评古文家。顾颉刚在《古史辨》的自序中曾指出康有为与章太炎之争，仍是今古文经师间的互相诋毁，乃是一种“党见”。[④] 又说：

---

① 余英时：《五四运动与中国传统》，汪荣祖编《五四研究论文集》，联经出版事业公司1979年版，第114页。

② 胡适：《〈国学季刊〉发刊宣言》，《胡适文存》第2集，亚东图书公司1953年版。

③ 顾颉刚：《孔子惟欲作君子》，《顾颉刚读书笔记》第1卷，联经出版事业公司1990年版，第493页。

④ 汪荣祖：《康章合论》，联经出版事业公司1988年版，第23页。

> 清代朴学本已脱离孔学而即于科学，但大家还必奉孔子，不敢径向科学上走，所以有专奉孔子的今文家出来，想把科学打倒，自称正统。实在说起来，到朴学时，孔子的偶像原可推倒了。①

汪荣祖指出，关于康、章之争，学界有几（两）种错误观念：经今古文之争；因为认定了康、章之争为经今古文之争，而推出经今古文分别为“变法”与“革命”两种政治运动的思想背景。② 这的确是一针见血的论定。康有为的《新学伪经考》与《孔子改制考》两书，实际上是对作为传统的儒学与孔子的角色的改造，为的是达到其政治上的目的。③ 始料不及的是其思想却被意图完全不同的反传统者接受，而其尊孔的意图却被剔除，从而发展成为一个纯粹反传统的运动。④ 至于章太炎，现在虽被视为传统的代言人，他对新文化运动亦不无微言，然而他在胡适、顾颉刚等人未进入学术界之前已是反传统的主将。⑤ 例如，1904

① 顾颉刚：《朴学为推倒孔学之渐》，《顾颉刚读书笔记》第1卷，联经出版事业公司1990年版，第478页。

② 汪荣祖批评的是杨向奎《试论章太炎的经学和小学》（《历史学研究》，1979年9月，第68页）；与李泽厚《章太炎剖析》（《中国近代思想史论》，第387页）。详见汪荣祖《康章合论》，联经出版事业公司1988年版，第23—25页。

③ 汪荣祖：《康章合论》，联经出版事业公司1988年版，第74页。有关康有为及其《新学伪经考》与《孔子改制考》两书的论述，参见朱维铮《中国经学史十讲》，复旦大学出版社2002年版，第178—183、192—209页。

④ 王汎森：《从传统到反传统》，《中国近代思想与学术的系谱》，河北教育出版社2001年版，第103页。

⑤ 同上书，第107—108页。有关章太炎的思想，参见王汎森《章太炎的思想》，时报出版公司1985年版。萧公权认为就引发怀疑传统而言，康有为确实导致儒学的式微。见Hsiao，*A Modern China and a New World*，p. 131. 转引自汪荣祖《康章合论》，联经出版事业公司1988年版，第75页。

年的《国粹学报》就曾刊出许之衡的一篇文章，对章太炎言论的影响力有如下描述："余杭章氏《訄书》，至以孔子下比刘歆，而孔子遂大失其价值，一时群言，多攻孔子矣。"① 钱基博也认为："章炳麟诸子学略说攻孔子最有力。"②康有为、章太炎所代表的阵营及两者之分别在于，康氏以传统来反传统，为的是建立"真儒学"与维新变法③；章氏则以传统反传统，为的是革命，当然亦包括革康有为的托古改制的命。有学者认为，康、章"对传统思想所作的'破坏效果'（subversive effects），虽非绝后，显然是空前的。"④ 然而，彼等的反传统与胡适、陈独秀等的反传统在本质上又截然不同。原因很简单，传统在康、章而言，只是一种达到政治上的目的，而彼等并非如胡、陈等人的激烈反传统，以至于波及历史、文化以及意识形态。故而在后来，康、章又从批判传统而转向拥护传统。⑤

另外，余英时却看到了康、章两人在疑古思潮的传承上的重要位置：

---

① 《国粹学报》乙巳年（1905年）60号"社说"。转引自王汎森《古史辨运动的兴起》，允晨文化实业股份有限公司1987年版，第24—25页。

② 钱基博：《现代中国文学史》，岳麓书社1986年版，第60页。

③ 相关论述可参参见萧公权《近代中国与新世界：康有为变法与大同思想研究》，汪荣祖译，江苏人民出版社1997年版，第35—82、83—117页；汪荣祖：《康章合论》，联经出版事业公司1988年版，第76页。

④ 汪荣祖：《康章合论》，联经出版事业公司1988年版，第72页。

⑤ 同上书，第117页。当然，康有为与章太炎是否真的从清末的反传统而到了民国又回归拥护传统真是一个相当复杂的问题，有时候甚至表面与内在思想都是不为外人所能了解的。汪荣祖以上对康、章思想转变的诠释是一说法，龚鹏程则指出问题的复杂性，可参见龚鹏程《传统与反传统——以章太炎为线索论晚清到五四的文化变迁》，中国古典文学研究会主编《五四文学与文化变迁》，学生书局1990年版，第1—40页。

> 今古文之争就其思想的内容而言，在“五四”时代虽已成既陈刍狗，但由于这一论争所激发出来的疑古辨伪精神却在“五四”以后得到了进一步的发展。中国传统在两千年中所逐步造成的庄严形相，开始被揭破了。①

> 五四运动打破传统偶像的一般风气颇导源于清末今古文之争，而且它的许多反传统的议论也是直接从康、章诸人发展出来的。②

而且，亦有学者指出康有为、章太炎对胡适、陈独秀在学术上的影响与传承关系。③ 其实，梁启超与钱穆早就指出五四运动的反传统精神其实深受康、章影响的事实。④ 故此，胡适在《中国哲学史大纲》上卷的《自序》中最感谢的就是章太炎。蔡元培为胡适此书作序时指出该书的四种长处：第一，辨别真伪；第二，断自老子、孔子；第三，平等对待诸子；第四，系统的研究。余英时指出，蔡元培指出胡适谈的这四种长处，其实是综合了康、章二氏考经论子的方式，⑤ 并称《中国

① 余英时：《五四运动与中国传统》，汪荣祖编《五四研究论文集》，联经出版事业公司1979年版，第115页。

② 同上。

③ 有关这方面的论述可参见汪荣祖《康章合论》，联经出版事业公司1988年版，第111—117页；龚鹏程：《传统与反传统——以章太炎为线索论晚清到五四的文化变迁》，中国古典文学研究会主编《五四文学与文化变迁》，学生书局1990年版，第16—17页；陈平原甚至为从章太炎到胡适之间的学术传承而扩写了专著，见陈平原《中国现代学术之建立——以章太炎、胡适为中心》，北京大学出版社1998年版。

④ 余英时：《五四运动与中国传统》，汪荣祖编《五四研究论文集》，联经出版事业公司1979年版，第115—117页。

⑤ 同上书，第117页。

哲学史大纲》之面世为“史学革命”。[①] 至于顾颉刚，他亦清楚地表示自己乃受了章太炎的影响。[②] 在疑古思潮上的这种薪火相传上，顾颉刚亦相当清楚，他在《阮元明堂论》中道出胡适与崔述在疑古上的传承关系：

> 适之先生考井田，就曾说：发现时代以观递相增益之痕迹及其与先后诸说交互影响之关系，吾等读之，遂知无数井田材料尽由孟子数言演绎而来，于是此极完备之井田制度乃不劳攻击而自然倒坠。然用此种历史演进之眼光而续古书者，二千年来不一、二见也（以我所见，仅崔述所著之《经传禘祀通考》为完全用此种方法者）。[③]

由此可见，在从晚清转至“五四”的疑古思潮上，胡适确是占有极重要的位置。胡适在疑古思潮上，不只是范围上的打通学科的限制，亦不只是方法论上的中、西结合，而更重要的是具有颠覆旧典范、开创新典范的勇气与魄力。

在胡适的指导之下，顾颉刚在《诗经》的研究上，先后接触了历史上几位怀疑《诗经》的重要人物，依研究次序分别为姚际恒（立方，1647—约1715）、崔述（武承，1740—1816）及郑樵（渔仲，1104—1162）。早在1914年春，顾颉刚便曾钞录姚际恒的《古今伪书考》，并为其作序，由朴社出版。顾颉

① 余英时：《〈中国哲学史大纲〉与史学革命》，《中国近代思想史上的胡适》，联经出版事业公司1994年版，第71—77页。

② 顾颉刚：《自序》，《古史辨》第1册，上海古籍出版社1982年版，第23页。

③ 转引自叶忆如《顾颉刚古史神话研究》，硕士学位论文，高雄师范大学国文研究所，1993年。

刚曾论及《古今伪书考》的价值为：“一、干脆（不怕武断）。不是研究，而是指导。二、敢疑经（比宋、明进步）。三、书名好（能给人一刺戟）。”1920 年，顾颉刚着手进行编撰《伪书疑书目》。1920 年 11 月，胡适在《询姚际恒著述书》[①] 中，询问顾颉刚何以《清籍考》里不见姚际恒，并想寻求姚氏的《九经通论》，由此而开启了顾颉刚的《诗经》研究。顾颉刚指出姚氏敢于提出“古今伪书”的名目，敢将《易传》《孝经》《尔雅》等经书置放在伪书里，对于初学者的影响极为深远。而且，姚氏的疑古精神似乎更为可贵，因为他不但敢批判宋代的学术权威朱熹，而且敢批判汉代的学术权威郑玄；不但敢疑“传、注”，敢于疑“经”。姚氏如此激烈地批判传统，难怪顾颉刚叹服地称赞姚氏为伪书的集大成者。更重要的是，姚氏学识渊博，能以经、史、子、集中的资料释经，再加上其对古器物的认识，在清代学术界中，堪称独树一帜。然而，顾颉刚对姚氏亦有所批判，他认为姚氏“所辨的伪，只是著作人的伪，不是著作内容的伪——征事的确实与否。”[②] 顾颉刚又指出姚氏在辨伪方法上亦有缺点：第一，以文辞的工拙定真伪；第二，以后世著述之成法檃栝古籍。[③] 顾颉刚自 1923 年 8 月点校姚际恒的《诗经通考》，直至 1958 年 12 月，该书才由北京中华书局出版。

---

① 胡适：《询姚际恒著述书》，《古史辨》第 1 册，上海古籍出版社 1982 年版，第 1 页。

② 顾颉刚：《答〈询姚际恒著述书〉书》，《古史辨》第 1 册，上海古籍出版社 1982 年版，第 3 页。

③ 顾颉刚：《答书（附〈古今伪书考跋〉）》，《古史辨》第 1 册，上海古籍出版社 1982 年版，第 9—10 页。关于顾颉刚与姚际恒在“诗经学”上的传承与批判，参见林庆彰《姚际恒与顾颉刚》，《中国文哲研究集刊》1999 年第 15 期。

至于崔述，顾颉刚曾于《国朝先正事略》的《崔东壁先生事略》中得知崔述“整理古代史实，刊落百家谬妄”。直至1921年，顾颉刚之真正进入崔述的疑古世界，亦是由于胡适的关系，从而多方追寻崔述的著作。1931年，正值顾颉刚随燕大国研所赴河北访古而抽暇到大名访问，归后他便与洪业合写《崔东壁先生故里访问记》一文。这次收获有崔氏墓碑碑文记载、从广平县杨家得崔述遗著四种。其后，顾颉刚前后花费十余年标点、整理《崔东壁遗书》，1936年由上海亚东图书馆出版。此后，他不断对此书作出修葺与润饰，1983年由上海古籍出版社再印修正版。《战国秦汉间人的造伪与辨伪》即乃顾颉刚《崔东壁遗书》写的序；再版时，由其弟子王煦华据其遗稿续成汉代以下部分。1935年，钱穆为《崔东壁遗书》作的序有如下一段话：

> 初，胡君适之自海外归，唱为新文化运动，举世奔走响应唯恐后。胡君于古今人多所评骘，少所许，多所否，顾于东壁加推敬，为作长传，曰《科学的古史家崔述》。流布仅半篇，然举世想见其人，争以先睹遗书为快。胡君友钱君玄同，读东壁书，自去其姓而姓疑古，天下学人无不知疑古玄同也。而最以疑古著者曰顾君颉刚……深契东壁之治史而益有进，为《古史辨》，不胫走天下。①

由此可见胡适、崔述及顾颉刚三人在疑古史上的关系，亦

① 钱穆：《序》，崔述著，顾颉刚编订《崔东壁遗书》，上海古籍出版社1983年版，第1047页。

可见崔述的疑古思想对新文学阵营中人的影响。

崔述辨伪古史的方法是本其宋学的卫道精神和汉学的考据方法。顾颉刚的“古史层累说”即源于崔述“世益晚则其采择益杂”“其世愈后则其传闻愈繁”的观点。崔述的另一个长处是“了解古事的性质”，懂得故事怎样的演变（传闻）和怎样的解释（曲说），其以故事印证古史亦影响到顾颉刚。顾颉刚领受崔述的治学方法与辨伪古史的成果，抛却“尊孔卫圣”的包袱，以故事传说演变的眼光来建构层累说，比崔氏更深入地粉碎古史的黄金世界。然而，顾颉刚认为崔述的缺点在于信仰经书和孔、孟太过，杂糅先入为主的成见，其著书的目的在于维护圣道，而辨伪只是手段。[①] 顾颉刚将其归纳为两点：第一，其著书的目的是要替古圣人揭出他们的圣道王功，辨伪只是手段。所以他只是儒者的辨古史，不是史家的辨古史；第二，他要从古书上直接整理出古史迹来，也不是稳妥的办法。因为古代的文献可征的已很少，我们要否定伪史是可以比较各书而判定的，但要承认信史便没有实际的证明。[②] 顾颉刚自述崔述对其影响包括以下两点：第一，古史层累说；第二，引故事印证古史、战国诸子伪造古史、过细而间多的为学态度；然而，崔述“考诸经以信史”与顾颉刚“求于史以疑经”是为不同路线。[③]

---

① 顾颉刚：《自序》，《古史辨》第1册，上海古籍出版社1982年版，第46页。

② 顾颉刚：《与钱玄同先生论古史书》，《古史辨》第1册，上海古籍出版社1982年版，第59页。

③ 顾颉刚：《耄学丛记帐（二）：予与崔述辨史目的不同》，《顾颉刚读书笔记》第10卷，联经出版事业公司1990年版，第7863页。关于顾颉刚在疑古思想上对崔述的传承与批判，可参见路新生《崔述与顾颉刚》，《历史研究》1993年第4期（8月）；邱丽娟《崔述与顾颉刚疑古历程的比较研究》，《台南师院学报》1999年第32期。

对顾颉刚具有重要影响的另一古代学者，则乃北宋末南宋初的郑樵。[①] 他第一本接触郑樵的书乃其《通志》，此书涉及的范围极广。郑樵虽然是在顾颉刚所接触的疑古人物中的最后一位，却因为其批判性与原创性而令顾颉刚对他最早作出研究。他这样称赞郑樵的学术：

> 郑樵的学问，郑樵的著作，总括一句话，是有科学的精神。他所最富的精神，就是中国学术界最缺乏的精神。他尊重实验，打破士人与工人的界限，……他做一种学问，既会分析（如《艺文略》《六书略》等），又会综合，即会通（如《天文志》《动植志》），又会比较（如诗与歌比，华文与梵文比），又富于历史观念，能够疑古，又能够考证；又富于批评精神，信信疑疑，不受欺骗。[②]

对于郑樵卓绝的议论和勇气，使顾颉刚一方面研究其思想，另一方面研究《诗经》，故而启发了他“对《诗经》的怀疑”“离开了齐、鲁、韩、毛、郑五家的传统说法”，找寻《诗经》的真义。顾颉刚因辑集《诗辨妄》，进而广罗郑氏的生平事迹与著作，曾作《郑樵传》与《郑樵著述考》二文，及后发表在北京大学出版的《国学季刊》第一期、第二期上。[③] 顾颉刚辑集的《诗辨序》，于民国 22 年（1933）7 月，由北平朴社

---

① 有关郑樵的《诗经》研究，参见赵制阳《郑樵〈诗经〉论文评介》，《孔孟学报》1996 年第 9 期。

② 顾颉刚：《郑樵学术》，《顾颉刚读书笔记》第 1 卷，联经出版事业公司 1990 年版，第 457 页。

③ 顾颉刚：《我是怎样编写〈古史辨〉的？》，《古史辨》第 1 册，上海古籍出版社 1982 年版，第 11 页。

出版。

顾颉刚这样总结三位清末的疑古学者给予他的不同启迪：

> 崔东壁的书启发我“传、记”不可信，姚际恒的书则启发我不但“传、记”不可信，连“经”也不可尽信。郑樵的书启发我做学问要融会贯通，并引起我对《诗经》的怀疑。（所以我的胆子越来越大了，敢于打倒“经”和“传、记”中的一切偶像。）①

由此可见清末以降的疑古思想对顾颉刚以至于《古思辨》的影响。以上三位学者对顾颉刚的影响是疑古思想的启蒙，而最直接而具体的影响，他自言是来自他的老师胡适与钱玄同。

关于胡适与顾颉刚在短时期内可以成为知音的原因，季维龙列出五个原因，包括：第一，两人都出身书香门第；第二，两人都有国学基础，故而有共同的语言；第三，两人都喜欢考据；第四，疑古思想对两人的影响；② 第五，在当时破旧立新的思潮中，两人在方法上所见略同。③

---

① 顾颉刚：《我是怎样编写〈古史辨〉的？》，《古史辨》第 1 册，上海古籍出版社 1982 年版，第 12 页。其实，在疑古思想对顾颉刚具有影响力的还有南宋的王柏（会之，1197—1274）。顾颉刚于 1922 年在上海购得王柏所著的《诗疑》。王柏“对于《诗经》的本文作直接的研究”令顾颉刚大受刺激。然而或许是因为王柏认为《诗经》中有几十篇本应由圣人删掉而没删之迂见，而令顾颉刚后来在《我是怎样编写〈古史辨〉的？》中没再提及他。详见顾颉刚《重刻〈诗疑〉序》，《古史辨》第 3 册，上海古籍出版社 1982 年版，第 406—419 页。然而，顾颉刚还是替王柏辑集了《诗疑》，于 1930 年由朴社出版。

② 详见刘俐娜《顾颉刚学术思想评传》，北京图书馆出版社 1999 年版，第 215 页。

③ 详见季维龙《胡适与顾颉刚的师生关系和学术情谊》，沈寂主编《胡适研究》，安徽教育出版社 2000 年版，第 226 页。

胡适多次表示他之所以考证《红楼梦》《水浒传》等小说，只是希望教人一种思想学问方法，养成“疑而后信，考而后信，有充分证据而后信”① 的习惯。这种思想除了体现在其文学史理念中，也深深地影响了作为学生的顾颉刚。在《古史辨》第1册的《自序》中，顾颉刚这样述及胡适对其在思想上的冲击：

> 胡适之用《诗经》作时代的说明，丢开唐、虞、夏、商，迳从周宣王以后讲起，这一改把我们一班人充满着三皇五帝的脑筋骤然作一个重大的打击。②

顾颉刚又这样再论及胡适在方法论上对他的影响：

> 适之先生带回了西洋的史学方法回来，把传说中的古代制度和小说中的故事，举了几个演变的例，使人读了不但要辨伪，要去研究伪史的背景，而且要去寻出它的渐渐演变的线索。③

所谓的“历史方法”，胡适在1921年6月30日的日记中有以下说明：

---

① 胡适：《介绍我自己的思想》，《胡适文存》第4集，亚东图书公司1953年版，第623页。

② 顾颉刚：《自序》，《古史辨》第1册，上海古籍出版社1982年版，第36页。

③ 同上书，第78页。

历史的方法——“祖孙的方法”。他从来不把一个制度或学说看作一个孤立的东西，总把它看作一个中段，一头是它所以发生的原因，一头是他自己发生的效果；上头有它的祖父，下面有它的子孙。捉住了这两头，他再也逃不出去了。①

因为胡适在疑古思想上对顾颉刚的影响而令他对疑古史上的许多人物都发生了兴趣，顾颉刚这样谈及胡适对他说的一番话，足见他俩在疑古思潮上的传承关系：

适之先生又谓姚际恒、方玉润可以正朱子之《二南注》而于《邶》以下诸国风，则又坚执非淫诗。盖疑古之家往往不能彻底，故郑樵《诗辨妄》于毛、郑忽褒忽贬，若无王也。②

就这样，在疑古的基础上，他们比疑古的先驱更深入、更具体，而且亦疑得更彻底，并因此而切切实实地为20世纪的中国学术与白话文学史做出一番大事业。

2. 胡、顾的“文学”与“文学史”观念

将“疑古思潮”与白话文学史的建构挂钩，其实亦就是疑古思潮的辨伪方法所产生的推翻既有的典范而重新建构新典范

---

① 胡颂平：《胡适之先生年谱长编》，联经出版事业公司1984年版，第2册，第459页。

② 顾颉刚：《疑古之不彻底》，《顾颉刚读书笔记》，联经出版事业公司1990年版，第1卷，第380页。

的意识，亦即是处理历史与文学的关系，换言之即是如何为新的典范、为白话文学史找到历史的源头，以及令人信服的依据。那么在他们心目中，什么是“文学”？胡适这样为“文学”下定义：

> 我尝说：“语言文字都是人类达意表情的工具；达意达的好，表情表的妙，便是文学。”
>
> 但是怎样才是“好”与“妙”呢？这就很难说了。我曾用最浅近的话说明如下：“文学有三个要件：第一要明白，第二要有力、能动人，第三要美。”①

何为文学史？胡适阐释如下：

> 做文学史，和做一切历史一样，有一个大困难，就是选择可以代表时代的史料。……从前的人，把词看作“诗余”，已瞧不上眼了；小曲和杂剧更不足道了。至于“小说”，更受轻视了。近三十年中，不知不觉的起了一种反动。临桂王氏和湖州朱氏提倡翻刻宋、元的词集，贵池刘氏和武进董氏翻刻了许多的杂剧传奇，江阴缪氏，上虞罗氏翻印了好几种宋人的小说。市上词集和戏剧的价钱渐渐高了起来了，近来更昂贵了。近人受了西洋文学的影响，对于小说，渐渐能尊重赏识了。这种风气的转移，竟给文学史家增添了无数难得的史料。词集的易得，使我们对于

① 胡适：《什么是文学》，《胡适文存》第1集，亚东图书公司1953年版，第215页。

宋代的词的价值格外明了。戏剧的翻印，使我们渐渐有点正确的了解。我们现在知道，东坡、山谷的诗远不如他们的词能代表时代；姚燧、虞集、欧阳玄的古文远不如关汉卿、马致远的杂剧能代表时代；归有光、唐顺之的古文远不如《金瓶梅》《西游记》能代表时代；方苞、姚鼐的古文远不如《红楼梦》《儒林外史》能代表时代。于是我们对于文学史的见解也就不得不起一种革命了。①

从原来的“微不足道”“轻视”到了“反动”，词与杂剧其然也逐渐登入主流，而更重要的还是由于西方小说对中国新青年的影响而占据中心，更为明显。此外，我们可以从胡适在《谈谈〈诗经〉》一文中得见其关于文学与历史之间的关系的论述：

因为《诗经》并不是一部圣经，确实是一部古代歌谣的总集，可以做社会史的材料，可以做政治史的材料，可以做文化史的材料。

……

《诗经》里面描写的那些男女恋爱的事体，在那般道学先生看起来，似乎不大雅观，于是对于这些自然的有生命的文学不得不另加种种附会的解释。……②

① 胡适：《〈中古文学概论〉序》，《胡适文存》第2集，亚东图书公司1953年版，第495—496页。

② 胡适：《谈谈〈诗经〉》，《古史辨》第3册，上海古籍出版社1982年版，第577—579页。

胡适以上所提出的就是将《诗经》作为文学（歌谣、恋情书写）来看待，并将作为文学的《诗经》从经学与历史中独立出来。然而，顾颉刚则这样论述《诗经》与“历史”的关系：

> 战国时诗失其乐，大家没有历史的知识，而强要把《诗经》乱讲到历史上去，使得《诗经》的外部蒙着一部不自然的历史。①

文学与历史虽在中国的文化传统中自古已是难以分辨，例如《史记》既是历史，然而更多人视之为文学巨著，为历代文人学者做文章的摹仿对象。新文学运动阵营与疑古学派的顾颉刚亦同样将古典文学的传统视作“史”来研究，正如胡适的“历史的演变”观一样，历史的形成乃奠基在后人不断的添补与删除之上的。顾颉刚与胡适等人将传统以来奉作“经典”、为历代政治所追慕的《诗经》中的道德政治，解读还原为民间的创作，这无疑推翻了传统的诠释体系，亦重写了中华民族的文明史。更重要的是，此举无疑将处于中心的士大夫体系推翻，将一直备受鄙夷的边缘民间文化挖掘出来。作为文学之源的《诗经》既出自民间，这不单体现了自宋代以降疑古思潮的重大突破，更意味着新文学运动阵营为白话文学的存在，找到了合理性的历史根源。这与胡适当时撰写的《白话文学史》，可谓是一面两体的时代产物。至于胡适号召的“重整国故”，实际上又是将这种批判与重构的方法推展至更大、更具体的范畴，以更全面的方式重写文学

① 顾颉刚：《论〈诗经〉经历及〈老子〉与道家书》，《古史辨》第1册，上海古籍出版社1982年版，第53页。

史，这主要体现在他的小说考证。

在此，或许我们可以借用“新历史主义”（New Historicism）[①] 对文学与历史的观念，对疑古学派的胡适与顾颉刚关于文学与历史的关系略作分析。“新历史主义”的“新”在于描述一部作品如何变形而成为开放的、变动不居的矛盾话语，在历史中检视作品，看它如何被重复与累积，而成为作品的互文本，进而去发现文本的语境，文本的互相阐释的空间——不断被占用、汰变、解读文化密码的空间。例如，顾颉刚从戏剧的演变而悟出“层累积成”的史观，他又是以这一概念诠释《诗经》的生成。顾颉刚这一概念，亦受启发于胡适的“历史的演变”的概念。而胡适亦正是运用这种“历史的演变”的概念“重整国故”，考证了大批的古典小说，进一步为白话文学在文学史上的地位作出肯定。

基本上，整个新文学运动都是文学与历史的互动。文学对历史的阐释与在历史中阐释文学，如胡适《白话文学史》的面世，不仅止于在中国文学史上产生巨大的震荡，同样具深远影响的是对整个传统文化体系的价值重估，以及 20 世纪的中国文学与文化的发展路向。

---

① 传统的历史与文学之分被新历史主义所泯除。1980 年由美国学者斯蒂芬·格林布拉特（Stephen J. Greenblatt）撰写的《文艺复兴时期的自我塑造：从莫尔到莎士比亚》（*Renaissance Self-Fashioning*：*From More to Shakespeare*）一书被批评界视作可取代渐呈颓势的解构批评。1982 年格林布拉特为《体裁》（*Genre*）撰文时便将他与其同道所从事的批评方法称为“新历史主义”（New Historicism）。新历史主义文学批评认为历史有其“文本性”，而且，文学话语范式对历史话语具有制约的能力，而最与其他文学批评迥异之处的是新历史主义将文学视作历史现实与意识形态的互相激荡之处。新历史主义在从事文学批评时视文学为历史现实与社会意识形态的结合，企图从中发掘历史事件如何被主导的意识形态转化为文本，并落实为一般的意识形态，而一般的意识形态又如何转化为文学作品中反映出的社会存在。

在中国传统的历史的观念中，历史的位置远高于文学，即是说历史事实的真实性大于文学的想象性与虚构性。然而，胡适与顾颉刚却将这一矛盾关系颠倒过来，强调文学大于历史，文学注入历史的生命之中。事实上，文本与历史的矛盾恰好揭示了在两者的紧张关系之中——文学与历史的本质关系，即文学在对历史加以阐释之际，并不要求恢复历史的原貌，而是解释历史的“应该”与“怎样”，揭示历史中最隐秘的矛盾。

3. 以胡适与顾颉刚作为论述中心的意义

由以上关于疑古思潮与白话文学史的相关论述可见，从疑古思潮的角度，并以胡适与顾颉刚两人作为论述中心而展开关于疑古思潮与白话文学史的建构的研究仍有待发掘。

可以说，胡适与顾颉刚在疑古思潮上具有传承的关系之外，又是建构白话文学史的实际伙伴。胡、顾两人以疑古思想为指导思想而建构的白话文学史具有以下三个意义：第一，将疑古思潮从康有为等在政治上的企图导引至学术上的价值重估，乃中国学术史上的一种突破；第二，胡适与顾颉刚将疑古思潮与新文学革命结合起来，合力建构起白话文学史；第三，以疑古为手段，将传统的经典转化为新的学术资源，并发明了一个白话文学的新传统，从而达到了启蒙民众与文艺复兴的目的。

四　疑古思潮的研究现状

关于“疑古思潮”的研究，中国大陆、香港、台湾各有不同的情况。自 1949 年至 20 世纪 80 年代初期，大陆方面有关顾颉刚与《古史辨》的论述应是三地之中最早的，然而因为政治因素的关系而导致相关研究为数不多。而在有关的少数评论中，又因为顾颉刚曾与胡适关系密切而使顾颉刚与古史辨运动蒙受了不白之冤。例如，童书业、杨向奎、李锦全等学者的论述，就是受了政治运动的影响而对“疑古思潮”的重要论著《古史辨》及其老师顾颉刚的学术作出了不客观的批判。这些论述乃政治运动下的产物，大多是因为胡、顾两人的政治立场而乱扣帽子及对彼等作出人身攻击，并不能客观而深入地探讨疑古思潮的方方面面。有关学者亦清楚知道这种情况，故而方才有杨向奎后来将基于政治需要而撰写的《古史辨派的学术思想批判》[①] 一文，改为较为客观的学术论文——《论古史辨派》。[②]

对“疑古思潮”作较为深入论述的应该是台湾方面的学者，王汎森在 1987 年推出《古史辨运动的兴起》一书。此书共分四章，再加上“引论”与“结论”则总共有六章。其标题如下：“引论：激烈反传统与黄金时代观念的破灭”“第一章顾颉刚层累造成说的特质与来源”“第二章 清季今文家的历史解释（上）”“第三章清季今文家的历史解释（下）”“第四章顾颉刚与古史辨运动”“结论”。在此六章中，讨论清季今文家的历史解释的第二章与第三章就占去了一百四十五页，约占全书的一半。而且，章节之间很多是重复同一个命题。例如，“第一章 顾颉刚层累造成说的特质与来源”中的第五节已探讨

---

① 杨向奎：《古史辨派的学术思想批判》，《文史哲》1952 年第 3 期。此文收入陈其泰、张京华编《古史辨学说评价讨论集》，京华出版社 2001 年版，第 7—15 页。

② 同上书，第 79—100 页。

了“清季今文家的历史解释”，然而接下去的第二、三章又是探讨同一命题，而且是再用如此大篇幅，可谓尾大不掉。而下面的第四章，其实又是再一次的重复前几章已处理过的命题。例如，第一节中又再一次谈到康有为对顾颉刚的影响。其实，关于康有为对顾颉刚的影响早在之前不同的篇章中早已提及，根本用不着在此再次提及。而第六节则又提到“层累造成说的变形—神话分化说”，这可摆在第一章中关于“层累造成说”的讨论中略作分析就可以，而且关于“层累造成说的变形—神话分化说”这一理论，实际上是杨宽对顾颉刚“层累造成说”的修正，故亦无须列入顾颉刚名下作专节讨论。大体言之，此书在章节的安排上颇为混乱，而在某些概念上应深入者则未深入，可略者又过于冗长。另外，有些脚注也过于冗长，其实可放在正文中讨论。无论如何，此书仍不失为一部关于古史辨运动方面具有相当参考价值的资料。

相对于王汎森在《古史辨运动的兴起》一书种种不完善，彭明辉在 1991 年推出的《疑古思想与现代中国史学的兴起》一书，无论在章节的安排以至于具体概念的分析，大致上均妥帖得当。此书扣紧疑古思想与现代史学的关系，层层深入。此书共分六章，除去第一章的“引论”与第六章的“结论”之外，各章标题如下：第二章“儒学体系的疑古思想”；第三章“超越儒学的疑古思想”；第四章“民俗学研究与古史辨运动”。作者清晰地分析了从章学诚、崔述以及康有为等人在疑古思潮上的关系及其作用。可议的是第四章第一节的“民俗学研究与古史辨运动”，其实有很多材料可作为民俗学方面的讨论，根本无须将文学范畴的白话小说也列入讨论。至于这一章接下去的第二节关于孟姜女与层累说的关系，则可以在第三章

第二节“层累说之提出”中一并论述。整体而言，瑕不掩瑜。

20世纪90年代的另一本相关论述来自高雄师范大学国文研究所的叶忆如，她在1993年完成的硕士学位论文《顾颉刚古史神话观研究》，侧重探讨顾颉刚的神话研究。从此书资料之翔实，可见作者之用功。然而，令人不解的是冠于每一章的标题与内容却经常不相符。比如说，第二章乃以“顾颉刚疑古辨伪思想与古史神话观的形成”，然而在每一节的小标题上以至于内文，均没论及“神话”方面；第三章以“顾颉刚古史神话演变说”为题，然而提及的是却是歌谣与孟姜女等民俗学的课题。严格而言，整篇论文只有第四章、第五章及第六章真正触及了顾颉刚的神话观及其研究。至于论文的两个核心概念“古史”“神话”的定义，并非在论文的开端中作阐释，直至第四章[①]方才出现，实属不当。总括而言，此论文能将资料作铺排而却未能将论点作纵深的发展，乃其不足之所在。

香港方面，许冠三的《新史学九十年》将胡适与顾颉刚视为“方法学派”。他着眼的是胡、顾二人在史学方法学上的传承与分歧，一如香港陈志明的《顾颉刚的疑古史学》[②]与大陆刘起釪的《顾颉刚先生学述》[③]一样，均从没在文学的角度考虑胡适与顾颉刚两人在白话文学史上的互补关系。而最重要的是，他们纵然都或多或少地提及顾颉刚的“层累说”，然而鲜有人提及作为顾颉刚“层累说”的讨论核心——《诗经》的研究。

---

① 叶忆如：《顾颉刚古史神话观研究》，硕士学位论文，高雄师范大学国文研究所，1993年。

② 陈志明：《顾颉刚的疑古史学》，商鼎文化出版社1993年版。

③ 刘起釪：《顾颉刚先生学述》，中华书局1986年版。

在海外方面，史耐德（Laurence A. Schneider）的《顾颉刚与中国新史学》（*Ku Chieh-Kang and China's New History*）[①] 着重的是顾颉刚一生的学术思想，而对古史辨运动及其对新文学革命的影响，并未触及。更为重要的是，此书的论述架构相当混乱，论点并不清晰，研究焦点亦不明确。德国的吴素乐（Ursula Richter-Chang）亦曾以《古史辨》及顾颉刚为学位论文，[②] 然至今该书仍未面世，故而无法作出评介。

总的来说，"疑古思潮"的研究虽不能如学者所言"近年以来的内地与港台学术界，对于近三百年以来疑古思潮的发展作通贯研究的著作仍告阙如"。[③] 然而，近年来内地与港、台学术界，对于疑古思潮与白话文学史的建构作通贯研究的著作仍告阙如，则殆无可疑。可以说，拙著是对疑古史派在白话文学与文学史上的影响作系统研究的第一部。其中，白话文学史的建构乃胡适学术生涯中最为著名亦最富争议性的一项成就。而此成就之成为"事实"，并不只靠胡适的"历史研究法"，我们更不能忽略的是顾颉刚在方法论上具有同样重要性的"层累法"。更为关键之所在，就是学界忽略了"疑古思潮"，对白话文学史的建构所起的重要作用，胡、顾两人在建构白话文学史上的不同角色，以至于两人在具体充实白话文学史的内容上的细节，《诗经》性质的论辩，《白话文学史》的理念与实践，

---

① ［美］史耐德（Laurence A. Schneider）：《顾颉刚与中国新史学》（*Ku Chieh-Kang and China's New History*），梅寅生译，华世出版社 1984 年版。

② Ursula Richter，*Das Ku-Shih Pien*：*Ergebnisse einer Wissenschaftlichen Diskussion im China der Repepublik*，Munich，1981. 参见刘起釪《顾颉刚先生学述》，中华书局 1986 年版，第 377 页。

③ 路新生：《自序》，《中国近三百年疑古思潮研究》，上海人民出版社 2001 年版，第 8 页。

明、清小说的考证，歌谣与孟姜女故事的收集，以至于整理国语以及理想国语的讨论。

五　方法论及章节安排

此书主要是从疑古思潮的角度重新审视白话文学史的建构过程。此中既有历时性的源流追溯，亦有共时性的比较：前者体现在疑古思想在白话文学史的建构中所起的作用的探讨，这具体集中体现于顾颉刚《古史辨》中关于《诗经》的讨论；后者可见于胡适与顾颉刚在建构白话文学史的方法论、民间文学的理论以及白话文学史与民族主义的关系的论述。

在一共六章的安排中，每一章的设立均有如下目的。第一章，疑古思潮与反传统思潮的关系，及此两种思潮在胡适与顾颉刚两人思想上的结合及其在白话文学史的建构中所产生的重要作用。第二章，主要论述的是疑古思潮作为建构白话文学史的方法论。这涉及外来的思想与内在的疑古思潮的相结合，故而杜威的“实验主义”与疑古思潮对胡适以及对顾颉刚的影响及彼等的转化与领悟，乃此章的重心。第三章，一般文学史忽略的是白话文学史的建构过程中有关经典的颠覆与重构，而被颠覆与重构的就是胡适与顾颉刚的《诗经》研究。这一章侧重论述的是他们是如何颠覆作为经典的《诗经》，同时又将《诗经》重构为白话文学史的源头。第四章，这一章所要指出的是新文学阵营的“民间”文学理念在一开始已是歧见杂出，走向“民间”的文学理念即是一个不统一的概念，胡适以明、清的文人创作的小说为白话文学的典范相当勉强，而自“五四”以来的文学创作更是一直为文人所垄断。这一章除了论述胡适如何将“小说”经典化的过程之外，更重要的是指出一般文学史所认为的新典范的唯一文类“小说”之论点并不全面，更符合白话文学史的史实与理想的应是顾颉刚发掘与整理的民间文学，如孟姜女的传说以及吴歌的整理等。这一章的意义除了指出一般文学史的人云亦云并还原文学史一个真相之外，更重要的目的在于指出顾颉刚或者比胡适在白话文学的朝向“民间”的理想及其发掘上，更为具体而深入，更值得重视。第五章，叩问的是文学与文学史在胡、顾而言，既是一种启蒙的工具，亦寄予了文艺复兴的期望。为了应对时局之变，为了达致启蒙与文艺复兴的目的而建构的白话文学史，其实就是在以胡、顾为中心的疑古思潮下的“发明传统”。在胡、顾“发明的传统”中，白话文学从边缘而进驻中心，文言与白话的关系此消彼长，凸显出胡、顾在当时的一种崭新的白话文学史的民族想象的独特思维。发明传统与白话文学史的建构的关系，在中国现代文学史的书写中付诸阙如，对这方面的探讨，既有学术上的补白作用，亦同时可对于胡、顾建构白话文学史的动机，可以有进一步的认识。第六章，总结。

第二章

“历史研究法”与“层累造成说”：白话文学史的建构方法

一　前言

在“五四”期间，胡适提出了不少关于文学研究的理论，开一代新学风，而其学生顾颉刚更以“层累造成说”而震撼史学界。然而，一般论者均认为，胡适的“历史研究法”与顾颉刚的“层累造成说”应用于两个不同的范畴，前者应用于文学，而后者则应用于史学。虽然他们都知道胡适对顾颉刚的影响，然而却没有人从方法上探讨两者之间的本质异同。其实，顾颉刚的“层累造成说”深受胡适的影响，其中具体的影响就是来自胡适的“历史研究法”。关键的是，无论是胡适的“历史研究法”，还是顾氏的“层累造成说”，都具有强烈的“疑古”色彩。所以，胡、顾两人的研究方法乃一脉相承，而这一脉相承的方法便具体地应用于白话文学史的建构过程中。然而，长期以来均没人将胡、顾两人的“历史研究法”与“层累造成说”视作具有传承关系的建构白话文学史的方法论看待。至于胡适“历史研究法”作为一种具体的方法在白话小说上应用与顾颉刚应用“层累造成说”在民间文学的研究，亦常常被略而不论。

黄进兴先生曾对“方法”与“方法论”的定义以及两者的分别基本作出如下说明：

> “方法”（method）属于“对象语言”（object language，即“第一层次语言”〔first-order language〕），指的是：演绎法、归纳法、比较法、统计法等等，而“方法论”（methodology）则是以这些“方法”为对象，来研究它们的功能与由之得来知识的性质，因此为“后设语言”（metalanguage，即“第二层次的语言”〔second-order language〕）。二者属于不同层次的知识。①

简单而言，“方法”指的是演绎法、归纳法、统计法等，而“方法论”则以这些方法为对象所形成的一门专门学问，其用意在检讨这些方法的功能及限制。②

以下将胡适的“历史研究法”与顾颉刚的“层累造成说”视作建构白话文学史的两个主要而且具有传承关系的方法，并将之作为讨论的焦点。我们将略述胡适“历史研究法”的理论特征，再而论述“历史研究法”与顾颉刚“层累造成说”的传承关系，重点分析“历史研究法”与“层累法”的理论特征，最后再对这两种理论之异同及其在白话文学史的建构上作论述。

---

① 黄进兴：《论“方法”及“方法论”》，康乐、黄进兴主编《历史学与社会科学》，华世出版社1981年版，第25页。

② 同上书，第58页。

二　“疑古”的历史渊源及其传承

疑古思想在中国源远流长，早在先秦时代的经典中如《论语》《孟子》《韩非子》便已萌芽，而疑古思想之所以形成一种思潮的出现，则是近三百年来的事。在这最近三百年的学术思想史上，疑古思潮出现过三次：明清之交一次，清初一次，“五四”前后即中国现代史上一次。[①] 自明、清以来，著名的疑古学者前仆后继，包括宋濂、胡应麟、阎若璩、陈确、胡渭、崔述、庄存与、刘逢禄、宋翔凤、龚自珍、魏源、康有为、廖平……直至胡适而及顾颉刚，疑古思潮达至了巅峰。胡适在疑古思想上对顾颉刚的影响至巨，而令他对疑古史上的许多人物都产生了兴趣。后来，顾颉刚述及胡适对他说的一番话，足可见他俩在疑古思潮上的传承关系：

> 适之先生又谓姚际恒、方玉润可以正朱子之《二南注》而于《邶》以下诸国风，则又坚执非淫诗。盖疑古之家往往不能彻底，故郑樵《诗辨妄》于毛、郑忽褒忽贬，若无王也。[②]

“疑古”的观念既早已存在胡适对顾颉刚的言传之中，而胡适又是作为学生的顾颉刚的学术偶像，其具体所谈又在于《诗经》，

① 路新生：《自序》，《中国近三百年疑古思潮研究》，上海人民出版社 2001 年版，第 2 页。

② 顾颉刚：《疑古之不彻底》，《顾颉刚读书笔记》第 1 卷，联经出版事业公司 1990 年版，第 380 页。

由此而启发了顾颉刚走上“疑古”之路，并在对《诗经》的诠释上作出更为大胆而彻底的质疑，并涉及整个传统。

很多史学界的学者均意识到胡适与顾颉刚在方法论上的传承关系。钟敬文指出：“《古史辨》最大的价值，是在他的方法而非本身的成绩。”① 许冠三在其《新史学九十年》一书中称胡适与顾颉刚为新史学中的“方法学派”。② 葛兆光认为：“古史辨的历史学方法，只是针对‘过去’而存在的，虽然它确实瓦解了旧史学，并与当时反传统的激进主义相呼应。”③ 丁亚杰则指出：

> 胡、顾的组合，可以说明民国初年部分学者的学术倾向：注重客观事实，轻视形上义理，顾颉刚曾指责宋明理学陈腐，其故在此。顾颉刚的方法意识与胡适的具体研究结合，成为其方法理论。④

胡适重考证而轻视形上义理，⑤ 是很明显的事实，顾颉刚

---

① 钟敬文：《校后附写》，《孟姜女故事研究集》，上海古籍出版社 1984 年版，第 74 页。

② 许冠三：《新史学九十年》上册，香港中文大学出版社 1986 年版，第 133—205 页。

③ 葛兆光：《中国思想史导论：思想史的写法》，复旦大学出版社 2001 年版，第 133 页。

④ 丁亚杰：《顾颉刚〈诗经〉研究方法论》，《元培学报》1997 年第 4 期。

⑤ 有关胡适轻视形上义理而侧重考证，一方面与他本人的个性有关，另一方面亦是与他的学术训练有关，余英时便指出：“胡适从考证学出发，上接程、朱的‘穷理致知’的传统，因而对陆、王不免有排斥的倾向。”参见余英时《中国近代思想史上的胡适》，联经出版事业公司 1984 年版，第 73 页。有关胡适对陆、王思想的排斥，可参见胡适《戴东原的哲学》，姜义华编《胡适学术文集·中国哲学史》下册，中华书局 1998 年版，第 1103 页。顾颉刚正亦是在学术性格上的取向的类同而能与他在学术上契合无间。

亦然。至于说顾颉刚的“方法意识”与胡适的“具体研究”的结合，则颇值得商榷。从种种的文字可见，胡、顾两人对于将“文本”与“历史”视作为一种表演的场域，① 则明显具有十分清晰的意识。

在方法论上结合的问题，顾颉刚的“层累造成说”固然曾震动了当时的史界，然而其理论实质上是受胡适“历史研究法”中的“滚雪球”的观念所启发。顾颉刚曾这样自述影响过他的学者：

> 我的《古史辨》的指导思想，从远的来说，就是源于郑（樵）、姚（际恒）、崔（述）三人的思想。从近的来说，则是受了胡适、钱玄同二人的启发和帮助。②

在上述的人物当中，对顾颉刚影响最大又最具体的应是胡适。1916年，时值二十二岁的顾颉刚进入北大哲学系。次年，胡适代替陈汉章讲授中国哲学史，他一反陈氏之方法，丢开唐虞夏商，直接从周宣王以后讲起，这对于顾颉刚与其他学生来说，无疑是一种思想震荡。及至后来，顾颉刚忆述起当年胡适之史学方法对他的影响时，仍然悸动不已：

> 他（胡适）有眼光，有胆量，有断制，的确是一个有能力的史学家。他的议论处处合于我的理性，都是我想说

① 顾颉刚说过：“古史传说的怀疑，各种史实的新解释，都是史观革命的表演。”顾颉刚：《当代中国史学》，龙门书店1964年版，第3页。至于胡适提出“大胆怀疑，小心求证”的理念及其《白话文学史》的书写，大抵亦是一种“史观革命的表演”。

② 顾颉刚：《我是怎样编写〈古史辨〉的?》，《古史辨》第1册，上海古籍出版社1982年版，第12页。

而不知道怎样说才好的。①

胡适对顾颉刚影响最深的就是方法，顾颉刚在致胡适的信中曾明确提及胡适的研究“方法”对他的影响：

我自小就喜欢研究，但没有方法，也没有目标。自从遇见了先生，获得了方法，又确定了目标。为学之心更强烈。②

在《古史辨》第一册的《自序》中，顾颉刚又进一步将胡适的方法论延伸到清末另一疑古学派的关键人物康有为：

……长素（康有为）先生受了西洋历史家考定的上古史的影响，知道中国古史的不可信，就揭出了战国诸子和新代经师的作伪的原因，使人读了不但不信任古史，而且要看出伪史的背景，就从伪史上去研究，实在比较以前的辨者深进了一层。适之先生带进了西洋的史学方法回来，把传说中的古史制度和小说中的故事，举了几个演变的例，使人读了不但要去辨伪，要去研究伪史的背景，而且要去寻出它的渐渐的演变的线索，就从演变的线索上去研究，这比了长素先生的方法又深进了一层了。③

---

① 顾颉刚：《自序》，《古史辨》第1册，上海古籍出版社1982年版，第36页。

② 《顾颉刚致胡适（1929.8.20）》，中国社会科学院近代史研究所中华民国史研究室编《胡适来往书信选》上册，中华书局1983年版，第533页。

③ 顾颉刚：《自序》，《古史辨》第1册，上海古籍出版社1982年版，第78页。

顾颉刚指出无论是康有为还是胡适，两人的史观均受西方影响，当然真正称得上受西方影响并形成自己的“方法论”并且对顾颉刚影响比较大的，还是胡适。在以上这段文字中，我们亦可以见得史学与文学在新文学革命中所扮演的重要角色及作用。正因为胡适对史学方法的重视，方才开启了他从“演变”的角度研究文学史，而这种研究的趣味，处处切合了作为同样历史癖极重的顾颉刚的要求；而胡适的“演变”方法论，更引发了顾颉刚“辨伪”的兴趣，从而开展了他们从“疑古”而走向白话文学史的建构。

胡适对于顾颉刚深受自己的影响而在学术上获取了巨大的成就，感到相当自豪，他在1926年8月24日致傅斯年的信中便曾提到自己的感受：

> 颉刚在他的《古史辨》自序里说他从我的《水浒传考证》里得着他的治学方法。这是我生平最高兴的一件事。[①]

至于胡适是怎样影响了顾颉刚，而顾颉刚又是怎样将胡适的方法发扬光大？许冠三有以下这样具体的描述：

> 在中国文化史研究上，他（胡适）主张以比较从事分门别类的专题断代研究，鼓吹国人尽量借重东西洋汉学家的探索途径、工具和研究成果。于远古史研究，他坚持宁失之于疑勿失之于信的立场，定下了日后以顾颉刚为主干

① 转引自王汎森《傅斯年对胡适文史观点的影响》，沈寂主编《胡适研究》，安徽教育出版社2000年版，第203页注3。

的疑古派取向。[①]

胡适的“宁失之于疑勿失之于信”的理念，为顾颉刚的“疑古派”之先声与基本信念，可见两人在疑古思想上的传承关系。许冠三又认为顾颉刚翻造了胡适发明的“历史演进的方法”的观点，最为重要。[②] 严格来说，“历史演进的方法”并不是胡适“发明”的，只是因胡适具体地将清代考证的方法与杜威（John Dewey，1859—1952）的实验主义（Pragmatism）相结合，致令学术界掀起了一场轰轰烈烈的学术革命。[③] 可以这样说，“五四”的疑古思想乃中国与西方在治学方法上的结合，同时亦是中国以既有的“疑古”态度作为中介与赫胥黎（Thomas Huxley，1825—1895）的“存疑主义”相契合。然而，值得指出的是，无论是胡适的“历史研究法”，还是顾颉刚的“层累造成说”，两者不只是一脉相承，同时亦是一体两面。胡适的“历史研究法”与顾颉刚的“层累造成说”，虽名目不同，具体的研究步骤亦有所不同，而其精神实质如出一辙，因为他们的治学基本精神均源自“疑古”，他们的研究方法均是疑古思想具体化的双面刃。

---

① 许冠三：《新史学九十年》上册，香港中文大学出版社 1986 年版，第 133 页。

② 同上书，第 134 页。

③ 余英时认为胡适的《中国哲学史大纲》的面世是“史学革命”的“典范”（paradigm）。详见余英时《〈中国哲学史大网〉与史学革命》，《中国近代思想史上的胡适》，联经出版事业公司 1984 年版，第 77 页。胡适踏入学术界之初确是以一个哲学学者的姿态出现的，然而不久之后越来越向文学靠拢。

三 “历史研究法”的理论渊源及其应用

1. “历史研究法”的理论渊源

19世纪时，有两种科学基本观念的变迁影响了“实验主义”（Pragmatism）的诞生，那就是科学家对于律例态度上的变迁与达尔文（Charles Robert Darwin，1809—1882）的“进化论”（Evolutionism）的影响。[①] 前者是科学试验室的态度（the laboratory attitude of mind），后者则是研究历史的态度（the genetic method）。达尔文与赫胥黎在哲学方法上的贡献是“存疑主义”，即是“严格的不信任一切没有充分证据的东西”，高呼“拿证据来”；不过，这种贡献偏于消极的破坏面。[②] 美国皮耳士（C. S. Pierce，1839—1914）提出的实验主义，即“科学试验室的态度”。杜威承继皮耳士的方法论，并改称为“工具主义”“应用主义”或“器用主义”。[③] 胡适认为无论是“科学试验室的态度”或是“评判的态度”，都是同一回事，都是同一种态度，即尼采（Friedrich Nietzsche，1844—1900）所说的“重新估定一切价值”（transvaluation of all values）。在这种态度面前，一切旧的观念、理论，一切现成的东西，都要经过理性

---

① 胡适便说过“杜威受了近世生物进化论的影响最大”。胡适：《实验主义》，《胡适文存》第1集，亚东图书公司1953年版，第318页。

② 参见余英时《中国近代思想史上的胡适》，联经出版事业公司1984年版，第43—44页。

③ 有关胡适本人对“实验主义”的认识及其对杜威的介绍，可参见胡适《实验主义》《杜威先生与中国》，《胡适文存》第1集，亚东书局1953年版，第291—341、380—382页。

的审视和评判，没有什么是可以不经怀疑、不经批判就接受的。[①] 在“五四”时期特别强调方法论的胡适，比较倾向杜威哲学及其方法论，因为他不只是杜威学说的虔诚信徒，亦是其学生，他自己就曾多次剖白自己的方法论是受了杜威实验主义所影响，而杜威的实验主义亦确实是以方法为中心的。[②] 然而，胡适所应用的方法却是对杜威的实验主义进行了“创造性转换”（creative transformation）。[③]

2. 杜威“实验主义”与“历史方法”的创造性转换

杜威哲学方法可分为历史方法和实验方法。胡适称杜威的历史方法为“祖孙的方法”，并对杜威的方法作了两方面的重

① 王炜：《胡适及其实用主义哲学》，刘青峰编《胡适与现代中国文化转型》，香港中文大学出版社 1994 年版，第 314 页。

② 有关实验主义的简明扼要的论述，可参见余英时《中国近代思想史上的胡适》，联经出版事业公司 1984 年版，第 54—61 页；有关杜威的个人生平及其思想的发展，可参见吴森《杜威思想与中国文化》，汪荣祖编《五四研究论文集》，联经出版事业公司 1979 年版，第 125—156 页。

③ “创造性转换”（creative transformation）乃林毓生在其论文“Radical Iconoclasm in the May Fourth Period and the Future of Chinese Liberalism”, in Benjamin I. Schwartz, ed., *Reflections on the May Fourth Movement* (Cambridge, MA: Harvard UP, 1972) 所提出的。林氏这样阐释“创造性转换”的内涵：“那是指：使用多元的思想模式将一些（而非全部）中国传统中的符号、思想、价值与行为模式加以重组/或改造（有的重组以后需要加以改造，有的只需重组，有的不必重组而需彻底改造），使经过重组与/或改造的符号、思想、价值与行为模式变成有利于变革的资源，同时在变革中得以继续保持文化的认同。……这种‘重组或改造’，可以受外来文化影响，但却不是硬把外面的东西搬过来。”见林毓生《什么是“创造性转换”?》，《热烈与冷静》，上海文艺出版社 1998 年版，第 26 页。林毓生关于传统的“创造性转换”的方法正好用来说明胡适对杜威“实验主义”的“转换”，特别是“这种‘重组或改造’，可以受外来文化影响，但却不是硬把外面的东西搬过来”之说，亦正是胡适在引进西方学术概念时的考虑，他绝非“学衡派”中人所讥讽的对西方学术的一知半解。

整：一是简化；二是中国化。

（1）简化

胡适将杜威的历史方法作了如下的简化：一是注意具体的境地。二是将一切学理视为假设。三是实验。[①] 至于杜威“思想五步说”的要点，胡适在《实用主义》一文中简化如下：

> 1. 疑难的境地；2. 指定疑难究竟在什么地方；3. 假定种种解决疑难的方法；4. 把每种假定所涵的结果，——想出来，看那一个假定能够解决这个困难；5. 证实这种解决使人信用；或证明这种解决的谬误，使人不信用。[②]

第一步到第二步是偏于归纳法，第三步到第五步是偏于演绎法。总而言之，杜威“思想的真正训练，是要使人有真切的经验来作假设的来源，使人有批评判断种种假设的能力，使人能造出方法来证明假设的是非真假”。“假设”，是杜威学术体系中极为重视的环节。一言以蔽之，经过种种简化，“假设”成了实用主义的一个关键。我们要问的是，胡适的这种简化倾向性是什么？其简化的倾向性又与胡适的重估传统有何关系？这种简化的倾向性又如何体现在白话文学史的建构上？余英时指出：

> 胡适思想中有一种非常明显的化约论（reductionism）

---

① 胡适：《杜威先生与中国》，《胡适文存》第1集，亚东图书公司1953年版，第381—382页。

② 同上书，第323页。

的倾向，他把一切学术思想以至整个文化都化约为方法。[1]

又说：

胡适这种化约论确实决定了他接受西方学术和思想——包括杜威的实验主义在内——的态度。他所重视的永远是一家或一派学术、思想背后的方法、态度和精神，而不是其实际内容。同时又由于在进化论（他肯定这是已经证实而毫无可疑的科学真理）和实验主义方法（他肯定这是科学方法）的巨大影响之下，他认为一切学说的具体内容都包括了“论主”本人的背景、时势，以至个性，因此不可能具有永久的、普遍的有效性。但是方法，特别是经过长期应用而获得证验的科学方法，则具有客观的独立性，不是“论主”本人种种主观的、特殊的因素所能左右的。[2]

大致而言，余英时认为“杜威哲学所代表的思想形态比较接近中国传统思想的基本架构”[3]；而杜威思想之所以能在中国风行一时，都是因为“实验主义”与中国的儒家思想同样是

---

① 余英时：《中国近代思想史上的胡适》，联经出版事业公司1984年版，第49页。另可参见王炜《胡适及其实用主义哲学》，刘青峰编《胡适与现代中国文化转型》，香港中文大学出版社1994年版，第312页。

② 余英时：《中国近代思想史上的胡适》，联经出版事业公司1984年版，第50页。

③ 同上书，第59页。

“改变世界”的哲学。[①] 然而，儒学在当时已被认为是腐朽不堪，乃是导致中国落后的主要原因，是吴虞高呼要打倒的“孔家店”，故此杜威哲学虽在“改变世界”的理念上与儒学有一定的类似，胡适却利用杜威哲学以改变以儒学为主导的“传统”。这是胡适在反传统之余，又能提出“重整国故”的原因所在。由此可见，他并非一味地反传统，而是对传统的去芜存菁，以适应时代的需要。

（2）中国化

胡适对杜威“实验主义”的另一个重要“创造性转换”即是将其“中国化”。余英时认为杜威的“实验主义”之所以能在中国开花结果的原因，在于“实验主义”与儒学均是一种“改变世界”的哲学。[②] 杜威实验主义通过胡适中国化的诠释之后，这种“改造世界”的特性表现得更为突出。他把“新思潮的意义”归结到“再造文明”，便是针对当时衰颓的中国现状而作的构思的最有力证据。[③]

胡适关注的仅局限于实验主义在方法上的意义，而略其内涵。正如余英时在引用胡适的《杜威先生与中国》一文之后而对其在杜威实验主义的中心兴趣及其偏颇曾作出如下的一针见血的阐释：

> 在他（胡适）的心中，实验主义的基本意义仅在其方法论的一面，而不在其是一种“学说”或“哲理”。也许

① 余英时：《中国近代思想史上的胡适》，联经出版事业公司1984年版，第60页。

② 同上。

③ 同上书，第61页。

> 正因为如此，他才对杜威哲学的本身没有追源溯始的兴趣——也就是说，没有运用“历史的方法”来加以分析。他只强调实验主义是达尔文进化论在哲学上的应用，因而使人觉得它是最新的科学方法。他曾不止一次地说过，实验主义的优越性在于它一方面接受了达尔文的进化观念，另一方面则抛弃了黑格尔辩证法的影响。他似乎没有注意杜威早年曾经历过一个黑格尔思想的阶段，并且用达尔文的生物学来支援新黑格尔主义。杜威批判英国经验主义把心和知识的对象机械地划分为二，正是受了黑格尔的影响。……我指出这一点并不是要说明胡适对杜威哲学了解不足。相反地，我正是要藉此显出胡适对杜威的实验主义只求把握它的基本精神、态度和方法，而不墨守其枝节。他是通过中国的背景，特别是他自己在考证学方面的训练，去接近杜威的思想的。从这个背景出发，他看到实验主义中的“历史的方法”及其“假设”和“求证”的一套运作程序，一方面和考证学的方法同属一类，但另一方面又比考证学高出一个层次，因此可以扩大应用于解决一切具体的社会问题。他深信这便是科学方法的最新和最高的形式。①

正因为胡适对杜威“实验主义”的“基本精神”的把握，胡适对杜威“实验主义”的整体思想体系的源流并没有全部吸收，黄进兴在《论“方法”及“方法论”》一文，则更直接

① 余英时：《中国近代思想史上的胡适》，联经出版事业公司 1984 年版，第 47—48 页。

地说：

> 其实他（胡适）所了解的杜威，在科学方面也仅止于方法的层面，至于科学所牵涉的复杂问题在胡适的著作却无从得见。①

这便是胡适取杜威“实验主义”之大要而作中国化之所在。

以上谈的是杜威在方法上对胡适的影响以及胡适的“创造性转换”（creative transformation）。可是，他这种“创造性转换”的主要“转换”何在？这种“转换”有何意义？或者，这种“创造性的转换”是否只是“中学为体，西学为用”的变奏而已？其实，胡适对杜威实验主义的创造性转换，一方面结合了其在考证上的学术兴趣，另一方面亦切合了当时中国反传统的时代需要。后世不能说胡适老老实实地将杜威的实验主义以至于整套杜威哲学搬到中国方才算是杜威的虔诚信徒。在当时，除了哲学系的学者之外，谁有闲情与兴趣去了解杜威哲学？当时《学衡》派中人对胡适引进西方学说的过于肤浅的攻击，显然是低估了胡适的智慧。② 胡适的创造性与贡献在于他能在杜威的实验主义与清学的朴学之间看到两者可以缝合而达至更为严密的学术方法。胡适表面上大力鼓吹的是西方的杜威学说，而实际上他是西学为体，中学为用。许冠三便这样剖析

① 黄进兴：《论“方法”及“方法论”》，康乐、黄进兴主编《历史学与社会科学》，华世出版社 1981 年版，第 26 页。

② 梅光迪：《评提倡新文化者》，《学衡》第 1 期，孙尚扬、郭兰芳编《国故新知论——学衡派文化论著辑要》，中国广播电视出版社 1995 年版。

胡适在方法论上的中、西结构：

> 胡适一生都在提倡方法学，强调治学方法和材料的重要。他所宣讲的“西体中用”方法名目虽多，其实不出两类：一是以美国实验主义（Pragmatism）巨子杜威（John Dewey）的思维五步术为纲领，以科学实验室程序和历史态度为重点的思想学问方法；二是在演进观点支配下以版本校勘为里，以史料鉴定为表的历史研究门径。[①]

胡适认为清代“汉学”暗合于西洋的科学方法。他总括清学的方法是“大胆的假设，小心的求证”；清学真正精神为“但宜推求，勿为株守”，[②] 即为归纳、演绎并用的科学方法。归纳的研究法是先观察一些同类的“例”，再提出一个假设的通则来说明这些“例”，最后再观察一些新例，看他们是否和假设的通则相符合。至于比较的研究法首先积累比较参考的材料，多多益善。其次若遭遇难解的文法问题时，则以别种语言里同类或大同小异的文法来解决。胡适在《国语文法概论》一文举出归纳、比较与历史的研究法三者之间的关系：

> 归纳法是基本方法；比较法是帮助归纳法的，是供给我们假设的材料的；历史法是纠正归纳法的，是用时代的变迁一面来限制归纳法，一面又推广归纳法的效用，使他

① 许冠三：《新史学九十年》上册，香港中文大学出版社 1986 年版，第 133 页。

② 胡适：《清代学者的治学方法》，《胡适文存》第 1 集，亚东图书公司 1953 年版，第 421 页。

组成历史的系统。①

所以三种方法虽名目不同，实则密不可分，而又以“历史研究法”为最高统摄。对此，余英时有如下观察：

> 他（胡适）提倡文学革命，开辟国学研究的新疆域，以至批判中国的旧传统，都用的是实验主义的方法。在方法论的层次上，他的确不折不扣地是杜威的信徒。……胡适在方法论的层次上把杜威的实验主义和中国考证的传统汇合了起来，这是他的思想能够发生重大影响的主要原因之一。……胡适思想在方法论的层次上便恰好同时具备了精严性和弹性。这两种性质有时是互相冲突的，但在胡适的方法论上却有相反相成之妙。胡适的方法论现在看来似乎太简单了，但较之清代考据自然是更精密了，更严格了，也更系统化了。这对于当时从旧学出身的人是非常具有说服力和吸引力的。有说服力，因为这正是他们所熟悉的东西；有吸引力，则因为其中又涵有新的成分，比传统的考据提高了一级，成为所谓“科学方法”了。另外，由于提高了一级，这个方法的应用范围便随之大为扩展，不复限于几部古经典的研究了；这便是它的弹性之所在。它可以用来研究小说、戏剧、民间传说、歌谣，可以用来辨古史的真伪，也可以用来批评传统的制度和习俗。②

① 胡适：《国语文法概论》，《胡适文存》第1集，亚东图书公司1953年版，第499页。

② 余英时：《中国近代思想史上的胡适》，联经出版事业公司1984年版，第52—53页。

简单地说，胡适把握了杜威“实验主义”中“历史的方法”及“假设”和“求证”这些可与中国考证方法相接轨的方法论，即令旧瓶换新装，令古老的考证方法有了更为专业的面貌，以及可供世人清楚并容易掌握的关键概念。

虽然，胡适略为简化科学方法的内涵，但却抽绎出清代学者具备科学态度的说法，令人耳目一新。校勘学为考据学的工具之一，胡适为陈垣《元典章校补释例》写成《校勘学方法论》一文，正代表其对校勘学的看法。他认为校勘学可分根据、评判两方面：校勘学工作的成分为发现错误、改正与证明所改不误，与“实验主义”的科学态度差可比拟。①

（3）“历史研究法”的理论特征

胡适在1921年6月30日的日记中，提及其所理解的“历史的方法”：

> 历史的方法——“祖孙的方法”。他从来不把一个制度或学说看作一个孤立的东西，总把它看作一个中段，一头是它所以发生的原因，一头是他自己发生的效果；上头有它的祖父，下面有它的子孙。捉住了这两头，他再也逃不出去了。②

胡适又明确地指出，“历史的研究法”可分两层说：

> 1. 举例时，当注意每个例发生的时代。2. 先求每个时

① 叶忆如：《顾颉刚古史神话观研究》，硕士学位论文，高雄师范大学国文研究所，1993年。

② 胡颂平：《胡适之先生年谱长编》，联经出版事业公司1984年版，第2册，第459页。

代的通则，然后把各时代的通则比较。倘若各时代的通则是相同的，我们便可合为一个普通的通则。倘若各时代的通则不同，我们便应进而研究各时代变迁的历史，寻出沿革的痕迹和所以沿革的原因。①

关于胡适对“历史研究法”的具体应用，余英时认为他的兴趣本在考证，不过他想比清代的考证再进一步，走向历史，特别是思想史的综合贯通的途径。②

胡适的“历史演进的方法”主要应用于国故整理之中，他这样阐述其整理国故的方法：

整理国故的方法首重条理系统的整理，含有索引式、结账式与专史式三种方法。其次是寻出每种学术思想怎样及发生，发生后有何影响。再来是用科学的方法作精确的考证，把古人的意义弄得明白清楚。最后则综合以上研究，各家都还他一个本来面目与真价值。③

其实，胡适的具体方法就是考据的方法。他指出这种方法具有五项检视步骤：“1. 证据在何处寻出。2. 证据在何时寻

① 胡适：《国语文法概论》，《胡适文存》第1集，亚东图书公司1953年版，第499页；叶忆如：《顾颉刚古史神话观研究》，硕士学位论文，高雄师范大学国文研究所，1993年。

② 余英时：《中国近代思想史上的胡适》，联经出版事业公司1984年版，第62页。

③ 胡适：《新思潮的意义》，《胡适文存》第1集，亚东图书公司1953年版，第735页；《国故季刊发刊宣言》，《胡适文存》第2集，亚东图书公司1953年版，第9—18页。

出。3. 证据由何人寻出。4. 依时间、地点来看此人是否具备证人的资格。5. 此人虽有证人资格，他说这句话时是否有作伪的可能。”①

3. 实践：古典小说的考证

胡适在白话文学史上具体而卓有成效的，首推其白话小说的考证，这亦是其“历史研究法”在建构白话文学史上的具体实践。其小说考证始于他为汪原放新标点的《水浒传》而作的序——《水浒传考证》，在该文中他自称其“历史癖”与“考据癖”在不自觉中发作，极想为《水浒传》做历史的考据。他认为《水浒传》是从南宋初年（12 世纪初）到明朝中叶（15 世纪末）这四百年间“梁山泊故事”的结晶，并非“从半空中掉下来的”。考证过后，他整理出南宋到明朝中叶的《水浒传》材料渊源表，说明《水浒传》故事七八百年来的变化，即为“历史进化的文学观念”的具体例证。此外，他在《水浒传后考》一文中提出前文的七项假定的结论，且费心搜罗新版本材料，综合比对，以修正先前的《水浒传》渊源表。胡适做此考证是存着“为真理而求真理”的态度，他认为“发明一个字的古义，与发现一颗恒星”对人类而言都是贡献。简而言之，胡适把研究历史演进的方法，转用于小说考证尤其是用在具有时代背景的写实小说上，用意无非是为白话文运动寻根。

① 胡适：《介绍我自己的思想》，《胡适文存》第 4 集，亚东图书公司 1953 年版，第 621 页。有关胡适“国故整理”的相关论述，可参见罗志田《新文化时期关于整理国故的思想论争》，《国家与学术：清季民初关于“国学”的思想论争》，生活 · 读书 · 新知三联书店 2003 年版，第 218—265 页；周质平《评胡适的提倡科学与整理国故》，《胡适与中国现代思潮》，南京大学出版社 2002 年版，第 206—228 页。

胡适运用“历史的研究法”做小说研究的另一重要成就，体现在其《红楼梦》的考证。他自认对《红楼梦》的贡献在于“从前用校勘、训诂考据学来治经学、史学的，也可以用在小说上”，亦即将历史演进的治史方法转而研究小说。胡适考据的重要原则是注意可能性的大小，可能性又称“几数”“或然数”，亦即事物在一定情境下所能变出的花样。①

胡适的《白话文学史》虽然独树一帜，是建构白话文学史的一个重要奠基性论述，然而其论点值得商榷之处亦不少，而其所列举的白话文学的例子之牵强，颇招人非议。虽然《白话文学史》具有如此多的不完善、不具体或令人难以信服之处，他在白话小说的考证却是扎扎实实。当中对作者、版本及其源流以至于含意都作了极详尽的考察与剖析。这个过程正是将白话小说“经典化”的过程，而这个过程正是他运用了“历史的研究法”作为方法论以及作为方法论的示范而面世的。②

四　“层累法”的内涵、形成及其应用

1.“层累法”的内涵与形成

事实上，“层累”之说，早在公元前2世纪的《淮南子》

---

① 胡适：《介绍我自己的思想》，《胡适文存》第4集，亚东图书公司1953年版，第621页。有关胡适“国故整理”的相关论述，可参见罗志田《新文化时期关于整理国故的思想论争》，《国家与学术：清季民初关于“国学”的思想论争》，生活·读书·新知三联书店2003年版，第218—265页；周质平《评胡适的提倡科学与整理国故》，《胡适与中国现代思潮》，南京大学出版社2002年版，第57页。

② 参见陈平原《中国现代学术之建立——以章太炎、胡适之为中心》，北京大学出版社1998年版，第188—239页。

便有“三代之善，千岁之积誉，桀纣之谤，千岁之积毁也”[①]的记载。

顾颉刚因为提出“层累说”而誉满天下，而其理论基础实源自胡适的“历史研究法”与“两头说”。有学者便认为：

> 在顾颉刚提出“层累说”的同时，胡适提出了“缩短”与“拉长”的“两阶段说”。既然胡适在古史辨派“内部”具有创立此一理论的“资格”，那么“两阶段说”就应当与“层累说”一样被视为古史辨派早期的重要概念而与“层累说”平行并举。[②]

胡适曾说过顾颉刚的“层累造成的古史”：“真是今日史学界的一大贡献。”[③] 他又具体地对此学说在疑古的历史传承与内涵上作出分析：

> 顾先生的这个见解（“层累地造成的古史”），我想叫做“剥皮主义”。譬如剥笋，剥进去方才有笋可吃。这个见解起于崔述；崔述曾说：“世益古则其取舍益慎，世益晚则其采择益杂。故孔子序《书》，断自唐虞；而司马迁作《史记》乃始于黄帝。……近世以来……乃始于庖牺氏或天皇氏，甚至有始于开辟之初盘古氏者。……嗟夫，嗟

① 《淮南子》卷10，“缪称训”。参见刘文典撰，冯逸、乔华点校《淮南鸿烈集解》，中华书局1989年版，第340页。

② 张京华等：《二十世纪疑古思潮》，学苑出版社2003年版，第267页。

③ 胡适：《古史讨论的读后感》，《胡适文存》第2集，亚东图书公司1953年版，第100页。

> 夫，彼古人者诚不料后人之学之博之至如是也！”……崔述剥古史的皮，仅剥到“经”为止，还不算彻底。顾先生还要进一步，不但剥的更深，并且还要研究那一层一层的皮是怎样堆砌起来的。……这种见解重在每一种传说的“经历”与演进。这是用历史演进的见解来观察史上的传说。①

实际上，顾颉刚“层累法”此突破性的理念的提出，其实源自胡适“滚雪球”之说。胡适曾说过：

> 我们看到这一个故事在九百年中变迁沿革的历史，可以得出一个很好的教训。传说的生长，就同滚雪球一样，越滚越大，最初是有一个简单的故事作个中心的“母题”(Motif)，你添一枝，他添一叶，便像个样子了。后来经过众口的传说，经过平话家的敷演，经过戏曲家的剪裁结构，经过小说家的修饰，这个故事便一天一天的改变面目：内容更丰富了，情节更精细圆满了，曲折更多了，人物更有生气了。②

胡适又进而将此具体例子推之演之说：

> 李宸妃故事的变迁沿革也就同尧、舜、桀、纣等等古

---

① 胡适：《古史讨论的读后感》，《胡适文存》第2集，亚东图书公司1953年版，第101页。

② 胡适：《〈三侠五义〉序》，《胡适文存》第3集，亚东图书公司1953年版，第459页。

史传说的变迁沿革一样，……古人说的好，“爱人若加诸膝，恶人若将坠诸渊。”人情大抵如此。①

此处只是略述顾颉刚的“层累说”的与胡适“历史研究法”传承关系。② 其实，顾颉刚研究古史的主要方法便是“历史演进的方法”，③ 胡适对顾颉刚所用的“历史演进的方法”进行了概括，具体为下列方式：第一，把每一件史事的种种传说依先后出现的次序排列起来；第二，研究这件史事在每一个时代有什么样子的传说；第三，研究这件史事的渐渐演进：由简单变为复杂，由陋野变为雅驯，由地方的（局部的）变为全国的，由神变为人，由神话变为事实；第四，遇可能时，解释每一次演变的原因。④ 其实，胡适在这里所表述的正是他自己“历史演进的方法”的具体步骤。

2. “层累说”的应用

顾颉刚从 1918 年到 1929 年潜心研究民俗学，即肇始于北京大学求学时“嗜好戏剧”，关于剧中故事之变化发生兴趣。⑤

① 胡适：《〈三侠五义〉序》，《胡适文存》第 3 集，亚东图书公司 1953 年版，第 459—460 页。

② 胡明指出顾颉刚所提出的“层累造成的古史”是将胡适最先用在历史小说考证上的“历史演进法”移植到古史研究上的结果，而且是具体应用的成功范例。胡明：《胡适“整理国故”的现代评价》，《传统文化与现代化》1995 年第 2 期。

③ 顾颉刚：《自序》，《古史辨》第 3 册，上海古籍出版社 1982 年版，第 8—9 页。

④ 胡适：《古史讨论的读后感》，《胡适文存》第 2 集，亚东图书公司 1953 年版，第 102 页。

⑤ 顾颉刚：《缓斋杂记（三）：民俗学之范围》，《顾颉刚读书笔记》第 6 卷，联经出版事业公司 1990 年版，第 4366 页。

顾颉刚喜欢看京剧，因其巨细无靡地观赏戏剧，对于戏剧材料广加搜藏，“疑古思想”亦油然而生，故而悟出戏剧本身也会变迁，从史书到小说，从小说到戏剧，甚至写同一故事的甲戏和乙戏仍有差异现象，这令他惊奇不已，进而深入探究故事的格局。他留意着戏剧的基本故事，却发现许多“乱”“妄”的现象，深思所得是“故事是会得变迁的”。顾颉刚推原编剧把故事迁就于自我想象，剧情常是始欲其危险，终欲其美满，危险和幸运因个人想象而各有不同。此外造成故事演变的原因尚有无意讹变、形式限制、过分点缀和来历异统。①

顾颉刚曾这样说其疑古精神与看戏的因缘：

> 老实说，我所以敢大胆怀疑古史，实因从前看了二年戏，聚了一年歌谣，得到一点民俗学的意味的缘故。②

冯友兰曾这样提及顾颉刚在古史研究中关于故事性规律的观点源自看戏的体验：

> 他发现一个规律：某一出戏，越是晚出，它演的那个故事就越详细，枝节越多，内容越丰富。故事就好像滚雪球一样，越滚越大。由此他想到，古史也有这种情况。故事是人编出来的，经过编的人越多，内容就越丰富。古史可能也有写历史的人编造的部分，经过写历史的人的手，

① 顾颉刚：《自序》，《古史辨》第1册，上海古籍出版社1982年版，第22页。

② 同上书，第214页。

就有添油加醋的地方，经的手越多，添油加醋的地方也越多。这是他的《古史辨》的基本思想，这个思想，是他从看戏中得来的。①

1917年，顾颉刚开始知道：

故事会因时、因地、因人而迁流变化，不该用固定的眼光去看；从此更转到了古史上，懂得许多古史也只是当时的故事。于是我发了大愿，要彻底寻求古史中的故事性。②

1921年冬，顾颉刚正研究与《诗经》相关的书籍，着手辑集郑樵《诗辨妄》，并从郑樵各著作中辑集诗论时，偶见郑氏论《琴操》的一段话：虞舜父、杞梁妻本“于经传所言者不过数十言”，却被稗官之流的唇舌“演成万千言”。顾颉刚顿时对孟姜女故事产生极大兴趣。③

以上所述，乃顾颉刚“层累法”方法论萌芽的过程，关于其治学的方法论，顾颉刚自述如下：

我们懂得了这件故事的情状，再去看传统中的古史，便可见出它们的意义和变化是一样的。孟姜女的生于葫芦

① 冯友兰：《三松堂自序》，生活·读书·新知三联书店1984年版，第377页。

② 顾颉刚：《我和歌谣》，《民间文学》1962年第6期。

③ 叶忆如：《顾颉刚古史神话观研究》，硕士学位论文，高雄师范大学国文研究所，1993年。

或南瓜中，不即是伊尹的生于空桑中吗？……读者不要疑惑我专就神话方面，所以为古史中原没有神话的意味，神话乃是小说不经之言。须知现在没有神话意味的古文，却是从神话的古文中淘汰出来的。……我们若能了解这一个意思，就可历历看出传统中的古史的真相，而不致再为学者编定的古史所迷误。①

又：

我自己就性之所近，愿意着力的工作，是用了“故事”的眼光，去解释“古史”构成的原因。②

从“故事”的眼光解释“古史”构成原因，亦即将历史视作文学。

他又说：“我对古史的主要观点，不在它的真相，而在它的变化。”③ 关于顾颉刚的治学方法，其女儿顾潮有如下补充：

“演进法”和“故事的眼光”导致先生把“传说的经历”看得比“史迹的整理”还重要……也即是说，他对古史研究的重点“不在它的真相而在它的变化，并且要依据了各时代的时势，来解释其变化，解释“各时代的传说中

① 顾颉刚：《孟姜女故事研究集》，上海古籍出版社1984年版，第72—73页。

② 顾颉刚：《答李玄伯先生》，《古史辨》第1册，上海古籍出版社1982年版，第272页。

③ 同上书，第273页。

的古史”。①

治史而不求“真相”，这似乎与其常常所说的破伪史的学术理想有所冲突。其实，顾颉刚的“历史”，正如他所说的一样，也不过是“史观的表演”而已，不过他的“表演”则侧重其“变化”，而这种倾向，正是胡适“演进”白话文学史观的另一版本。顾颉刚在孟姜女的研究上，正是整理、观察这民间故事的演变。有学者认为：

> 顾颉刚的研究过程是将各种故事，分期探讨，知道故事在各期的变化，也就易于理解故事的真相。就此方法而言，涉及故事纵向流变、横向发展，错综复杂，所以最多只能推论到近于故事原貌，而未能等同于真相；既是扣紧故事变化研究，以求近于真相，于是仅能就故事本身的发展探索，兼以排斥形上学，于是对故事的涵意，不愿触碰，最后停留在故事的字义，对较深刻的解释，一概斥之为附会。②

顾颉刚的“层累法”亦曾具体应用于《诗经》的研究上，得出《诗经》中的很多作品，特别是“国风”，都是源于民间的歌谣，后来渐渐为士大夫所吸纳、雅化。顾颉刚有关《诗经》的研究，其实起源于胡适《诗三百篇言字解》的启示及其指示而产生的。

---

① 顾潮：《顾颉刚评传》，百花洲文艺出版社 1995 年版，第 68—69 页。
② 丁亚杰：《顾颉刚〈诗经〉研究方法论》，《元培学报》1997 年第 4 期。

胡适称“古史层累说”的论点为“剥皮主义”，是肇始于清代崔述，然而崔述剥古史的皮仅到“经”为止，[①] 及至顾颉刚则毫无忌讳的探求古史层累的深层结构，将尧、舜、禹等古帝王“送上封神台”，是继崔述后的第二次古史学革命。[②] 王汎森对此早有所论述，而他又指出“层累”说能在顾颉刚的时代掀起巨浪，而却未能在崔述的时代有任何回响的原因，实跟时代思潮的限制是息息相关的。[③] 除了时代的因素之外，王汎森又这样指出崔、顾在疑古方面的不同：

> 崔述是在先承认了经书中大部分史事为真的前提下，对上古事提出质疑的，故与经相牴触的史事始判为伪。但顾颉刚并不如此，他是把经书中的史事与诸子中的史事全盘否定了，以此为基础来说层累造成。所以，一位是先肯定了一个古史系统的层累说，一位是先否定全部古史系统的层累说，二者相去不能以道理计的。[④]

毕竟，崔述的疑古思想还是止于“传统”中的发现与对传统的质疑而已，而顾颉刚却是一举将传统扳倒，然后再建构起他心目中的“新传统”，这具体体现于其《诗经》研究，对此我们将在第三章作出详细的论述。

---

① 胡适：《古史讨论的读后感》，《古史辨》第 1 册，上海古籍出版社 1982 年版，第 192 页。

② 胡适：《介绍几部新出的史学书》，《古史辨》第 2 册，上海古籍出版社 1982 年版，第 338 页。

③ 王汎森编：《古史辨运动的兴起》，允晨文化实业股份有限公司 1987 年版，第 26 页。

④ 同上书，第 38—39 页。

五　“历史研究法”与“层累法”的异同

关于胡适“历史研究法”与顾颉刚“层累造成说”，许冠三认为有一根本差异：

> 胡以研究历史的眼光去研究故事、传说，而顾则以研究故事、传说的眼光和方法去研究历史，将三代以前的古史皆看作故事和传说。再者，胡法的根据在版本源流，而顾法的立点则在故事演变和角色塑造。[①]

胡适以研究历史的眼光去研究白话小说，目的是为白话文学史建构出一个传统脉络，并以此而进一步确证自己“大胆假设”的理论。而顾颉刚以研究故事、传说的眼光和方法去研究历史，将三代以前的古史皆视作故事和传说，这似乎与胡适的方向有点背道而驰，然而在白话文学史的建构上，代表胡适理论的建构而落实工作则在顾颉刚的史料发掘与整理。许冠三又认为，顾颉刚古史学所得力于胡氏的，主要是研究方法，尤其是历史演进分析法。因为他自觉“有了新方法”，才敢“放大了胆子而叫喊出来”。[②] 而无论是“历史研究法”也好，“层累造成说”也好，顾颉刚则清楚认为“历史”在此已不再是一言九鼎、一锤定音的“董狐笔”，亦非“春秋笔法”的崇高，而

① 许冠三：《新史学九十年》上册，香港中文大学出版社1986年版，第134页。

② 同上书，第177页。

是一种“史观”、一种“革命”，甚至是一种“表演”：

> 过去人认为历史是退步的，愈古的愈好，愈到后世的愈不行；到了新史观输入以后，人们才知道历史是进步的，后世的文明远过于古代，这整个改变了国人对于历史的观念。如古史传说的怀疑，各种史实的新解释，都是史观革命的表演。①

黄进兴指出“方法”有以下两种不同的类型：

> 书本上所谈的“方法”是属于“重建的逻辑”（reconstructed logic），而非实际研究过程中的“应用逻辑”（logic in use）。②

所谓“重建的逻辑”即是“从著作中整理出来的逻辑，……。他只有从阅读资料的过程中，或肯定、或否定某些预存的假定，才会逐渐形成明确的观念架构”。③

根据上述有关“方法”的界定，胡适的方法偏向于“重建的逻辑”，而顾颉刚的方法则偏于“应用的逻辑”。以《诗经》的研究为例子，胡适是先提出一套研究的方法，而顾颉

---

① 顾颉刚：《当代中国史学》，龙门书店1964年版，第3页。

② Abraham Kaplan, *The Conduct of Inquiry: Methodology for Behavioral Science* (San Francisco: Chandler Pub. Co., 1964), pp. 5-11；黄进兴：《论“方法”及“方法论”》，康乐、黄进兴主编《历史学与社会科学》，华世出版社1981年版，第35页。

③ 黄进兴：《论“方法”及“方法论”》，康乐、黄进兴主编《历史学与社会科学》，华世出版社1981年版，第35—36页。

刚是从《诗经》的研究中发现其规律；胡适是以"历史的研究法"来研究文学，而顾颉刚则是从戏剧的规律而至历史传说的研究中归纳而提出"层累说"。对此，可以从另一例子作说明。据顾颉刚说，他与胡适疏远是从1929年起，对胡适在"九一八"事变后"无视国家民族生死存亡的麻木不仁的态度"有"极大的反感"。而1932年因顾颉刚写《从〈吕氏春秋〉推测〈老子〉之成书年代》而彼此产生学术上的分歧。① 胡适由于深受考证学和科学方法的训练，所以常常要人在证据不足的情形下"展（暂）缓判断"，例如关于老子年代的问题，他便说：

> 怀疑的态度是值得提倡的。但在证据不充分时肯展缓判断（suspension of judgement）的气度更值得提倡的。②

关于胡、顾的两人在方法上以至于学术上的从合作至分离，许冠三有如下见解：

> 根本的差异在于：胡以研究历史的眼光和方法去研究故事；顾则反其道而行，以研究故事的眼光和方法去研究历史。其次，便是胡法的根基在板本源流；而顾法的大本在故事演变和角色塑造。这就决定了二人在方法上的形同质异。顾氏既以故事的眼光看古史传说，焉能不对它生

① 顾颉刚：《我是编写〈古史辨〉的?》，《古史辨》第1册，上海古籍出版社1982年版，第23页。另可参见许冠三《新史学九十年》，香港中文大学出版社1986年版，第177页注18。

② 胡适：《中国哲学史》，中华书局1998年版，第767页。

“特殊的了解”?[①]

在方法论的层面而言，许冠三之见或许没错，然而不同的是，顾颉刚既活用与具体化了前人的方法之外，更将焦点应用于前人所未有触及的民俗文学与《诗经》性质的重构，这对于白话文学史的内涵建构，贡献极大。至于胡适在白话文学史的建构上的角色，其重要性或在于观念之革命性。其小说考证的深入绵密，当然亦对白话文学史的内容起到了经典化过程的重要作用。

六　结语

因为时代的关系，胡适与顾颉刚比疑古的先驱走得更远，在学术探讨方面做得更具体。“五四”时期的疑古思潮轰轰烈烈、成就斐然，这与清末民初因社会与政治态势的衰颓而激发的激烈反传统思潮是密不可分的。“五四”以后，新文化运动狂飙、席卷全国大地，对中国传统文化进行全面的清理，成为新文化运动的重要组成部分。疑古思潮，就在这样的时代氛围中应运重燃。若以对社会现实所产生的影响和冲击程度而言，在疑古思潮发展史上，又以“五四”前后即中国现代史上的那一次疑古思潮的涌动为最大最深。[②]“五四”反传统的疑古辨伪

① 许冠三：《新史学九十年》上册，香港中文大学出版社 1986 年版，第 178 页。

② 路新生：《自序》，《中国近三百年疑古思潮研究》，上海人民出版社 2001 年版，第 3 页。

思想，又以西方输入的史观与科学的治学方法为代表[①]即是说，白话文学史的建构是一场中、西方法论相结合，充满转折时代特征的轰轰烈烈的思想与文学革命。

① 叶忆如：《顾颉刚古史神话观研究》，硕士学位论文，高雄师范大学国文研究所，1993 年。

第三章

从经典走向民间：《古史辨》中的《诗经》论辩与白话文学史的建构

一　前言

在历代的疑古思潮当中，《诗经》往往是其中最受争议的经典之一。毫无例外，在“五四”期间，顾颉刚与胡适及其论敌在《古史辨》中论争最激烈的经典，就是《诗经》。然而，“五四”期间《古史辨》关于《诗经》的论争焦点与古代的相关论争很明显地有了不同，顾、胡两人对《诗经》的重新解读，其目的在于从文学层面的诠释以达至“文学革命”的目的，而非往昔的学者为了维护统治的政治阅读。胡适的《诗经》研究作为新的范式，引发了一个新时代的诗经学。直接受胡适的影响而创获良多者乃顾颉刚，其围绕《诗经》所作的关于“徒歌”与“乐歌”的研究，结论未必完全令人信服，然而其诠释方法却给传统诗经学带来极大的冲击，其观点更是鞭辟入里，发前人之所未发。此中，他提出《诗经》乃民间的创作及其演变的结论，实际上正是新文学革命走向“民间”的响应。最为吊诡的是，胡、顾的《诗经》研究既推翻了《诗经》

的经典地位，而又同时将之扭转并确立为白话文学的源头。

在此，要深入了解的是，胡适与顾颉刚以及其他《古史辨》中人为何要选择作为“经典”的《诗经》？他们又是如何看待在传统文化中作为“经典”的《诗经》？又怎样扭转其原来的地位、性质，而将它确立为白话文学的源头？这种颠覆《诗经》作为古典文学的“经典”，而又同时将之重构为白话文学的源头的方法，又有何值得我们省思之处？

二　《诗经》的“价值重估”与文学革命

何谓“经典”？“经典”是如何形成？“经典”有何功能？这种种问题，应先作基本了解。哈罗德·布鲁姆（Harold Bloom）指出：“经典（Canon）原本指的是教学机构的选书。”① 在中国，最早而最为权威的“经典”是“六经”，即《诗经》《书经》《礼经》《乐经》《易经》及《春秋》。“六经”亦与教学机构密切相关。“六经”之名最早出于《礼·经解》，亦可见于《庄子·天运》。后来，汉武帝刘彻（公元前156—公元前87）又设立“五经博士”（因《乐》无经），进一步巩固了其“经典”的地位。②《诗》《书》《礼》《乐》《易》《春秋》的排列次序乃经今文学派的意见。经古文学派则认为排列次序应为《易》《书》《诗》《礼》《乐》《春秋》。两派在经典的数目上亦持不同意见。此后，唐代又增入《周礼》《仪

① Harold Bloom, *The Western Canon*, New York: Harcourt Brace, 1994, p. 15.

② 关于“五经”的产生及经学的确立过程，可参见阅严正《五经哲学及其文化学的阐释》，齐鲁书社出版社 2001 年版，第 5—21 页；郜积意《经典的批判——西汉文学思想研究》，东方出版社 2000 年版，第 2—8 页。

礼》《春秋》三传，称“九经”。唐文宗（李昂，809—840）年间于国子监刻石，除了“九经”之外，又再加上《论语》《尔雅》《孝经》。五代蜀主孟昶（保元，919—965）刻“十一经”，排除《尔雅》《孝经》，增入《孟子》。南宋的朱熹（元晦，1130—1200）又将《礼记》中的《大学》《中庸》与《论语》《孟子》并称为“四书”，并获官方确立。及至清乾隆（爱新觉罗·弘历，1711—1799）时，正式将“十三经”镌刻于石，大儒阮元（伯元，1764—1849）则刊行《十三经注疏》。“十三经”至此便成为官方确立的“经典”。《诗经》作为“六经”之一，道德伦理以至于文学的规范，均以“六经”为依归，故而具有崇高无比的地位。

这种官方确立的“经典”，蕴含着意识形态指导的意味，历代均有，形形色色，而其共同的特征就是为统治者服务。与此同时，在官方的“经典”之外，经由时间长河的淘汰而水落石出者，又是另一种“经典”。①这种“经典”，或可与官方的“经典”作区别并称之为“民间经典”。“民间经典”乃文学家与文学家之间的竞争而形成，也是一个文学制度共同运作的结果；而“官方经典”之形成，则出于统治者利用权力的钦点，其目的在于维护其权力的独有性与延续性。

有趣的是，这种关于“官方经典”与“民间经典”的不同性质，却具体展现于新文学革命中对《诗经》的重新定位上。“五四”时期对《诗经》研究积极鼓吹者与研究方向的具体倡导者是胡适，而其实践者则是《古史辨》同人，特别是顾颉刚

---

① 南帆：《文学史、经典与现代性》，《隐蔽的成规》，福建教育出版社 1999 年版，第 13 页。

的《诗经》研究。前者提出的研究理念启发了新一代的“诗经学”，而后者的研究方法及其创获，则独领一代之风骚。在《古史辨》的第1册与第3册中，收集了很多关于《诗经》的讨论，尤其是第3册，很多学者都围绕《诗经》作出热烈、深入而又极具创见的论争，讨论范围涉及《诗序》的真伪、《诗经》的成书年代、《诗经》的性质、《诗经》与歌谣的关系，以及《诗经》具体篇章的解读。

关于《古史辨》在《诗经》研究上的性质，王汎森有如下观察和结论：

> ……《古史辨》第三册下编便围绕“诗经之性质”进行论辩，……值得注意的是，他们既不要毛序，也不要三家诗，而是要回到诗文的本身来讨论，完全超出今古二家的宗派意识。①

由此可见，《古史辨》中人对《诗经》的研究可说是划时代的，既告别了《诗经》的今、古文的宗派之争，同时又摆脱了《诗经》作为政治解读的传统，更重要的是彼等的新方向乃将《诗经》作为文本解读。这意味着《诗经》已从“经”而走向了“文学”。这种转化，乃历二千多年的疑古思潮在文学革命的爆发下所产生的结果，具有重大的文化意义，且在文学史上的影响更是深远至极，堪称胡适所宣称的“重新估定一切

① 王汎森：《古史辨运动的兴起》，允晨文化实业股份有限公司1987年版，第243—244页。

价值”（transvaluation of values），[①] 即使称之为中国学术史上的一次革命，亦不为过。

三　《古史辨》中讨论《诗经》的因缘

首先掀起《诗经》研究者乃胡适，而直接影响顾颉刚作《诗经》研究者，亦是胡适。正如顾颉刚所说：

> 我受了适之先生的指导，曾费二年左右的功夫专研究《诗经》。[②]

胡适将《诗经》视作中国古代最早的信史文献，其《白话文学史》就是以《诗经》作为中国文学，特别是作为白话文学的开端。然而，胡适没有在《白话文学史》中对他称为白话文学的源头的《诗经》作任何论述。可是在《古史辨》第3册中，胡适却发表了三篇有关《诗经》研究的文章，包括《论〈野有死麕〉书》[③]《〈诗三百篇〉“言”字解》[④] 及《谈谈〈诗经〉》[⑤]。这三篇文章具有不同的性质：《论〈野有死麕〉书》

---

① 胡适：《新思潮的意义》，《胡适文存》第1集，远东图书公司1953年版，第728页。

② 顾颉刚：《重刻〈诗疑〉序》，《古史辨》第3册，上海古籍出版社1982年版，第406页。

③ 胡适：《论〈野有死麕〉书》，《古史辨》第3册，上海古籍出版社1982年版，第442—443页。

④ 胡适：《〈诗三百篇〉“言”字解》，《古史辨》第3册，上海古籍出版社1982年版，第573—576页。

⑤ 胡适：《谈谈〈诗经〉》，《古史辨》第3册，上海古籍出版社1982年版，第576—587页。

一文是因为顾颉刚的《野有死麕》而撰写的回应，篇幅很短，亦只是纠正顾颉刚的一些小错误，并指导他参阅相关的西方书籍而已。《〈诗三百篇〉“言”字解》是运用“从经入手，以经解经，参考互证”的归纳理论法，作为“以新文法读吾国旧籍之起点”。[①] 至于第三篇《谈谈〈诗经〉》，虽似闲谈散论，然实际上却是对《诗经》性质的重新定位的重要文章，对于《诗经》研究，具有重要的理论性的指导作用。

除此之外，胡适更提出了如下研究《诗经》的方法：

> 〔第一〕训诂用小心的精密的科学的方法，来做一种新的训诂工夫，对于《诗经》的文字和文法上都重新注解。
>
> 〔第二〕题解大胆地推翻二千年积下来的附会的见解，完全用社会学的、历史的、文学的眼光重新给每首诗下个解释。
>
> 所以我们研究《诗经》，关于一字一句，都要用小心地科学方法去研究，关于一首诗的用意，要大胆地推翻前人的附会，自己有一种新的见解。[②]

胡适将《诗经》视为“文学总集”，解读的方法则是他毕生追求的“科学的方法”。虽然只是倡议，然而从其提出的观

① 叶忆如：《顾颉刚古史神话观研究》，硕士学位论文，高雄师范大学国文研究所，1993 年。

② 胡适：《谈谈〈诗经〉》，《古史辨》第 3 册，上海古籍出版社 1982 年版，第 580 页。夏传才对胡适提出的这两项研究《诗经》的方法作出了批判，基本上仍是从政治立场多于学术上的商榷。详见夏传才《胡适和古史辨对〈诗经〉的研究》，《〈诗经〉研究概要》，中州书画社 1982 年版，第 222 页。

点，可见他与传统的解经方式的决裂。然而，周作人（星杓，1885—1967）却捉住胡适在《谈谈〈诗经〉》一文对《野有死麕》《葛覃》及《嘒彼小星》三篇文章解读为“男子勾引女子”“女工人放假急忙要归”及“妓女星夜求欢”的“大胆怀疑”精神而提出质疑。周作人在该文的最后作出如下的警示：

> ……“不求甚解”四字，在读文学作品有时倒还很适用的，因为甚解多不免是穿凿呵。
>
> 一人的专制与多数的专制等是一专制。守旧的固然是武断，过于求新者也容易流为别的武断。我愿引英国民间故事中“狐先生”（Mr. Fox）榜门的一行文句，以警世人：
>
> “要大胆，要大胆，但是不可太大胆！”①

周作人在当时是新文学革命阵营中的重要成员，亦曾提倡性解放、裸体美，给予别人一种开明的态度，甚至可以说一个开放的形象，而其对胡适的诠释方法尚有如此质疑，何况他人？对此，夏传才指出：

> 《诗经》……胡适虽然提出了一套研究方法，他自己却很少进行深入艰苦的具体研究，只是兴之所至，零散地表白了一些观点。②

① 周作人：《谈〈谈谈诗经〉》，《古史辨》第3册，上海古籍出版社1982年版，第588—589页。

② 夏传才：《〈诗经〉研究概要》，中州书画社1982年版，第223页。

胡适对《诗经》的研究亦并非“很少进行深入艰苦的具体研究”，他曾写过《诗三百篇言字解》，亦是因此文而备受蔡元培激赏而被聘请到北大任教。[①] 然而，正如胡适在其《白话文学史》的《序》中所言，不敢做《诗经》这一段很难做的研究。[②] 此话无论是出自谦虚或是其他原因，胡适的《诗经》研究确实不如顾颉刚那样有系统而深入，这是无可争辩的事实。然而，纵使胡适《谈谈〈诗经〉》一文中有值得商榷之处，但这并不代表其重新整理《诗经》的大方向是错的。

在胡适的指导之下，顾颉刚在《诗经》的研究上先后接触历史上几位怀疑《诗经》的重要人物，依其研究次序分别为姚际恒、崔述及郑樵。顾颉刚发表的有关《诗经》的研究，我们可以根据《古史辨》中辑录的文章性质而作出如下分类：

讨论性质	论文	发表日期及出处
1.《诗序》的真伪	《〈毛诗序〉之背景与旨趣》	1930年2月16日发表于中山大学语言历史研究所《周刊》第10集第12期；收入《古史辨》第3册，第402—403页。
	《论〈诗序〉附会史事的方法书》	1922年3月13日致胡适书；收入《古史辨》第3册，第404—406页。
2.《诗经》的成书年代	《论〈诗经〉经历及〈老子〉与道家书》	1923年2月25日致钱玄同书；收入《古史辨》第1册，第53—57页。
	《读〈诗〉随笔》	1923年1月至3月10日发表于《小说月报》第14卷1—3号；收入《古史辨》第3册，第372—374页。

① 胡颂平：《胡适之先生年谱长编初稿》第1册，联经出版事业公司1984年版，第294页“编注”。

② 胡适：《白话文学史》，东方出版社1996年版，第8页。

续表

讨论性质	论文	发表日期及出处
3.《诗经》的性质	《〈诗经〉在春秋战国间的地位》	1923年3月10日至5月10日发表于《小说月报》第14卷3—5号，原题《〈诗经〉的厄运与幸运》；收入《古史辨》第3册，第309—367页。
4.《诗经》与歌谣的关系	《论〈诗经〉歌词转变书》	1922年2月19日致钱玄同书；收入《古史辨》第1册，第45—46页。
	《从〈诗经〉中整理出歌谣的意见》	1921年12月30日发表于《歌谣周刊》第39号；收入《古史辨》第3册，第589—592页。
	《论〈诗经〉所录全为乐歌》	1925年12月16日至30日发表于北京大学研究所国学门《周刊》第10—12期；收入《古史辨》第3册，第608—657页。
	《起兴》	1925年6月7日发表于《歌谣周刊》第94号；收入《古史辨》第3册，第672—677页。
5.具体篇章的解读	《〈硕人〉是闵庄姜而无子吗?》	1923年4月10日发表于《小说月报》第14卷第4号；收入《古史辨》第3册，第367—369页。
	《答书》（朱鸿寿：《询〈野有蔓草〉的赋诗义书》）	1923年11月10日发表于《小说月报》第14卷第11号；收入《古史辨》第3册，第370页。
	《野有死麕》	1925年5月17日发表于《歌谣周刊》第91号；又在1925年6月15转载于《语丝》第31期；收入《古史辨》第3册，第439—441页。
	《跋适之先生书》	1925年6月7日发表于《歌谣周刊》第94号；又在1925年6月15日转载于《语丝》第31期；收入《古史辨》第3册，第443—444页。
	《跋平伯先生书》	1925年8月1日发表于《吴歌甲集》；收入《古史辨》第3册，第447—448页。
	《跋玄同先生书》	1925年8月1日发表于《吴歌甲集》；《古史辨》第3册，第449页。
	《褰裳》	1925年5月17日发表于《歌谣周刊》第91号；收入《古史辨》第3册，第449—451页。

续表

讨论性质	论文	发表日期及出处
5. 具体篇章的解读	《瞎子断扁的一例——〈静女〉》	1926年2月20日发表于《现代评论》第3卷第63期；收入《古史辨》第3册，第510—518页。
	《答书》（覆刘大白：《关于〈瞎子断扁的一例——静女〉的异议》）	1926年4月12日发表于《语丝》第74期；收入《古史辨》第3册，第524—525页。
6. 其他	《重刻〈诗疑〉序》	1930年10月1日发表于《睿湖》第2期；收入《古史辨》第3册，第406—419页。

以上的分类，清楚可见顾颉刚的《诗经》研究倾向，其中最为重要的首推其在《诗经》与歌谣关系上的研究。他指出歌谣在“风”“雅”“颂”中的分布；又指出《诗经》中的歌谣已非本相，而是已成为乐章的歌谣。《诗经》中的歌谣本相虽然难以指出，但可以找出那些由歌谣做底子的。顾颉刚在此方面的研究引发了魏建功、张天庐、钟敬文等学者对于诗与歌谣及音乐的关系的激烈论争。同样地，其关于《瞎子断扁的一例——〈静女〉》也引发很多学者参与讨论。关于《静女》的论争，其实是一种实际批评，既有传统的考证、训诂，亦有接近西方新批评（New Criticism）般的“细读”（close reading）。因此，《古史辨》第3册的“下编”，有理论的辩难，亦有实际批评上的较量，可谓是一部典型的文学批评专著。

四　《诗经》性质的重构

《古史辨》中关于《诗经》的讨论，最为统一的观点就是视《诗经》为一部文学总集，现在看来似乎波澜不惊的立场，而在当时却是石破天惊，这无疑是一场对传统经学的“革命”，颠覆了两千年的解经传统。胡适在《谈谈〈诗经〉》一文中论及《诗经》的性质，亦有如下的见解：

> （1）《诗经》不是一部经典。……确实是一部古代歌谣的总集，可以做社会史的材料，可以做政治史的材料，可以做文化史的材料。（2）孔子并没有删《诗》……（3）《诗经》不是一个时代辑成的。《诗经》里面的诗是慢慢的收集起来，成现在这么样的一本集子。……（4）《诗经》里面描写的那些男女恋爱的事体，在那般道学先生看起来，似乎不大雅观，于是对于这些自然的有生命的文学不得不另加种种附会的解释。……①

在胡适眼中，《诗经》不但不是一部“神圣”的“经典”，亦非孔子所删定的，而是慢慢收集起来的。这种观点既颠覆了《诗经》自古代以来的崇高地位，亦一举将历代囿于政治阅读的注家打倒。其所提出的从文学的角度“解释”《诗经》的观点，正是将《诗经》从“圣经”扭转至“文学”的重要观念，亦是为建构白话文学史而作出的奠基性举措。胡适进一步提出如下两个观点：一是《诗经》不是一时代辑成的；二是《诗经》中的《大雅》《小雅》是文人创作，而《国风》则是歌谣。②

① 胡适：《谈谈〈诗经〉》，《古史辨》第3册，上海古籍出版社1982年版，第577—579页。

② 同上书，第578页。

至于顾颉刚在《诗经》研究上的重要举措，则是这样具体地回答了例如关于《诗经》的年代的问题：

> 观《论语》所引《诗》并不多，而“素以为绚兮”之句已不存，“唐棣之华”全首已不载。“唐棣之华”尚可以说是孔子不以为然，所以删去；至于“素以为绚兮”，正是“绘事后素”的好证据，子夏因此悟于“礼后”之说，而孔子极口称道他的，这为什么要删去呢？《论语》辑集已在孔子后多时，而与今《诗经》尚不同，可见今《诗经》之辑集必更在《论语》之后了。孟子引《诗》，与今本无异同，则《诗经》辑集必在孟子之前。[①]

他认为《诗经》的辑集必在孔子之后而在孟子之前，因为《论语》中曾有孔子所赞美的诗句却不见于《诗经》之中，而《论语》则乃孔子殁后由其弟子所辑录的，故此顾颉刚由此推断《诗经》的辑录必在孔子之后，而在孟子之前，因为《孟子》中的引诗与《诗经》并无不同，此见纠正了钱玄同所说的孔子看过《诗经》之见，亦间接同时呼应了胡适“孔子并没有删《诗》”之说。对于《诗经》的产生年代，顾颉刚又作出如下的推断：

> ……周代辑诗，他们并没有历史观念，则杂乱亦无庸讳。所以《诗经》大部分是东周诗，偶有几首是西周流传

① 顾颉刚：《〈诗经〉辑集时代》，《顾颉刚读书笔记》第1卷，联经出版事业公司1990年版，第381页。

下来的，也说不定。[①]

故此，顾颉刚认为孔子所谓的“诗三百”并不是指他删经为三百篇，而有可能是指当时口头传诵的只有三百篇而已，如辑于清乾隆年间的《唐诗三百首》一样。[②] 他又认为《诗经》既然是一部文学书，就应该用文学的眼光、文学的惯例去作诠释。[③] 他甚至一语中的地指出《古史辨》第3册的根本意义，就在于打破汉人的经说，辨明齐、鲁、韩、毛、郑诸家诗说，以及《诗序》的不合于《诗经》。[④]

由以上的论述可见，胡、顾两人及《古史辨》中人在根本的性质上颠覆了作为“圣经”的《诗经》，并同时将之重构为文学的总集。《诗经》一下子一百八十度从“圣经”的这一端滑至“文学”的另一端。“圣经”之所以是“圣经”，“六经”之所以是“六经”，是因为作为“经典”的“六经”“包含了一个文化传统最基本的宗教信条、哲学思想、伦理观念、价值标准和行为准则”，[⑤] 具有指导人伦日用的权威性，为中华民族

① 顾颉刚：《〈诗三百篇〉著作时代》，《顾颉刚读书笔记》第1卷，联经出版事业公司1990年版，第381页。

② 顾颉刚：《〈诗〉三百》，《顾颉刚读书笔记》第1卷，联经出版事业公司1990年版，第385页。有关顾颉刚对删诗之说的其他笔记可参见《删〈诗〉说之非》《朱彝尊辨删〈诗〉》《〈诗经〉中之情诗与孔子删定说之矛盾：〈诗序〉之附会》《赵坦论删〈诗〉》，分别见《顾颉刚读书笔记》第4卷，第2409页；第1卷，第416页；第1卷，第319页；第1卷，第436页。

③ 顾颉刚：《〈诗经〉在春秋战国间的地位》，《古史辨》第3册，上海古籍出版社1982年版，第309页。

④ 顾颉刚：《自序》，《古史辨》第3册，上海古籍出版社1982年版，第2页。

⑤ 张隆溪：《经典在阐释学上的意义》，《中国文哲研究通讯》1999年第3期。

千多年以来所传承与遵循。而“文学总集”，可以是文学的经典，顶多亦就在文学创作上具有示范的作用而已。这里必须指出的是，只有在疑古思潮达到顶点的“五四”时期，《诗经》的性质方能有如此极端的转变。

五　重构《诗经》作为民间文学

然而，《古史辨》中人对《诗经》的讨论并不止于此。上述的“颠覆”与“重构”只是性质上扭转而已，而具体方面的论证，实际上更为重要。唯有实际的论证，方能昭示世人，特别是传统的学者：《诗经》不是圣经，而是文学总集，而且是民间文学，白话文学的源头。这项艰巨的工作，为历史感特别重的顾颉刚所完成，他这样谈及《诗经》与“历史”的关系：

> 战国时诗失其乐，大家没有历史的知识，而强要把《诗经》乱讲到历史上去，使得《诗经》的外部蒙着一部不自然的历史。①

就是这种强烈的历史感，令他更深入研究《诗经》的内涵，全方位地对《诗经》作了具有开创性而具体的研究，实际地将《诗经》从“圣经”转化为文学总集，革命性地颠覆了《诗经》作为古典文学的典范，并同时巧妙地将之重构为白话

---

① 顾颉刚：《论〈诗经〉经历及〈老子〉与道家书》，《古史辨》第1册，上海古籍出版社1982年版，第53页。

文学的源头。①

《诗经》中有歌谣的存在并不是顾颉刚的个人创见，自南宋朱熹以降，许多学者均有类似的观点。然而，顾颉刚最为重要的研究是对《诗经》中的歌谣作了深入的考察，而且得出了深具时代烙印、切合“白话文运动”的结论。

顾颉刚在《从〈诗经〉中整理出歌谣的意见》指出《风》《雅》《颂》的分类，即是歌谣与非歌谣的区分。他认为《风》是歌谣，《雅》《颂》不是歌谣。② 然而，他亦指出《国风》中固然有不少歌谣，而非歌谣的亦不少，《小雅》亦复如是。③ 他在考察的过程中发现了《诗经》中有“徒歌”与“乐歌”之别，前者是随口而唱，并没有音乐的辅助；④《诗经》中有一半是随口而唱，并没有音乐的辅助的“徒歌”，给人随口唱出来的，乐工听到了，便替它们制了谱，变成“乐歌”，可以复奏，才会传到各处去，成为风行一时的诗歌。⑤

顾颉刚套用胡适《白话文学史》中“平民”与“贵族”的对立观念，指出《诗经》中“平民”与“贵族”在于作诗方面的不同：

---

① 赵毅衡便认为：“五四时期的知识分子，实际上并非文化批判者，而是革命家，是主流文化的颠覆者与占领者一身兼二任。”见赵毅衡《走向边缘——中国知识分子终于到位》，《必要的孤独》，天地图书有限公司 1995 年版，第 317 页。

② 顾颉刚：《从〈诗经〉中整理出歌谣的意见》，《古史辨》第 3 册，上海古籍出版社 1982 年版，第 589 页。

③ 同上书，第 589—590 页。

④ 顾颉刚：《〈诗经〉在春秋战国间的地位》，《古史辨》第 3 册，上海古籍出版社 1982 年版，第 314 页。

⑤ 同上。如陆侃如、冯沅君亦受了顾颉刚的这种观点的影响，在《中国诗史》中说《诗经》乃民间男女所歌，公卿列士所献，而经鲁国师工谱为乐章的总集。陆侃如、冯沅君：《中国诗史》，百花文艺出版社 1999 年版，第 9 页。

1. 平民唱出来的，只要自己发泄自己的感情，不管它的用处；贵族做出来，是为了各方面的应用。①

2.《国风》的大部份，都是采取平民的歌谣。如《召南·行露》乃平民受了损害而说出的气愤之语；至于为乐工或士大夫定做出来的颂辞，则可见于《周南·桃夭》。②

3. 在“大”“小雅”里采的民谣是少数（如《我行其野》《谷风》等），而为了应用而去做的占多数（如《鹿鸣》《文王》等）。③

4.“颂”里便没有民谣了。民谣的作者随着心中要说的话去，并不希望他的作品入乐；乐工替它谱了乐章，原意也只是希望贵族听了得到一点民众的味儿，并没有专门的应用；但贵族听得长久了，自然也会把它使用了。凡是它做出来的，都由于应用上的需要而来。④

顾颉刚认为诗的应用有四大方向：典礼（祭祀、宴会）、讽谏、赋诗（交换情意）以及言语（引用）。⑤ 他又认为凡是《诗经》里的歌谣，都是已经成为乐章的歌谣，不是歌谣本相，歌谣的本相即“徒歌”。⑥ 简而言之，“贵族”作诗是为了“应用”，而“平民”作诗则为了“抒情”。“平民”唱出的是真情

① 顾颉刚：《〈诗经〉在春秋战国间的地位》，《古史辨》第3册，上海古籍出版社1982年版，第320页。

② 同上。

③ 同上书，第321页。

④ 同上书，第320页。

⑤ 同上书，第320—345页。

⑥ 顾颉刚：《从〈诗经〉中整理出歌谣的意见》，《古史辨》第3册，上海古籍出版社1982年版，第591页。

实感，当然言外之意就是“平民”所唱的“徒歌”乃当时的“民间文学”，而这种“民间文学”亦有很多被贵族收编、改造而成为“乐歌”。所以，《诗经》的源头基本上就是民间文学。因此《诗经》作为白话文学史源头的论证，为白话文学史建构了一个令人信服的传统，对白话文学史的建构起到很关键的论证作用。

然而，顾颉刚是如何从“重章复沓”的形式中论证《诗经》与歌谣的关系？[①] 就歌谣的形式而言，顾颉刚认为《诗经》里的歌谣已经乐师改写，非其原貌，因为：

> 凡是歌谣，只要唱完就算，无取乎往复重沓。惟乐章则因奏乐的关系，太短了觉得无味，一定要往复重沓的好几遍。《诗经》中的诗，往往一篇中有好几章都是意义一样的，章数的不同只是换去了几个字……可以假定其中的一章是原来的歌谣，其它数章是乐师申述的乐章。如：
>
> 月出皎兮。佼人僚兮。舒窈纠兮，劳心悄兮。
> 月出皓兮。佼人㦗兮。舒懮受兮，劳心慅兮。
> 月出照兮。佼人燎兮。舒夭绍兮，劳心惨兮。
>
> 这里的“皎，皓，照”“僚，㦗，燎”“窈纠，懮受，夭绍”“悄，慅，惨”完全是声音的不同，借来多做出几章，并没有意义上的关系（文义上即有不同，亦非谱曲者所重）。在这篇诗中，在任何一章都可独立成为一首歌谣，

---

① 相关论述可参见洪国梁《“重章互足”与〈诗〉义诠释——兼论顾颉刚“重章复沓为乐师申述”说》，《清华学报》1998年第2期。

> 但联合了三章则便是乐章的面目而不是歌谣的面目了。[①]

顾颉刚指出要从乐章中实指某一章是原始的歌谣是不可能，但要知道那一篇乐章是以歌谣作底子的，这便不妨从意义上着眼而加以推敲。虽则有了歌谣的成分的未必即为歌谣，也许是乐师模仿歌谣而做出来的。[②]

在《论〈诗经〉所录全为乐歌》中，顾颉刚又指出《诗经》中大部分是为奏乐而创作的乐歌，一小部分是由徒歌变成乐歌的，当改变时，乐工为之编制若干复沓的章节：

> 徒歌是民众为了发泄内心的情绪而作的，他并不为听众计，所以没有一定的形式。他如因情绪的不得已而再三咏叹，以至有复沓的章句时，也没有极整齐的格调。乐歌是乐工为了职业而编制的，他看乐谱的规律比内心的情绪更重要。他为听者计，所以需要整齐的歌词而奏沓的乐调。他的复沓并不是他的内心情绪必要他再咏叹，乃是出于奏乐时的不得已。[③]

其言下之意，即是研究者大致上可以按诗的形式而对其是“徒歌”或“乐歌”作出推断。顾颉刚从而认为，可以从《诗

---

① 顾颉刚：《从〈诗经〉中整理出歌谣的意见》，《古史辨》第 3 册，上海古籍出版社 1982 年版，第 591 页。

② 同上书，第 591—592 页。

③ 顾颉刚：《论〈诗经〉所录全为乐歌》，《古史辨》第 3 册，上海古籍出版社 1982 年版，第 624—625 页。

经》中整理出古代的歌谣。①

无论是顾颉刚，还是胡适，或是钱玄同、俞平伯、郑振铎以至于《古史辨》中人与胡、顾辩难者，均没有人反对《诗经》乃文学总集，亦没人反对《诗经》中有歌谣。《诗经》的作品基本上是来自民间，而非全是文人士大夫的创作，至此大致达成一个共识。而胡、顾之将《诗经》之论证为古代民间文学，意义重大，不只是打破了千多年的解经传统，更为重要的是为白话文学史的建构走出坚实而关键的一步。

六 "诗经学"的解构

从古史辨中有关《诗经》的论辩可见，无论是对孔子删诗的质疑、《诗经》的性质的扭转、《诗序》的攻击、《诗经》与歌谣的关系还是具体解读的方法，均可见胡适与顾颉刚是全方位地解构传统的"诗经学"。

自汉代以降的经师，无论是训诂还是义理，绝大多数均先验地接受了《诗经》本身已具有微言大义在其中，他们的工作不是释放意义，而是找出已存在的真理。这种观念历千年而不衰，纵使中间有少数学者如欧阳修（永叔，1007—1072）、苏辙（子由，1039—1112）、郑樵以及朱熹等稍作质疑，然而彼等质疑的不是大传统，而是大传统中一些具体文献的真伪而已。不是说他们没有质疑传统的能力，而是他们信奉传统的权威远远大于质疑。即使偶有"异端"的存在，亦早被铲除，因

① 顾颉刚：《论〈诗经〉所录全为乐歌》，《古史辨》第3册，上海古籍出版社1982年版，第608—657页。

为传统不只是文化的传统，而往往涉及权力的稳定。一个传统的经师只能在传统的脉络中存在，因为若想在传统的诠释方法中继续下去，就必得自历史找源头。然而，胡适与顾颉刚却是完全与传统的解经决裂，这是一种向前超越，从胡适所提倡研究《诗经》的方法更可见，他肯定的亦就是意义的自由活动。而且，胡、顾的针对性很明确，就是决意建立一种新的诠释范式，打倒汉人的解经传统，要打倒汉人的解经传统，最好的方法就是从《诗序》与孟子的“以言逆志”入手。

1. 反《诗序》

在传统的诗经学中，《诗序》极富争议性。《诗序》一向被视作解读《诗经》的纲领，然而历代质疑其为伪作者，多不胜数，而且大多是鼎鼎大名的名家大师。质疑、挑战《诗序》的可信性的思潮始于北宋，欧阳修、苏辙乃其代表人物。及至南宋，郑樵作《诗辨妄》，影响及朱熹的《诗集传》，而令朱熹对《诗序》亦抱有不同程度的质疑，[①] 他认为：

> 《诗序》实不足信。向见郑渔仲有《诗辨妄》，力诋《诗序》。其间言语太甚，以为皆是村野妄人所作。始亦疑之；后来仔细看一两篇，因质之《史记》，《国语》，然后知《诗序》之果不足信。……大率古人作诗，与今人作诗一般。其间亦自有感物道情，吟咏情性。几时尽是讥刺他人。只缘序者立例，篇篇要作美刺说，将诗人意思尽穿凿

① 参见殷光熹《宋代疑古惑经思潮与〈诗经〉研究——兼论朱熹对〈诗经〉学的贡献》，《中国古代、近代文学研究》1997 年第 1 期。

> 坏了。且如今人见人才做事，便作一诗歌美之或讥刺之，是甚么道理！①

朱熹这样评价《诗序》的言论在当时已算是相当激烈的了，再加上其理学宗师的地位，其放言挑战儒家的传统与经典，更为震撼。

关于《诗序》，顾颉刚系统而深入地提出以下观点：

> 1.《诗序》者，确定《诗三百篇》之时代，使其可合于史事者也。以诗证史，本无不可；特如《诗序》之以诗证史之方法，则大不可耳。②
>
> 2.《诗序》之方法如何？曰，彼以"政治盛衰"，"道德优劣"，"时代早晚"，"篇第先后"之四事纳之于一轨。凡诗篇之在先者，其时代必早，其道德必优，其政治必盛。反是，则一切皆反。在善人之朝，不许有一夫之愁苦；在恶人之世，亦不容有一人之欢乐。善与恶之界画若是乎明且清也！③

为什么他会说以诗证史本无不可，而"《诗序》之以诗证史之方法，则大不可"呢？他在第二点用了"层累法"，点破

---

① 朱熹：《朱子语类》第 80 卷。转引自郑振铎《读〈毛诗序〉》，《古史辨》第 3 册，上海古籍出版社 1982 年版，第 389 页。朱熹花了差不多二十二年的时间治《诗经》，用功极勤，卓然成一家之言。关于朱熹对《诗序》的态度及其观点，可参见莫砺锋《论朱熹对〈诗序〉的态度》，《文献季刊》2000 年第 1 期。

② 顾颉刚：《〈毛诗序〉之背景与旨趣》，《古史辨》第 3 册，上海古籍出版社 1982 年版，第 462 页。

③ 同上。

了人为的、主观的美化三王的黄金盛世，指斥以上的历代解经之穿凿附会乃“指鹿为马”“掩耳盗铃”。

清初的姚际恒，则既反汉学的毛、郑，亦反宋学代表的朱熹，姚际恒对《诗序》的质疑包括作者的问题与《诗大序》的可信性。例如《诗序》对于《关雎》有如下评价：

> 后妃之德也……乐得淑女以配君子，忧在进贤，不淫其色。哀窈窕，思贤才，而无伤善之心焉。

姚氏别有见解，认为：

> 此诗只是当时诗人美世子娶妃初昏之作，以见嘉耦之合初非偶然，为周家发祥之兆，自此可以正邦国，风天下。[①]

姚氏将“后妃之德”改为“美世子娶妃初昏之作”。然而，顾氏却嫌他不够彻底，批评他仍落入《诗序》的圈套，亦见其独立思考之不彻底。[②] 至于《诗序》在《周南·桃夭》一诗中云：

> 后妃之所致也，不妒忌，则男女以正，昏姻以时，国无鳏民也。

---

① 姚际恒撰，顾颉刚标点：《诗经通论》第1卷，中华书局1958年版，第15页。

② 顾颉刚：《汤山小记（七）：〈左传〉说〈卷耳〉》，《顾颉刚读书笔记》第7卷上册，联经出版事业公司1990年版，第4939页。

姚氏对此作出反驳，其中有一句是："每篇必属后妃，竟成习套。"顾氏批道："此驳极明快。"[①] 这种历来的"习套"，正是顾氏所指出的《诗序》以诗证史之不可靠，其实亦即是说《诗序》与历代的经师、学者均非诚实地反映历史的真相，而是因循的为政治服务。其反《诗序》的探讨深入而具体，[②] 在此只拈其要者作说明而已。

2. "以言逆志"的质疑

孟子的"以言逆志"之理念乃儒家诠释学上的权威方法，顾颉刚却对孟子"以言逆志"作出如下的批驳：

> 春秋时人说"赋诗言志"，是主观的态度；他改为"以意〔言〕逆志"，是客观的态度。有了客观的态度，才可以做学问。所以他这句话是诗学的发端。要是他在诗学发端的时候就立了一个很好的基础，是何等可喜的事！不幸他虽会立出这个好题目，却不能达到这个好愿望。他虽说用自己的意去"逆"诗人之志，但看得这件事太便当了，做的时候太卤莽，到底只会用自己的意去"乱断"诗

① 顾颉刚：《汤山小记（七）：后妃成习套》，《顾颉刚读书笔记》第7卷上册，联经出版事业公司1990年版，第4933—4934页。

② 有关顾颉刚对《诗序》的具体质疑以及《诗经》研究史上相关学者的商榷，其主要者可分别见顾颉刚读书笔记中的如下记录：《诗序》《〈诗序〉深文周纳》《〈序〉与〈诗〉相反》《〈诗序〉作法》《〈诗序〉不可信》《〈韩诗序〉、〈鲁诗序〉与〈毛诗序〉》《〈毛诗序〉之谬》《〈毛诗序〉与〈韩诗序〉之矛盾》《韩愈疑〈诗序〉》《程颐论〈诗序〉》《宋曹粹中辨〈诗序〉出〈毛传〉后》《〈诗序〉杂凑〈左传〉、〈乐记〉说〈桑中〉》《〈诗序〉据庄姜后事说其初嫁之非》《〈诗序〉谓〈有杕之杜〉为"劳还役"亦取〈左传〉》，分别见《顾颉刚读书笔记》第1卷、第4卷、第7卷。

> 人的志，以至阏宫的时代还没弄清楚，周公膺戎狄的志倒轻易的断出来了；緜诗上只说公亶父娶了美女而公亶父好色的志就被他断出来了，“内无怨女，外无旷男”的社会情形也看出来了。试问这种事实和心理是如何的“逆”出来的？他能答覆吗？……他一个人胡乱说不要紧，影响到后来的学者，一一照了他的路走，遗毒可就不小。二千年来大家做诗学，遵循的是经典上的诗说，经典上的诗说可分为二种；第一种是春秋时人的用诗，第二种是孟子的乱断诗，这一班后学者，不管得用诗与乱断诗，以为载在经典的诗说都是“以意逆志”的先正典型。①

以上是顾颉刚对孟子的“以言逆志”一针见血的批判，然而无论是“乱断诗”还是“喜妄说”，孟子的阅读方法往往压抑了其他意义的可能性，无论是美是刺，不外就是政教的阅读。虽说是以文本之“言”以“逆”作者之意，然而诠释的活动中心却是读者，但这读者不是一个可以自由想象的读者，而是思维能力被限定的读者，而其基本的解读前提就是“诗无邪”。这种诠释模式是一条死胡同，一旦走进去，就得在胡同中作有限的活动。而这诠释的模式，大概亦可引申至整个中国的经学传统，这就是一种失去活力的传统。

七　结语

胡、顾他们将背景、意图排斥于写作之外，和传统经师着

① 顾颉刚：《〈诗经〉在春秋战国间的地位》，《古史辨》第3册，上海古籍出版社1982年版，第362—365页。

重这两大要素的立场恰好是两大极端。后者则先将“作者的意图”意义定为“作品本身”的意义，而不知这种种界定法是循环论证，将“意义”与“意图”认同，但马上又将它们分开，再去相互印证，更误延伸“定义”为“方法”。这岂不是说意图早已存在，诠释的工作仅是提供有关那意图的讯息，而不是指明意图本身。①

顾颉刚非常清楚自己的时代使命，故而才能跳出“道统”与“学派”的束缚，作书本以外的驰想。② 他所谓的“书本以外的东西”与“新天地”，其实与其具有强烈“时代”意识有绝大的密切关系，故而《诗经》在他手中只是众多的古史材料中的一种，而非圣经。然而，顾颉刚本人亦深知打破传统与建设新传统的难处，③ 特别是围绕《静女》之辩难，令他明白破坏容易，建设难。④

他们解构的是传统解经方式对《诗经》的压抑，将《诗经》其他可能的意义释放出来。假如这种工作是“破坏”的话，他们的“破坏”恰好正就是对《诗经》的一种具有现代意义的“建设”——将《诗经》从“经典”导向文学，从殿堂而走进民间，从而获得了活泼的生机。

顾颉刚以“史料”为武器，以歌谣之变迁为方法，转化了

---

① 廖炳惠：《解构主义与诠释成规》，《中外文学》1982 年第 6 期。另可参见张隆溪《经典在阐释学上的意义》，《中国文哲研究通讯》1999 年第 3 期；张鼎国《“较好地”还是“不同地”理解？——从诠释学论争看经典诠疏中的诠释定位与取向问题》，《中国文哲研究通讯》1999 年第 3 期。

② 顾颉刚：《自序》，《古史辨》第 3 册，上海古籍出版社 1982 年版，第 1 页。

③ 同上书，第 2 页。

④ 同上。

两千多年来《诗经》一直附庸于政治的局面，而更重要的是这种“转化”更是将《诗经》从政治解读引进文学的领域，颠覆了《诗经》在古典文学与政教上的“圣经”地位，并将之重构为白话文学的源头，为白话文学史的建构，作出奠基性的论证，并获得了普遍的响应与认同。① 而这一切之所以能作出具体的论证，均与胡适及顾颉刚的实践密不可分。

① 我们在很多文学史中《诗经》的部分，均可见胡适、顾颉刚及《古史辨》中人视《诗经》的为文学总集与文学作品。见游国恩等主编《中国文学史》第1册，人民出版社1989年版，第30页；裴斐主编《中国古代文学史》上册，中央民族出版社1996年版，第16页；刘大杰《中国文学发展史》上卷，学林书店1987年版，第31页；柳存仁等《中国大文学史》，上海书店出版社2001年版，第29页。特别值得一提的是游国恩主编的《中国文学史》，此书在《雅》《颂》与《国风》的性质的说明上，几乎完全照搬顾颉刚的见解。见游国恩等主编《中国文学史》第1册，人民出版社1989年版，第33—50页。

第四章

走向"民间"：白话文学史的理念及其实践

一 前言

关于文学是否该走向"民间"的论争并非始自"五四"，亦非胡适首倡，其实远在明代便有大量的相关讨论。公安派的袁氏三兄弟袁宗道（伯修，1560—1600）、袁宏道（中郎，1568—1610）、袁中道（小修，1570—1630）为攻击复古诗派①的文学史观而提倡的民间文学，在"五四"期间，备受新文学阵营所称道。因此，文学史上一般均认为，胡适等人在

① 在明代纷纭的诗学流派中，复古诗派的主要倡导者乃所谓的"前、后七子"。李梦阳便乃前七子的领袖人物，其他的还包括何景明（仲默，1483—1521）、徐祯卿（昌谷，1479—1511）、边贡（廷实，1474—1532）、康海（德涵，1475—1540）、王九思（敬夫，1468—1551）、王廷相（子衡，1474—1544）；后七子乃以李攀龙（于鳞，1514—1570）与王世贞（元美，1526—1590）为主，此外尚有谢榛（茂秦，1495—1575）、宗臣（子相，1525—1560）、梁有誉（公实，1519—1555）、徐中行（子兴，1517—1578）与吴国伦（明卿，1524—1593）。因为彼等提倡"文必秦汉，诗必盛唐"的复古文学观念，故此一般文学史与文学批评史对这一流派也以"复古诗派"视之。相关论述，可参阅陈岸峰《沈德潜诗学研究》，中国社会科学出版社 2019 年版。

“五四”期间的“民间文学”的追求，其实乃公安派未竟事业的延续。

自1910年后期至20年代期间，许多知识分子接受了19世纪70年代俄国民粹派的理论，开始倡导“到民间去”。[①] 于是，1919年，中国便开始了一场“到民间去”的运动。胡适在建构白话文学史的过程中，提出“民间文学”这个至关重要的理念，亦是当时“到民间去”的反映，并得到了巨大的反响，其主要论敌梅光迪（觐庄，1890—1945）的批评可作为佐证：

> 吾国近年以来，所谓“新文化”领袖人物，一切主张，皆以平民主义为准则。[②]

所谓的“领袖”，从其整篇文章所嘲讽的人物特征而言，指的就是胡适。其时，胡适以及新文学阵营所猛烈攻击、打倒的是古典文学，大肆鼓吹的便是民间的白话文学。胡适在《文学改良刍议》中列出八项主张：一，须言之有物；二，不摹仿古人；三，须讲求文法；四，不作无病之呻吟；五，务去滥调套语；六，不用典；七，不讲对仗；八，不避俗字俗语。[③] 他

---

① 详见洪长泰《到民间去：1918—1937年的知识分子与民间文学运动》，董晓萍译，上海文艺出版社1993年版，第19—22页。而彭明辉则认为：“民俗研究包含知识分子走向民间，以及学者们从事民俗的实体研究两方面。知识分子走向民间，有的从社会改造方面入手，有的从事民歌采集、礼俗研究等，不可一概而论。”见彭明辉《疑古思想与现代中国史学的发展》，商务印书馆1991年版，第129页。

② 梅光迪：《评今人提倡学术之方法》，孙尚扬、郭兰芳编《国故新知论：学衡派文化论著辑要》，中国广播电视出版社1995年版，第134页。

③ 胡适：《文学改良刍议》，北京师范大学中文系现代文学教学改革小组编《中国现代文学史参考资料》，高等教育出版社1959年版第1卷上册，第44页。

推崇的文学正宗是施耐庵（肇端，1296—1370）、曹雪芹（梦阮，约1715—1763）及吴趼人（小允，1866—1910），因为他们“不避俗字俗语”。他推崇的白话文学作品是翻译的佛经，尤其是后来的禅宗语录，因语言多用白话。明代的小说如《水浒传》《西游记》以及《三国演义》，都是他眼中的“通俗行远之文学”。[①] 他最推崇的文学盛世却是元代，原因是当时的文学“言文合一”“白话几成文学的语言”；[②] 而元代的关汉卿（已斋，约1240—1310）等剧作家，则是他所大力推崇的白话文学正宗。

白话文学史的核心当然是民间文学，然而洪长泰的博士论文 *Going to the People: Chinese Intellectuals and Folk Literature, 1918—1937* 中有专节讨论的民间文学研究者，包括刘复（1891—1934）、周作人及顾颉刚，至于著有《白话文学史》、宣称“一切新文学的来源都在民间”的胡适，却未得一席位。[③] 从文学史的角度而言，对于顾颉刚在民间文学上的发掘与梳理的贡献，更应给予重视，而胡适的倡导之功及其实践同样不能忽视。

二 并非真正“走向民间”的责难

现在所谓的“民间文学”，或现代中国文学史上所提及的

① 胡适：《文学改良刍议》，北京师范大学中文系现代文学教学改革小组编《中国现代文学史参考资料》，高等教育出版社1959年版第1卷上册，第50页。

② 同上。

③ Hung Chang-tai, *Going to the People: Chinese Intellectuals and Folk Literature, 1918—1937*, Cambridge and London: The Council of East Asian Studies, 1985.

白话文学典范，基本就是胡适在“文学革命”期间所大力推崇的明、清小说。这些明、清小说虽有“民间”的参与成分，而主要还是由文人将这些流传于民间的故事润饰、扩展、整理成书，例如《三国演义》与《水浒传》便是此中典范。文学史中推崇的作品很多均为文人创作，从《三国演义》《水浒传》《西游记》《红楼梦》《儒林外史》，以至于晚清的小说，越来越倾向文人创作。至于“五四”的文学创作，基本亦是全为学院派所主导，而并非真的“走向民间”。当时的著名学者钱基博便曾严厉地批评胡适所鼓吹的白话文学基本上还是文人创作，根本不够“民间”，他又对当时的新文学作家的创作作出如下批评：

> ……胡适之创白话文也，所持以号于天下者，曰：“平民文学也，非士夫阶级文学也。”……树人善写实，志摩喜玄想，取径不同，而皆揭“平民文学”四字以自张大。后生小子始读之而喜，继而疑，终而诋曰：“此资产阶级文学也，非真正民众也。树人颓废，不适于奋斗。志摩华靡，何当于民众。志摩沉溺小己之享乐，漠视民之惨沮，唯心而非唯物者也。至树人所著，只有过去回忆，而不知建设将来；只抒小己愤慨，而不图福利民众。若而人者，彼其心目中，何尝有民众耶！”①

除了对个别作家的作品或有所“误读”之外，钱基博针对新文学的创作绝大多数均仍为士大夫文学而非真正的走向民间

① 钱基博：《现代中国文学史》，岳麓书社1986年版，第504页。

的批评，基本上是没错的。五四文学革命没有真正地走向民间，在差不多大半个世纪之后，仍招来赵毅衡的批评：

> “五四”作家开拓了许多新文类，就是在把这些新文类文人化。“五四”作家和思想家用白话取代文言作为文学语言，理由之一说是让文学能接近“引车卖浆者流”，他们可能真诚地相信新文学的“大众化”目标。但实际上，他们反使原先接近大众的白话小说脱离了大众。“五四”文学用白话，并没有使用诗歌小说易懂了，相反，是难懂了。……“五四”文学的确脱离大众。[①]

赵毅衡甚至更明确地指出“五四”文学因为是“文人创作”，故而“现实性”亦不强。[②]

对于“走向民间”这种名不符实的现象，胡适自己并非不知道。他曾忆述他的朋友李辛白指出他办报是办给大学、中学的学生看的，一般老百姓都看不懂报上的文章。[③] 其实，胡适等人所倡导的白话文学的开始并不辉煌，鲁迅（周树人，豫才，1881—1936）便曾这样描述当时的文学创作的状况：

> 凡是关心现代中国文学的人，谁都知道《新青年》是提倡“文学改良”，后来更进一步而号召“文学革命”的

① 赵毅衡：《先锋文学——文化转型期的纯文学》，《必要的孤独》，天地图书有限公司1995年版，第333页。

② 同上书，第334页。

③ 胡适：《大众语在那儿》，《胡适文存》第4集，亚东图书公司1953年版，第531页。

> 发难者。但当一九一五年九月中在上海开始出版的时候，却全部是文言的。苏曼殊的创作小说，陈嘏和刘半农的翻译小说，都是文言。到第二年，胡适的《文学改良刍议》发表了，作品也只有胡适的诗文和小说是白话。后来白话作者逐渐多了起来，但又因为《新青年》其实是一个论议的刊物，所以创作并不怎样着重。①

由此可见，白话文学的创始的匆促与孤立！这批刚从文言文世界中觉醒过来且来自不同地域的文人，如何能一下子写出标准“白话”？故此，我们有必要重新理解胡适以及新文学阵营中人对“民间文学”的看法。

三　“走向民间”的论争

无论是当时或后世，均对“五四”文学创作并非真正地“走向民间”有所责难，而其实当时在新文学阵营中便曾有过对“走向民间”的论争。

胡适认为“民间文学”一直是在与“正统文学”相角力的：

> 现在还有许多守旧的人，对于正统文学的推翻和小说戏剧的推崇，总有点怀疑。不过这是因为他们囿于成见，不肯睁开眼睛去研究文学史的事实。他们若肯平心静气地

① 鲁迅：《〈小说二集〉导言》，赵家璧主编《中国新文学大系》，香港文学研究社1972年版，第1475页。

研究二千多年的文学史，定可以知道文学史上尽管多这样的先例；定可以知道他们所公认的正统文学也往往是从草野田间爬上来的。三百篇中的国风，楚辞中的九歌，自然是最明显的例。①

由此可见，胡适眼中的“民间文学”即是“草野田间”的戏剧、小说，甚至包括已经成为经典的《诗经》中的“国风”与《楚辞》中的“九歌”。

他又把“平民的文学”与“贵族的文学”对立起来：

这二千年之中，贵族的文学尽管得势，平民的文学也在那里不声不响的继续发展。②

胡适又认为“民间文学”在语言上仍不成熟，若要成为“国语”，还得靠吸收“方言的文学”：

国语的文学从方言的文学里出来，仍须要向方言的文学去寻他的新材料，新血液，新生命。③

这里所谓的“方言的文学”，其实就是他在其他文章中所提及的“民间文学”。

---

① 胡适：《〈中古文学概论〉序》，《胡适文存》第2集，亚东图书公司1953年版，第496页。

② 胡适：《五十年来中国之文学》，《胡适文存》第1集，亚东图书公司1953年版，第243页。

③ 胡适：《序（一）》，顾颉刚等辑《吴歌 吴歌小史》，江苏古籍出版社1999年版，第9页。

我们再来看看顾颉刚又是如何看待“民间文学”。在其笔记中，顾颉刚这样论及宋代的“平民文学”：

> 《齐东野语》云：“蜀妓多能诗。”《桯史》（王国维引）云：“蜀伶多能文。”可见宋代蜀中平民文学的发达。亦以南渡以后中原世家迁蜀者多耳。①

他的另一则论及“民间”的文字可见于其读书笔记中之《王夫之鄙视民间文艺》，他因王夫之（而农，1619—1692）之鄙视杜甫的《哀江头》、白居易（乐天，772—846）的《长恨歌》这些带有民间气息的诗人以及《孔雀东南飞》《庐江小吏》《何文秀》《玉堂春》等民间文学，而作出如下的抨击：

> 其封建思想之浓厚可知，盖专拥护统治者之利益，不顾人民之生死者也。②

顾颉刚又在论及宋僧文莹《湘山野录》中记钱镠（其美，852—932）被梁太祖（萧顺之，生卒年不详）封为吴越王，衣锦荣归时对着乡人唱起典雅的《还乡歌》，然而乡人皆不知所云；有见及此，钱镠唯有唱起吴语的山歌，唱毕“叫笑振席，

---

① 顾颉刚：《宋代蜀中平民文学》，《顾颉刚读书笔记》第1卷，联经出版事业公司1990年版，第387页。

② 顾颉刚：《宋代蜀中平民文学》，《顾颉刚读书笔记》第9卷（上），联经出版事业公司1990年版，第6913页。

欢感闾里”。[①] 在此，他将“平民文学”与“贵族文学”对立起来，钱镠第一次所唱的就是典雅的唱词，属于“贵族文学”，而后来为了让乡人明白其心意者，则乃“平民文学”。乡人皆不知云，创作还有什么意义？这是很鲜活的例子。

大致而言，顾颉刚在“民间文学”的定义上与胡适大致相同，两人均将“民间文学”与“贵族的文学”对立起来。相对来说，胡适对“民间文学”的内涵的说明要比顾颉刚更为具体，然而亦凸显了其内在的矛盾。胡适批评作为民间文学的北方评话小说如《儿女英雄传》《七侠五义》《小五义》《续小五义》没有深刻的见解、没有浓挚的情感、没有学问、没有“我”等的缺憾，一种平民的消闲文学（南方也有消闲的小说，如《九尾龟》等）；而他则称赏文人创作的南方讽刺小说如《官场现形记》《老残游记》《二十年目睹之怪现状》《恨海》《广陵潮》。南方讽刺小说除了在语言方面不如北方的评话小说之外，其他各方面都深为他所欣赏。[②] 南、北民间小说之高下，判然立显。由此可见，胡适重视的是“深刻的见解”与“学问”，然而这两种条件恰恰是“民间文学”所缺，再加上“没有我”，故而只能成为“平民的消闲文学”。可是，作为“平民的消闲文学”，又有何不可？然而，胡适就是不喜欢“平民的消闲文学”。他所看重的是“文人”所著的“南方的讽刺小说”，因为他们是“有思想有经验的文人”。这样说来，胡适岂不是自打嘴巴？因为整个中国的正统文学，即他所大力排斥的

① 顾颉刚：《平民文学与贵族文学之斗争》，《顾颉刚读书笔记》第 1 卷，联经出版事业公司 1990 年版，第 450 页。

② 胡适：《五十年来的中国文学》，《胡适学术文集·新文学运动》，中华书局 1993 年版，第 134—135 页。

古典文学，恰恰就是“有思想有经验的文人”所作。[①]至于他一直所提倡的民间文学，在此却又因为没有“深刻的见解”与“学问”，而被“始乱终弃”。

胡适虽然大力倡导民间文学，然而却对民间文学有很多的不满，除了上述的一段文字之外，他又在《中国文学的过去与来路》一文中这样抨击“民间文学”的“缺陷”。第一缺陷，来路不高明，词曲、小说，不免为小道，皆为其出身微贱的缘故。第二缺陷，因为这些是民间细微的故事，如家庭纠纷，没多大变化。第三缺陷为传染，如民间浅薄的荒唐的迷信的思想。第四缺陷是无意的传染与摹仿，并非有意的描写。[②]

由此可见，胡适心目中的“民间”，是雅化的，而他推崇的是“民间文学”亦是经过文人提炼而具有思想、具启蒙性质的作品。

胡适等新文学阵营中人的“走向民间”的理念，强调的是文学必须从文人的书斋走向广阔的民间。胡适就是朝向这个目标迈进而建构起白话文学史的，他指出一切新文学的来源都在民间，如《国风》中的《国风》，《楚辞》中的《九歌》，汉魏六朝的乐府歌辞，宋词与元曲也是起于歌妓、舞女，小说则起于街上的说书讲史，再而断定中国三千年的文学史上的新文学，均源自民间。[③] 必须注意的是，他所一再标榜的“民间”并非维持文学的主要力量，而只是文学的起源；虽然他并没指

① 周作人亦曾指出要写中国文学史，就没有理由遗漏中国文学史上真正主宰了文坛的文人文学。参见陈改玲《胡适与文学史学科——评〈白话文学史〉》，《胡适研究》2000 年第 4 期。

② 陈改玲：《胡适与文学史学科——评〈白话文学史〉》，《胡适研究》2000 年第 4 期。

③ 胡适：《白话文学史》，东方出版社 1996 年版，第 12 页。

出，亦没否认，维持文学的真正主流力量是文人学士。胡适曾在 1926 年 9 月 30 日为《词选》写的《序》中说一切新文学均出自民间，而将新文学发扬光大并维持下去的却是文人学士，然而最终将文学败坏的亦是文人学者。[①] 虽则如此，在其眼中，"民间文学"却有"幼稚""浅薄"及"平凡"之不足，甚至可以说没有文人学士的参与，民间文学根本进不了艺术的殿堂。故此，"文人学士"在文学的发展上是有绝对决定性的作用，甚至可以说，任何文学的辉煌时期，均是文人学士淋漓尽致的发挥。

在顾颉刚的《孟姜女故事资料集目录》初稿中便有一条是关于分类，赫然可见的就是甲部为"文人著录"，乙部为"民间流传"，以及丙部的"学者考辨"。[②] 很明显，"文人"与"民间"虽称不上是二元对立，然而在其心目中肯定是不同的类型。所谓"古典"文学，顾颉刚指向乃自古以来的文人创作；而所谓的"平易""写实""通俗"的文学，他指的就是关汉卿、施耐庵、曹雪芹等民间文人所创作的民间文学。

一般来说，将诗歌发扬光大并维持其主导强势近两千年的文人，不是有功名，亦定是朝廷中人，即使是李白与杜甫，亦曾在政治圈子打转，而非一如后来元、明、清各代写戏曲、写小说的白衣"文人"。那些在民间过活的元、明、清的"文人"远离了政治中心，真正的边缘化，是沦落勾栏、浪迹江湖的民间文人。可是试问上述提及的关汉卿、罗贯中（1330？—

① 胡适：《序》，《胡适选唐宋词三百首》，东方出版社 1995 年版，第 5—6 页。

② 王煦华：《序》，顾颉刚编著《孟姜女故事研究集》，上海古籍出版社 1984 年版，第 1 页。

1400?）、施耐庵、曹雪芹……甚至是，从屈原（灵均，约前340—约前277）、宋玉、王维（摩诘，701—761）、李白（太白，701—762）、杜甫（子美，712—770）、韩愈（退之，768—824）、柳宗元（子厚，773—819）、欧阳修（永叔，1007—1072）、苏轼（子瞻，1037—1101）以至于以“民间”为标榜的白话文学的作家，有哪一位是真正来自民间的？他们的作品又在多大的程度上与民间文学有直接或间接的传承关系？又在多大程度上反映了民间的诉求？至于胡适所谓的天才的文人学士与劣等的文人学士之分，乃将文学的辉煌归功于天才文人学士的创造，将文学的堕落归咎于劣等文人学士的模仿的论点，根本说明不了文学史的复杂性。如他攻击甚力的明代复古诗派，他们提倡“文必秦汉，诗必盛唐”，[①] 努力模仿古人，然却全都是当时最有才华的文人学士。复古诗派的文学理念与时代氛围有密切的相关性，前、后七子的文学理念的影响之大，几近一百多年，他们的复古文学理念亦不无创新的成分在其中。严格来说，传承与创新的结合方是彼等的真正文学理念，如何景明、徐祯卿以及与后期的王世贞均持此文学理念。因此，“文人”亦不是一个单一纯净的集团，其演变及复杂性亦不能轻轻带过。这种关于“文人”的复杂性正是胡适论文学

① 见张廷玉等撰《明史》，中华书局1974年版，第7348页。前七子的领袖李梦阳（献吉，1472—1530）自己曾这样说：“西京之后，作者勿闻矣。”李梦阳：《空同集》，上海古籍出版社1991年版，第66卷，第602页。前七子中人的另一领袖何景明（大复，1483—1521）在《海叟诗序》中亦说：“学歌行近体，有取于二家（李白、杜甫），旁及初盛唐诸人，而古作者必从汉、魏求之。”见蔡景康编选《明代文论选》，人民文学出版社1993年版，第117页。同为前七子之一的康海（德涵，1475—1540）在《渼陂先生集序》中说他们七子中人：“言文与诗者，先秦两汉魏晋盛唐，彬彬然盈乎域中矣。”见康海《对山集》第1册第3卷，台湾商务印书馆1972年版，第40页。

史发展时将“文人”与“民间”作二元对立时所没想到的。

在“民间文学”的问题上，新文学阵营中的另一主要人物周作人则提出有别于胡适的见解，值得我们参考。他说：“‘民间’这意义，本是指多数不文的民众。”① 他所指的民间的“不文”，就是胡适所排斥的出身微贱、故事浅薄。周作人又说：

> 文字的形式上，是不能定出区别，现在再从内容上说。……平民文学应该着重，与贵族文学相反的地方，是内容充实，就是普遍与真挚两件事。第一，平民文学应以普通的文体，写普遍的思想与事实。……第二，平民文学应以真挚的文体，记真挚的思想与事实。……既是文学作品，自然应有艺术的美。只须以真为主，美即在其中，这便是人生的艺术派的主张，与以美为主的纯艺术派，所以有别。②

又说：

> 平民文学决不单是通俗文学。白话的平民文学比古文原是更为通俗，但并非单以通俗为唯一之目的。因为平民文学，不是专做给平民看，乃是研究平民生活——人的生活——的文学。他的目的，并非想将人类的思想趣味，竭力按下，同平民一样，乃是想将平民的生活提高，得到适当的

① 周作人：《中国民歌的价值》，《吴歌　吴歌小史》，江苏古籍出版社1999年版，第399页。

② 周作人：《平民的文学》，《艺术与生活》，上海文艺出版社1999年版，第2—3页。

> 一个地位。凡是先知或引路的人的话，本非全数的人尽能懂得，所以平民的文学，现在也不必个个“田夫野老”都可领会。……正因为他们不懂，所以要费心力，去启发他。①

在“平民文学”之外，周作人又另有“民俗文学”与“民间文学”之分。“民俗文学”与“民间文学”在性质上有所不同：“民俗文学”乃文人学者的创作，包括“才子佳人”和武侠故事两种类型，如《红楼梦》《水浒传》和《七侠五义》；而“民间文学”则为民众所创作，处于社会文化的最底层，因适应他们的娱乐需要而存在；不同之处是，后者是民众为了娱乐而创造，而前者却是文人为了牟利而创作。若依周作人关于“民俗文学”与“民间文学”之分，胡适所极力推崇的白话文学作品如《红楼梦》《水浒传》和《七侠五义》根本就不是“平民文学”，亦非为民众所创造的“民间文学”，而是文人学者所创作的“民俗文学”；而“民俗文学”所包括的“才子佳人”和武侠故事两种类型，又怎会如胡适所说的“有我”“有思想”呢？可见胡适与周作人这两位新文学阵的主要人物在“民间文学”的定义上非常不同。

还有一位对民间文学相当关注的郑振铎（警民，1898—1958）则认为：

> “俗文学”就是通俗的文学，就是民间的文学，也就是大众的文学。换一句话，所谓俗文学就是不登大雅之堂，不为学士大夫所重视，而流行于民间，成为大众所嗜

① 周作人：《平民的文学》，《艺术与生活》，上海文艺出版社1999年版，第3—4页。

好，所喜悦的东西。①

由此可见，周作人与郑振铎似乎在“民间文学”的观点上与传统的决裂比胡适走得更远。然而由此亦可见，在当时的新文学阵营中，虽有走向“民间”的理想，然而其主要的领导人物，对于“民间”的理解已非常不同。可惜的是，胡适以及其他的新文学阵营中人并没有像周作人在“民间文学”与“民俗文学”上作区分，或作更深的思索。据洪长泰的研究，中国现代民间文学家对于“民间文学”一词似无严格统一的定义，他们把“民间文学”或称作“民众文学”，或称作“平民文学”。② 原来，新文学革命阵营在彼等所鼓吹的走向“民间文学”的方向与内涵上竟没有一致的共识。路向一开始已不一致，接着下去的发展当然纷纭繁杂，亦就难怪日后偏向侧重文人创作而忽略真正的民间文学了。

下面要探讨的是胡适如何为其“白话文学史”开辟一部延绵不绝的历史，以及其本人在创拓民间文学上的不足。

四　革命与重构：《白话文学史》的创拓及其不足

1. 源起

1921 年，胡适应教育部之邀，在第三届国语讲习所讲授

① 郑笃（振铎）：《中国俗文学史》，商务印书馆 1981 年版，第 10 页。
② 洪长泰：《到民间去》，董晓萍译，上海文艺出版社 1999 年版，第 5 页。

“国语文学史”，他将中国文学史分为两个时期，从汉到北宋为第一期，自宋以后为第二期；1922 年 3 月，他到南开大学作同一课题的演讲，便将两期的划分改为三期：汉魏六朝、隋唐、宋及以后；1922 年暑假在南开及同年 12 月在第三届国语讲习所，他都是用 1922 年 3 月的删改本，油印成册，发给学生。1927 年春天由北京文化学社出版《国语文学史》，乃未经胡适允许之下由北京师范学校的学生私自影印出版。后经修改，他终于在 1928 年易名为《白话文学史》，由新月书店正式出版，① 反响巨大，影响深远。② 这是第一部从“白话”角度撰写的文学史，为新文学运动的发展奠下了基础。历来有关此书的论述甚多，而真正深入阅读此书者却寥若晨星，至于评价则又褒贬不一：朱自清（佩弦，1898—1948）认为此书乃“有识”“有见”“有史观”，甚至乃“一以贯之”的中国文学史，③ 朱光潜（孟实，1897—1986）惊讶于其中颠覆性的选评标准及不合常理的侧重比例，④ 夏志清则认为这是一部“偏见极深的书”。⑤

---

① 有关从“国语文学史”至《白话文学史》的过程及两者之异同，详见胡适《自序》，《白话文学史》，东方文化出版社 1996 年版，第 1—7 页；曹伯言《从〈国语文学史〉到〈白话文学史〉》，《学术界》1993 年第 2 期。

② 胡适的《白话文学史》的影响巨大，仿者众多，例如：为白话文作史的有凌独见于 1922 年由上海商务印书馆出版的《国语文学史纲》；而以治“汉学”的方法治文学史的，有谭正壁于 1929 年由上海光明书局出版的《中国文学进化史》；而刘大杰分别于 1941 年（上册）与 1949 年（下册）由上海中华书局出版的《中国文学发展史》，则更是对胡适的《白话文学史》亦步亦趋，甚至有抄袭成分。详见戴燕《文学史的权力》，北京大学出版社 2002 年版，第 75、151—154 页。

③ 朱自清：《林庚〈中国文学史〉序》，林庚《中国文学史》，厦门大学出版社 1947 年版，第 1 页。

④ 朱光潜：《替诗的音律辩护——读胡适的〈白话文学史〉后的意见》，《诗论》，武汉大学出版社 2008 年版，第 174—175 页。

⑤ 夏志清：《人的文学》，纯文学出版社 1984 年版，第236 页。

究竟此书是创见，还是偏见？面对只有“上卷”而没有“下卷”而却又无法绕开的《白话文学史》，我们必须理解胡适的撰写动机，厘清其中的关键概念，分析整部书的具体例子及其论证过程，以至于将其置于当时的历史环境中作观照，方能获得整体的把握以认识其存在的意义。

2. 重构的历程及其不足

胡适说过，研究历史的关键在于对史料作何种解释（interprete），他在对早期文学研究的分析中也曾指出：

> 国内一班学人并非不熟悉中国历史上的重要事实，他们所缺乏的只是一种新的看法。①

《白话文学史》的构成，很大程度上靠的就是胡适这种对古代文学的“解释”之功：

> 历史家须要有两种必不可少的能力：一是精密的功力，一是高远的想象力。没有精密的功力不能做搜求和评判史料的工夫；没有高远的想象力，不能构造历史的系统。②

“高远的想象力”与“构造历史的系统”的意识，故以“建构”一词形容其《白话文学史》的诞生，并不为过。胡适

① 胡适：《中国新文学大系·建设理论卷·导言》，欧阳哲生编《胡适文集》第1册，北京大学出版社1998年版，第127页。

② 胡适：《北京大学国学季刊发刊词》，《胡适文存》第2集，亚东图书公司1953年版，第14页。

关于新文学的革命话语豪情万丈，态度坚决，而真正考验他的实际论证，却一点也不容易。以下，我们将逐一检阅胡适在《白话文学史》中所论及的各个时期中的白话文学，以深化对其《白话文学史》的了解，并就其中的观点、选择的作品以及论述逻辑，作出商榷。

(1) 先秦至两汉

胡适这样谈及文学的源头《诗经》：

> 其实古代的文学如《诗经》里的许多民歌也都是当时的白话文学。不过《诗经》到了汉朝已成了古文学了，故我们只好把他撇开。①

简单一句话便撇开了《诗经》，而如《诗经》是白话文学的话，何以到了汉朝却成了“古文学”？他并没有解释，亦没有谈及《楚辞》，很快便跳到汉朝。他认为刘邦（季，公元前256—公元前195）及其臣下很多都是“无赖”出身，因此便臆断：“这一个朝廷之下，民间文学应该可以发达？”②“无赖”与“民间文学”，似乎没有必然的逻辑关系吧？民间文学难道是刘邦及其臣下这批人创造的吗？就以刘邦的《大风歌》而言，也未必就是刘邦所作，况且此诗并非“民歌”，按胡适的思维，此诗应该属于维持封建统治的目的。他又举《史记·项羽本纪》中项羽与刘邦的对话由《汉书》改写的例子，《汉书》的《外戚传》中的审阅口供，王褒的《僮约》，汉文帝遗

---

① 胡适：《白话文学史》，东方出版社 1996 年版，第 7 页。

② 胡适：《白话文学史》，亚东图书公司 1953 年版，第 8 页。

诏，昭帝、王莽的诏令，王充的文字，崔寔的《政论》，仲长统的《昌言》等，作为白话文学的例子。[①] 这些例子，随便而孤立，而且很牵强。就此他作出以下的判断：

> 从此以后，中国的文学便分出了两条路子：一条是那模仿的，沿袭的，没有生气的古文文学；一条是那自然的，活泼泼的，表现人生的白话文学。向来的文学史只认得那前一条路，不承认那后一条路。我们现在讲的是白话文学史，正是那后一条路。[②]

接着，又论及民歌与文人及乐府三者的关系，指出李延年、司马相如、杨得意：这班狗监的朋友组织的“乐府”便成了一个俗乐的机关、民歌的保存所，[③] 由此论定“俗乐民歌”影响力之大。[④]这本是可以在白话文学发展上大作发挥的地方，但他没有深入讨论，便匆匆掠过。至于西汉的民歌，东汉民间文学的“影响已深入了，已普遍了”，“文学史遂开一个新局面”。[⑤] 这一切，都是在胡适的“颇像”与“大概”[⑥] 的前提下，推演出来的。

---

① 胡适：《白话文学史》，亚东图书公司 1953 年版，第 26、28、30—33 页。

② 同上书，第 11 页。

③ 同上书，第 21 页。

④ 同上书，第 22 页。

⑤ 同上书，第 39 页。

⑥ 同上书，第 24 页。关于胡适《白话文学史》中对汉代文学的书写的商榷，可参见王运熙《汉代的俗乐和民歌——兼斥胡适〈白话文学史〉对乐府诗的歪曲和污蔑》，《复旦学报》1955 年第 2 期。

（2）魏晋南北朝

三曹中，胡适虽肯定曹操（孟德，155—220）与曹植（子建，192—232）的天才，然却没提及其诗与白话文学的关系。而他更肯定的是曹丕的《上留田行》与《临高台》，分别称之为“纯粹的民歌”与“绝好的民歌”。[①] 匆匆略过三曹后，转谈“建安七子”，“建安七子”中只提及阮瑀（元瑜，165—212），胡适引用其《驾出北郭门行》，还来不及讨论，便转而论述繁钦（休伯？—218）的《定情诗》，称之为“笨拙的白话诗”与“笨拙浅薄的铺叙”。如何“笨拙”？胡适举了张衡（平子，78—139）的《四愁诗》《有所思》及繁钦的诗作之后便说：

> ……可以明白文学的民众化与民歌的文人化的两种趋势的意义了。[②]

假如又是“文学的民众化”，又是“民歌的文人化”，那早就是白话文学的天下了。类似这样的结论性的判断很多，而一般都是随意而又没根据的。胡适又举应璩的诗，却又指有些诗：“是通俗格言的体裁，不能算作诗”，勉强像诗只有《三叟》，可算是一首“白话的说理诗”。[③] 他又大力揄扬阮籍（嗣宗，210—263），称之为“第一个用全力做五言诗的人”，“诗的范围到他方才扩充到无所不包的地位”。[④] 然而，却又认为其

① 胡适：《白话文学史》，亚东图书公司1953年版，第44页。
② 同上书，第49页。
③ 同上书，第50页。
④ 同上书，第51页。

“咏怀诗”增加了五言诗“文人化”的程度。[①] 按理而言，阮籍的五言诗如增加了“文人化”，便是白话文的敌对势力，应受批判，但他不但没有这样做，而且矛盾地予以揄扬。

在第六章“故事诗的起来”，胡适从傅玄（休奕，217—278）的《秦女休》而论断秦女休的故事在民间，由流传的母题而论断流传越久，枝叶添的越多，描写得越细碎详细。[②] 这一观念，便诱发了顾颉刚从事孟姜女故事的考察与资料搜集。

接着谈《孔雀东南飞》，胡适的重点在于反驳梁启超与陆侃如关于此诗受佛家思想影响的观点，以至于诗中夫妇下葬的地点以及此诗产生年代的推论。[③] 这种假设与考据，令他忘乎所以，大书特书，完全忽略了此诗的实际内容分析及其在白话文学史上的意义。无疑，在第七章“南北新民族的文学”中，胡适如鱼入深渊，发现了渴望已久的民间文学的资料。这一章的材料，如《子夜歌》几百首、《华山畿》几十首、《敕勒歌》和《木兰辞》以及其他南北民歌，[④] 本应详细深入梳理其发展源流及说明其对唐代文学的影响，可是胡适又匆匆掠过，这跟他在推论《孔雀东南飞》时的兴头很不一致。

在第八章“唐以前三百年中的文学趋势——300—600”，胡适先是批评陆机（士衡，261—303）的骈偶的恶劣诗句，而左思（太冲，约250—约305）的骈偶“却不讨人厌”，为什么有此分别呢？他再引述左思的《娇女诗》、程晓的《嘲热客》，然后下论断说：

---

① 胡适：《白话文学史》，亚东图书公司1953年版，第51页。
② 同上书，第59—60页。
③ 同上书，第60—74页。
④ 同上书，第77页。

> 大概当时并不是没有白话诗，应璩、左思、程晓都可以为证。但当日的文人受辞赋的影响太大了，太久了，总不肯承认白话诗的地位。后世所传的魏晋时人的几首白话诗都不过是嘲笑之作，游戏之笔，如后人的“打油诗”。①

由此，王褒（子渊，约513—576）的《僮约》、左思的《娇女诗》及程晓的《嘲热客》几乎成为胡适《白话文学史》中的白话文学的典范之作，一再引以为证。这就是他所推崇的“打油诗”，品味比较独特，② 相信无论当时还是现在，能认同其品味的人并不会太多。

东晋期间，另一可以进入胡适法眼的只有郭璞（景纯，276—324），他认为郭璞的四言诗也不免犯了“抽象的毛病”，但其五言的《游仙诗》便不同了，③ 因为这些诗里固然也谈玄说理，却不是抽象的写法。④ “抽象”便背离了白话文学，但“谈玄说理”又怎能不抽象呢？无论如何，结论却几乎否定了两晋文学，除了左思、郭璞少数人之外，其他的都只是“文匠诗匠”而已。⑤胡适又误将出身门阀之第的陶潜（元亮，约

① 胡适：《白话文学史》，亚东图书公司1953年版，第88、89页。

② 胡适大概是以为学生在进入大学前，就读过相当数量的作品为前提的，因为在1920年讨论中学的国文课程时，他竭力反对上文学史课，认为“不先懂得一点文学，就读文学史，记得许多李益、李颀、老杜、小杜的名字，却不知道他们的著作，有什么用处？”胡适：《中学国文的教授》，《胡适文存》第1集，亚东图书公司1953年版，第221页。戴燕由此便认为胡适是以短篇小说的阅读方式阅读整个中国文学传统，从而打破小说与诗、文间的界限，把韵文、散文统统归纳到同一个短篇小说系统。见戴燕《文学史的权力》，北京大学出版社2002年版，第141页。

③ 胡适：《白话文学史》，亚东图书公司1953年版，第91页。

④ 同上书，第92页。

⑤ 同上书，第93页。

365—427）视为生于民间，既是属于民间的陶潜，也少不了引其《田园诗》。[①] 又抨击颜延之（延年，384—456）是一个庸才，他的诗“毫无诗意”，[②] 推崇鲍照（明远，414—466）的《行路难》末篇的“但愿樽中九酝满，莫惜床头百个钱”。[③] 然而，这样的诗又有什么诗意？至于他挖出的僧人惠休（生卒年不详）与宝月（生卒年不详），无论是当时还是现在，又有多少人认识他们？难倒他的是下面的一句：“至平上去入，则除病未能；蜂腰鹤膝，闾里已具。（末四字不可解）。”[④] 胡适所说的“末四字不可解”，其实钟嵘（仲伟，468—518）即已指出声律虽在他眼中是“病”，但却不但未除，且已在文人以至于民间创作中普及起来了，即是说注重四声，已成潮流。事实上，胡适所慨叹的永明文学中的“大劫”，[⑤]指斥沈约（休文，441—513）、王融（元长，467—493）的声律论在文学史上造成了不少恶劣影响，造成律诗与骈文的“严格的机械化”，[⑥]却正是日后盛唐诗歌臻于巅峰的准备时期。反讽的是，他又认为萧梁一代（502—554）几个帝王仿作的乐府是文学史的新趋势，这也是其独创。如按胡适对萧梁文学的评价，陈子昂（伯玉，约661—702）以及初唐四杰的文学革新又有何意义？至于胡适称陶弘景（通明，456—536）的《答诏问山中何所有》为严格的绝句，[⑦] 益证明前面钟嵘记述四声格律在文人间普遍实

---

① 胡适：《白话文学史》，亚东图书公司1953年版，第93—95页。
② 同上书，第97页。
③ 同上书，第101页。
④ 同上书，第103页。
⑤ 同上书，第104页。
⑥ 同上书，第104—105页。
⑦ 同上书，第109页。

践之论乃真实情况，而胡适却在此不自觉地罗列出来并作评论，既是无法自圆其说，亦可谓是论证上的失误。此外，陈叔宝（元秀，553—604）在宫廷与狎客所作的艳体诗，胡适认为“应该有民歌化的色彩”。[①] 一个在深宫妇人堆中的风流皇帝，如何作得了“很有民歌的风味”的诗呢？其《三妇艳词》《舞媚娘》《自君之出矣》《乌栖曲》《东飞伯劳歌》，这些作品，又何以见得具有民歌风味呢？胡适说：

> 有天才的人，在工具已用的纯熟以后，也许也能发挥一点天才，产出一点可读的作品。正如踹高跷的小旦也会作回旋舞，八股时文也可作游戏文章。有人说的好：“只是人才出八股，非关八股出人才。”[②]

以上的文字，不正好说明了格律确实在唐代被一批才子写得出神入化而传播海内外吗？但为了抨击律诗，胡适又如此扭曲杜甫的本意：

> 其实所谓盛唐律诗只不过是极力模仿何逊、阴铿而得其神似而已！杜甫说李白的诗道：“李侯有佳句，往往似阴铿。”
>
> 盛唐律体的玄妙不过尔尔，不过如杜甫说的“恐与齐梁作后尘”而已。[③]

---

① 胡适：《白话文学史》，亚东图书公司1953年版，第109页。
② 同上书，第111页。
③ 同上书，第113页。

杜甫以阴铿（子坚，511—563）为典范，主要是为了推崇李白，而并非真的指李白乃阴铿的影子。除了胡适之外，我们都知道李、阴二人风格绝不一样，李白更为出色的是古诗而非律诗，至于盛唐律体之妙，更非胡适的文学品味所能领略的了。

（3）翻译的佛经

胡适在合共十六章的《白话文学史》中，以第九、第十两章的篇幅，罗列了很多他称之为“捣乱分子”的翻译的佛经故事，[①] 作为那时期白话文学的证据，可谓煞费苦心。“佛教的翻译文学”，即外来的文学（如果是“文学”的话），算得上是中国文学或白话文学吗？以其所举例子为证：

> 心坚强者，志能如是，则以指爪坏雪山，以莲华根钻穿金山，以锯断须弥宝山。……有信精进，质直智慧，其心坚强，亦能吹山而使动摇，何况除婬怒痴也！[②]

以上文字，算是白话文学吗？我们要质疑的是：一，无论在当时还是现在，无论是王公贵族、文人士大夫或他所谓的“愚夫愚妇”（白话文的主流读者），[③] 会将这些翻译的佛经视为文学吗？二，翻译的佛经，即使算是文学，亦非“中国文学，更非由中国民间发展出来的白话文学”；三，当时崇信佛教的又有多少人？“愚夫愚妇”最多也只是到寺庙参拜、求福

---

① 胡适：《白话文学史》，亚东图书公司1953年版，第114页。
② 同上书，第122页。
③ 同上书，第114页。

而已，怎会捧读这些翻译的佛经？翻译的佛经与之前提及的打油诗、儿歌、民歌又何其的不同，而读者群又属于不同范畴，如何解释他们均是白话文学史的推动力量？简而言之，胡适花了八分之一的篇幅罗列翻译的佛经作为白话文学的组成部分，[①]可谓枉费心血，益令人觉得白话文学在当时的匮乏。原因很简单，他并没有搜集足够的白话文学的资料以作充分的论证，这还得等待后来其学生顾颉刚孜孜不倦地搜集民歌、民谣。从这两章的文字，以及第十一章“唐初的白话诗”中以禅宗的偈作为白话文学的一部分，[②]我们不得不怀疑这些资料，很可能是胡适研究禅宗或佛学的副产品而已。[③]

（4）唐代

在各种体式的诗歌大放光彩、诗艺臻于巅峰造极的唐代诗歌，胡适却作出以下宣言：

> 我近年研究这时代的文学作品，深信这个时期是一个白话诗的时期。故现在讲唐朝的文学，开篇就讲唐初的白话诗人。
>
> 白话诗有种种来源。第一个来源是民歌，这是不用细说的。一切儿歌，民歌，都是白话的。第二个来源是打油

---

① 关于“佛教的翻译文学”所占的巨大篇幅，李长之也提出质疑。李长之：《胡适〈白话文学史〉批判》，《人民文学》1955 年第 3 期。

② 胡适：《白话文学史》，亚东图书公司 1953 年版，第 156—169 页。

③ 胡适在佛学与禅宗的研究包括《禅学古史考》《从译本里研究佛教的禅法》《菩提达摩考》《论禅宗的纲领》《白居时代的禅宗世系》《神会的语录》《维摩诘经唱文的作者与时代》；《楞伽宗考》《楞伽师资记序》《荷泽大师神会传》《神会和尚遗集序》《坛经考之一》《坛经考之二》，分别见《胡适文存》第 3 集、第 4 集。

诗，就是文人用诙谐的口吻互相嘲戏的诗。[①]

经其研究，我们才知道唐朝的诗也是白话诗。而他所罗列的儿歌与打油诗，作为唐代的文学作品，可谓震惊学界，几乎全是“拿来主义”，可用即用。为了扩充白话文的范围，他又将歌妓的歌与佛学故事一并收编。[②]应该是说，歌妓的歌词很可能就是来自民歌，这跟她们的出身或有密切的关系，而她们的歌唱或许便影响了流连其间的文人才子的创作，但这传播的过程也太曲折了，亏他想得到。至于佛学故事，已是旧调重弹。在论及唐初的王绩，又说他的诗像陶潜，既只是“像”便作为白话诗人，就连论证也省掉了，只罗列了《初春》《独坐》《山家》及《过酒家》便草草了事。[③] 胡适在前面大力抨击骈文，但碰上也作骈文的初唐四杰，于是他又不得不改口说他们虽也用骈俪文体，而文字通畅，意旨明显，故作品能“传诵一时，作法后世”，因为这种文字都是通顺明白的骈文。[④] 如此一来，还该否定骈文吗？还该否定其所抨击的主流文学吗？胡适接着又再仔细罗列诗僧寒山（约691—793）、拾得（生卒年不详）的禅偈与禅诗。[⑤] 事实上，那些禅诗与他推为典范的民歌、儿歌及打油诗完全不一样，与老百姓的情感与日常生活毫无关系，如何称得上白话文学？寒山、拾得的读者群在哪里？

可以说，从唐代诗歌开始，胡适便失去逻辑的论证，思维混

① 胡适：《白话文学史》，亚东图书公司1953年版，第155页。
② 同上书，第156页。
③ 同上书，第170页。
④ 同上书，第170—171页。
⑤ 同上书，第174—180页。

乱，诗人的次序颠倒，充塞篇幅的大多是诗人的生平以及大段的引录《大唐新语》《全唐新话》《隋唐嘉话》《太平广记》《全唐诗话》《开天传》《信记》《旧唐书》等书籍。这些资料庞杂，整整一章，我们看不出乐府如何产生白话，以及其引用的作品中的白话特征，更遑论白话文学发展的论证。在论及唐代乐府的发展时，竟将王维置于高适（达夫，706—765）、岑参（715—770）、贺知章（季真，约659—约744）、王昌龄（少伯，698—756）之后，然后论及李白。我们很难理解这是怎样的“发展”？至于在文学史上占重要地位的李白，胡适认为他是白话诗人的原因在于：第一，李白有意用“清真”来救“绮丽”之弊，所以他大胆地运用民间的语言，容纳民歌的风格，很少雕饰，最近自然；第二，李白奔放自由的想象能充分发挥诗体解放的趋势；第三，李白多方面的尝试使乐府歌辞的势力侵入诗的种种方面。故此，两汉以来无数民歌的解放作用与影响，到此才算大成功。[①]胡适便这样将“诗仙”李白收编为白话文学阵营的一员。

在第十三章“歌唱自然的诗人”，胡适大量的罗列孟浩然（689—704）、王维（摩诘，701—761）、元结（次山，719—772）、司马承祯（子微，647—735）的作品，指出王维、孟浩然的律诗具“解放的趋势”“倾向白话化”，而这种倾向，经过杜甫、白居易，再及晚唐，“律诗几乎全部白话化了”。[②]众所周知，律诗是在唐代才形成并臻于巅峰，王维与杜甫均为个中高手。令人难以信服的是，如何能说杜甫的律诗也倾向白话化？在第十四章“杜甫”的前半部分几乎就是杜甫的传记，及

① 胡适：《白话文学史》，亚东图书公司1953年版，第208—209页。

② 同上书，第220页。

至下半部分才转入论及杜甫诗的诙谐，[①] 竟然说杜甫的诗是“打油诗”的风趣。在评《茅屋为秋风所破歌》时，称之为“穷困里的诙谐风趣”？强将杜甫诗涂上“打油诗”色彩，实际也就为了强将“诗圣”收编为白话文学中的一员。又宣称：“律诗是条死路，天才如老杜尚且失败，何况别人？”[②] 难道是说杜甫在律诗方面失败了，不得不走向“打油诗”的方向？杜甫晚年的律诗，特别是其《秋兴八首》可谓将律诗推展至极致的典范之作，[③] 胡适没有顾及历史评价，亦缺乏欣赏的能力。[④] 更为荒谬的是，胡适花了整整一章论述杜甫，本想将他收编为白话文学发展史中的一员，而最终却又变卦并将他打入失败者之列。杜甫如失败了，何以被称为“诗圣”？而《白话文学史》又何以为他独辟一章？

在第十五章“大历长庆间的诗人”中，胡适以元结、顾况（逋翁，约 725—约 814）、孟郊（东野，751—814）、张籍（文昌，768—830）、卢仝（约 795—835）、韩愈（退之，

① 胡适：《白话文学史》，亚东图书公司 1953 年版，第 245、247 页。

② 同上书，第 256 页。

③ 胡适在《尝试集自序》中说：“我初做诗，人都说我像白居易一派。后来我因为要学时髦，也做一番研究杜甫的工夫。但是我爱读杜诗，唯读《石壕吏》《自京赴奉先咏怀》一类的诗，律诗中五律我极爱读，七律中最讨厌《秋兴》一类的诗，常说这些诗文法不通，只有一点空架子。”见欧阳哲生编《胡适文集》第 9 册，第 70 页。关于胡适《白话文学史》论及杜诗而抨击律诗并不提及其集大成的《秋兴八首》，戴燕亦颇为不解并援引了不少论著以示胡适选评之不当。详参戴燕《文学史的权力》，第 139 页；另可参阅陈岸峰《江湖满地一渔翁：杜甫〈秋兴八首〉中的凋伤意识及政治批判》，《诗学的政治及其阐释》，中华书局（香港）2013 年版，第 155—208 页。

④ 李长之便对胡适对诗歌的“欣赏能力”与“理解能力”以及其对杜甫律诗的贬抑作出批评。详见李长之《胡适〈白话文学史〉批判》，《人民文学》1955 年第 3 期。

768—824）等诗人作为论述中心，又逐一为以上这些诗人的生平作了大篇幅的详细介绍，这是他在《白话文学史》中的一贯做法，而同时不忘提醒读者，王褒的《僮约》、左思的《娇女》、陶潜的《自责》及《挽诗》在白话文学上的影响。当然，这只是他一厢情愿的想象而已，实际上我们并看不出王褒、左思以及陶潜那些作品在其所讨论的这些诗人的作品中有任何的影响痕迹。他这样评元结的诗：

> 《闵荒诗》《治风诗》《乱风诗》，这也是作诗讽谏，但诗大坏了，毫没有诗的意味。①

除了打油诗，还有什么是好诗呢？讽谏也是诗的功能，如这样的诗没有“诗的意味”，那打油诗、禅诗又何尝有“诗的意味”？至于卢仝，只是一个“大胆尝试的白话诗人，爱说怪话，爱做怪诗”，② 胡适重申卢仝的《走笔谢孟谏议寄新茶》是打油诗，乃白话诗的来源，又再次指出此诗受了王褒《僮约》及左思《娇女》的影响。③ 评韩愈的《山石》为“韩诗的最上乘”，上承杜甫，下启宋朝的苏轼（子瞻，1037—1101）、黄庭坚（鲁直，1045—1105），开创了“说话式”宋诗风气。④ 若按胡适的打油诗的标准，像韩愈的《山石》此诗的文人思维与情调，又何以是“最上乘”，甚至成为风气而开启宋诗？就在前两页大力推崇韩愈后，两页后又批评他“总想作圣人”，

① 胡适：《白话文学史》，亚东图书公司 1953 年版，第 260 页。
② 同上书，第 291 页。
③ 同上书，第 292 页。
④ 同上书，第 300—301 页。

"喜欢掉书袋"，文学却要古雅，押韵又奇僻隐险，于是走上了一条"魔道"，[①] 而最终韩愈的下场却是："终于作一个祭鳄鱼贺庆云的小人。"[②] 这样苛刻、武断的评价，实令人难以理解。

在第十六章"元稹白居易"，胡适先叙述两位诗人的生平以及文学主张，及至中间部分，终于论及白居易的作诗要使老妪也明白的主张，又以新发现的敦煌石室的俗文学以说明元、白的七言歌行乃受了俗文学的影响。[③] 而此章后面的十三页，均是罗列元、白的诗歌，并没有任何的总结，便由此而终结了《白话文学史》的"上卷"。

胡适《白话文学史》中的具体论证过程中，没予以各个他所认为的关键时代以及体式之更迭以至于文学现象之传承或因果关系作出系统而连贯性的诠释。更有甚者，其叙述态度轻率，结论武断，对于整体的白话文学史的资源并没有作出深入的挖掘或就仅有的资源作出梳理，其进程几乎是信手拈来，随笔之所至而随时在版图上任意标签，其攻城略地之快感与优越的姿态，显而易见，而这一切均暴露其对文学史认知的缺陷及盲区，亦是其白话文学史的建构存在的弱点，而这正是此书日后招致众多攻击之所在。有人"病其偏不全，时多武断之语"；有人对其偏向白话文学不以为然。[④] 郑振铎则指出《白话文学

① 胡适：《白话文学史》，亚东图书公司 1953 年版，第 302 页。

② 同上书，第 303 页。

③ 同上书，第 326—327 页。

④ 胡云翼认为胡适的《白话文学史》："过于为白话所囿，大有'凡白话写的作品都是杰作'之概"的偏向感到"可惜"，他说，"如王梵志的诗有什么了不得之处，竟劳胡先生在珍贵的篇幅上大书特书而加以过分的赞美呢？这真令我百思都不得其解！"见胡云翼《自序》，《新着中国文学史》，北新书局 1932 年版，第 3 页。叶青也批评胡适有轻视文人文学、忽略散文等缺点。见叶青《胡适批判》下册，辛垦书店 1934 年版，第 970 页。

史》落入了旧文学的本质上的发展，而追逐于文学所使用的语言那个狭窄异常的一方面的发展“魔障”，例如只能引用杜甫集子中几篇带诙谐性的小诗而舍弃其典范性的作品，即是“魔道之一”。[①]游国恩则认为胡适对于文学形式看得太重，“像王梵志的打油诗并没有什么思想性，只因为比较通俗，就在《白话文学史》里大捧而特捧”。[②]余冠英（1906—1995）更总结出胡适《白话文学史》的五个问题：第一是割截历史，汉高祖以前的文学史都不提；第二是抹杀事实，否定了古文、骈文、律诗，还有《史记》《汉书》、唐人传奇等；第三是隐蔽精华，对诗人中的陶渊明、李白、杜甫评价都不够高；第四是搬运糟粕，王褒“戏弄侮辱劳动人民”的《僮约》、王梵志“宣传颓废思想”的打油诗反倒进了文学史；第五是捏造或歪曲“公例”，公例之一是文言和白话的长期对立不断斗争说，之二是文体进化论，之三是一切新文学的来源都在民间。[③]王瑶则认为胡适“想尽办法把一切的作品都说成是白话的”。[④]以上种种批评，十之八九皆是中的之言。当然，我们必须考虑的是《白话文学史》原为胡适的演讲稿，同时亦是“有意”为之的革命话语。故此，套用任何的理论对胡适此书作出解读，终将是方

① 郑振铎：《中国文学史的分期问题》，《郑振铎文集》第7卷，人民文学出版社1985年版，第70页。然而，郑振铎的文学史观及其治学方法基本是受了胡适的影响。相关论述可参阅徐雁平《胡适与整理国故考论——以中国文学史研究为中心》，安徽教育出版社2002年版，第198—215页。

② 游国恩：《批判胡适的资产阶级唯心的学术观点和他的思想方法》，《光明日报》1954年12月22日。

③ 余冠英：《胡适对中国文学史“公例”的歪曲捏造及其影响》，《文艺报》1955年第17期。

④ 王瑶：《辟胡适的所谓“历史进化的文学观念”》，《关于中国古典文学问题》，古典文学出版社1956年版，第81页。

凿圆枘的枉然。

虽然关于胡适《白话文学史》的批评不绝，质疑不断，然而，随着赵家璧（1908—1997）在1935年所主编的《中国新文学大系》的出版，白话文学已成为现实，胡适与新文学阵营中人以至于其论敌，均看见了这一不可逆改的事实，殆无可疑。

五 “上卷”之外的补阙

胡适在其《白话文学史》的“上卷”一书中所列出的具体民间文学作品可谓寥若晨星，而且论据亦难以令人信服。[①]随着胡适声望愈隆、地位愈高，就更无暇于继续《白话文学史》“下卷”的撰写工作了。本来最值得发挥的宋诗以及元、明戏曲，他只撰写了《词选自序》《词的起源》以及《元人的曲子》[②]三篇文章，便没作更深入挖掘。至于明、清小说的考证，也可视作明、清部分的补阙。[③]由此串联起来，大致可见胡适的白话文学史的蓝图。

为了进一步深化其《白话文学史》的文学革命，胡适作了大量的小说考证。胡适将白话小说捧为白话文学的正宗，并称

---

① 在当时，严既澄便曾多番对胡适的白话文学史观作出质疑，而其质疑亦促使胡适觉察其理论上的不周之处，从而一再修订其白话文学史观。相关论述，可参见罗志田《整理国故与文学史研究——跋胡适的一封信》，《中国社会历史评论》2002年第4卷。

② 见《胡适文存》第3集。胡适于1928年由上海新月书店出版的《白话文学史》的《自序》中有“新纲目”，此中便包括宋词、元曲以及明清小说。

③ 黎锦熙曾列举胡适的这些文章，指出：“他这种考证的工作和成绩，称得起‘前无古人’；我们把这些文章依次看完，尽够国语文学史中近代小说专史大部分的资料了。”黎锦熙：《胡适〈国语文学史〉代序致张陈卿、李时、张希贤》，欧阳哲生编《胡适文集》第8册，北京大学出版社1998年版，第15页。

之为文学史上的“哥白尼的天文革命”。[①] 其小说考证乃从《水浒传》开始，最初他只是为了上海亚东图书馆用新式标点分段点读出版的《水浒传》写序言，即《〈水浒传〉考》，不料该书一出版即畅销，两年之间即发行了八版，共一万一千余册。因此，亚东图书馆又在胡适的指导下陆续出版了一系列新式标点的传统小说，包括《儒林外史》《红楼梦》《三国演义》《西游记》《镜花缘》《水浒续集》《老残游记》《海上花》《儿女英雄传》《三侠五义》《官场现形记》《宋人话本八种》《醒世姻缘传》《今古奇观》以及《十二楼》，再加上之前出版的《水浒传》，一共出了十六种。其中，前十四种均有胡适的考证、传序或引论。胡适大量的白话小说考证工作，其过程实际上就是将白话小说作为新典范的经典化（canonization）过程，从而提高白话文学、民间文学的地位，确立新的文学观念，[②] 更为重要的是为其《白话文学史》的“上卷”作了补阙。[③]

六　故事与歌谣：顾颉刚对“民间文学”的挖掘与整理

1. “民间文学”的定义

要为顾颉刚所从事的相关工作的内涵作界定，就必须先讨论“民俗学”与“民间文学”的区分，钟敬文从“民间文学”

① 胡适：《中国新文学大系·建设理论集·导言》，赵家璧主编《中国新文学大系》，香港文学研究社 1972 年版，第 21 页。

② 同上书，第 345 页。

③ 陈平原亦认为“胡适在明清小说研究上的突出成就，可补《白话文学史》没能如愿修订的不足。”陈平原：《胡适的文学史研究》，王瑶主编《中国文学研究现代化进程》，北京大学出版社 1998 年版，第 214—215 页。

与“民俗学”的关系而为“民间文学”作界定：

> 民间文学作品及民间文学理论，是民俗志和民俗学的重要构成部分。前者（民间文学作品等）是后者（民俗学等）这个学术“国家”里的一部分“公民”，这在学术“国家”里占据着一定的疆土。①

又说：

> 再从民俗学这种学问发展的历史考察，可以发现民俗学的产生或进展，往往从民间文学方面开始，就是说，从民间歌谣、民间故事等的搜集、研究开始。②

依钟敬文的定义，顾颉刚几十年以来所从事的有关孟姜女故事与歌谣资料的搜集与演变，就是对民间文学的挖掘与整理。而他这两项持续几十年的关于民间文学的研究工作，都是朝着胡适等所号召的白话文学史的民间文学理念进发。胡适在为《中国新文学大系》的“建设理论集”导言中便曾经说过：

> 一个文学运动的历史的估价，必须包括它的出产品的估价。单有理论的接受，一般影响的普遍，都不够证实那

① 钟敬文：《民俗学与民间文学》，《钟敬文民间文学论集》上册，上海文艺出版社 1982 年版，第 187 页。

② 同上书，第 187—188 页。

个文学运动的成功。所以在今日新文学的各方面都还不曾有大数量的作品可以供史家的评量的时候，这部历史是写不成的。①

事实上，正是顾颉刚所搜集的民间故事与歌谣充实了白话文学史。沈兼士（1886—1947）在为《吴歌甲集》写的《序》中亦说：

“国语的文学”和“文学的国语”，固然是我们大家热心要提倡的，但这个决不能单靠着少数新文学家做几首白话诗文可以奏凯，也不是国语统一会规定几句标准语就算成功的。我以为最需要的参考材料，就是有历史性和民族性而与文学和国语本身都有关系的歌谣。②

由此可见，他们清楚认识到白话文学资源的挖掘的迫切性。然而，从关于“民间”文学的讨论及至小说作为文学正宗的被确立，白话文学史的基础就在不太激烈的论辩中匆促而模糊地确立了。真正的民间文学的发掘者是顾颉刚，可是他在白话文学史上的贡献，称誉者寥若晨星。顾颉刚的学生杨向奎这样描述顾颉刚在民间文学上的成就：

颉刚先生的成就不仅表现在中国古史上，在经学的整

① 胡适：《中国新文学大系·建设理论集·导言》，《中国新文学大系》第1集，香港文学研究社1972年版，第1页。

② 沈兼士：《序（二）》，见顾颉刚等辑《吴歌　吴歌小史》，江苏古籍出版社1999年版，第14页。

理上，在民间文学的研究上都作过光辉的成就，这是大家有目共睹的。①

他的另一位学生王煦华亦指出：

> 五四运动以后，顾颉刚师所作的孟姜女故事研究，开创了我国民间文学研究的新道路，在这个领域中作出了划时代的卓越贡献，并取得了国际的声誉。从此以后，我国民间文学出现了新面貌。②

若没有顾颉刚对民间文学的发掘，胡适与沈兼士所担忧的写不成真正的白话文学史可能便会成为事实。

胡适曾说过新文学有两条来路：

> 一、就是民间文学，如今大规模的搜集民间歌谣故事等；帮助新文学的开拓，实非浅鲜。
>
> 二、除印度外，即为欧洲文学，我们的新文学，受欧洲影响极大，欧洲文学，最近两三百年如诗歌、小说等皆来自民间……③

第二条来路的工作当然是留美的胡适等人所能做的，至于

① 杨向奎：《论“古史辨”》，陈其泰、张京华主编《古史辨学说评价讨论集》，京华出版社2001年版，第99页。

② 王煦华：《序》，顾颉刚编著《孟姜女故事研究集》，上海古籍出版社1984年版，第1页。

③ 胡适：《中国文学的过去与来路》，胡适著，姜义华编《胡适学术文集·新文学运动》，中华书局1993年版，第187页。

第一条来路关于中国本土的民间文学，则有赖顾颉刚数十年持之以恒的挖掘与整理。对于顾颉刚在发掘歌谣方面的成绩，胡适便曾作出如下的高度评价：

> 近十年内，自从北京大学歌谣研究会发起收集歌谣以来，出版的歌谣至少在一万首以上。在这一方面，常惠，白启明，钟敬文，顾颉刚，董作宾……诸先生的努力最不可磨没。这些歌谣的出现使我们知道真正平民文学是个什么样子。①

胡适指出歌谣的出现使他们知道真正的“平民文学”。然而非常遗憾的是，无论是顾颉刚，还是上述提及的常惠、白启明、钟敬文、董作宾（彦堂，1895—1963），他们的名字若不是早淹没于历史的洪流之中，就是被当为历史家或民俗学家，彼等在民间文学上曾经作出的贡献，则不曾被文学史明确地承认过。其中贡献最为卓著的顾颉刚，其名字亦一直不见于文学史上。以下将从顾颉刚整理孟姜女的故事、歌谣的收编与研究以及其对戏剧的关注，论述顾颉刚所搜集的民间文学的特色及其在建构白话文学史上的贡献。

2. 孟姜女故事

发起大规模地搜集民间歌谣故事者就是顾颉刚，这项工作，他孜孜不倦地持续达数十年之久。顾颉刚常常将平时的消遣娱乐与其学术研究联系在一起，他最大的嗜好就是听戏，除

① 胡适：《自序》，《白话文学史》，东方出版社1996年版，第5—6页。

了从听戏悟出“演变”之说而提出古史的“层累法”外，[1] 听戏亦是搜集民间故事的一个最佳途径，其中他最念兹在兹的就是孟姜女故事。[2] 当他开始这项工作的时候，却遇上了一些不为别人所理解甚至嘲笑的困难，在《孟姜女故事研究集》的《自序》中他写道：

> 前数年，我们在北京大学发表这类的文字，常听到他人的责备，或者笑我们不去研究好好的学问而偏弄些不登大雅之堂的东西，或者叹息我们的“可怜无益费精神”！现在我们发刊这类集子，少不得又惹起正统学者的鄙薄。……我们立志打倒这种学者的假史实，表彰民众的真传说……[3]

他在论及孟姜女的传说时亦慨叹地说：

> ……可惜一班学者只注意于朝章国故而绝不注意于民间的传说，以至于失去了许多好材料。但材料虽失去了许多，至于古今传说的系统却尚未泯灭，我们还可以在断编残简之中把它的系统搜寻出来。[4]

他所谓不注意民间的传说的学者，其实并不止于所谓的守

---

① 顾颉刚：《古史辨》第1册，上海古籍出版社1982年版，第22、214页。

② 顾颉刚：《魏含英说〈孟姜女〉、〈孟姜山志〉》，《顾颉刚读书笔记》第5卷（上），联经出版事业公司1990年版，第2937、2938页。

③ 顾颉刚：《自序》，《孟姜女故事研究集》，上海古籍出版社1984年版，第4页。

④ 同上书，第1页。

旧派，即使胡适或新文学阵营中人，或不太热衷，或不能持之以恒。顾颉刚从搜集歌谣开始，越走越深，真正地走向了民间的核心。他在《孟姜女故事的转变》一文中说：

> 我为要搜集歌谣，并明了它的意义，自然地把范围扩张得很大：方言、谚语、唱本、风俗、宗教各种材料都着手搜集起来。我对于民众的东西，除了戏剧之外，向来没有注意过，总以为是极简单的；竟愈弄愈觉得里面有复杂的情状，非经过长期的研究不易知道得清楚了。这种的搜集和研究，差不多全是开创的事业，无论哪条路都是新路，使我在寂寞独征之中更激起拓地万里的雄心。①

方言、谚言、唱本、风俗、宗教这些元素都是走向民间的文学理念的核心，对壮大白话文学传统是不可或缺的。顾颉刚又说：

> ……像观音、关帝、龙王、八仙、祝英台、诸葛亮……大故事，若去收集起来，真不知有多少的新发见。即如尖酸刻薄的故事，自从《徐文长故事》一书出版以来大家才想起，这类的故事是各处都有而人名各不同的。所以浙江的徐文长，四川便是杨状元，南阳便是庞振坤，苏州便是诸福保，东莞便是古人中，海丰便是黄汉宗……这类故事如果都有人去专门研究，分工合作，就可画出许多

① 转引自王煦华《前言》，《吴歌　吴歌小史》，江苏古籍出版社 1999 年版，第 12 页。

> 图表，勘定故事的流通区域，指出故事的演变法则，成就故事的大系统。①

上述大篇幅地引录了顾颉刚关于其要整理、挖掘的民间文学的范畴，为的是更全面地展示他所注意的民间文学范围相当广泛，而这方向其实正是民间文学的宝贵而丰富的资源所在。

顾颉刚对于民间文学与文学史的关系是相当清楚的：

> 我久欲做一部《故事转变录》，只是得不到时间，不知何时才可动笔。……如果有人先我为之，把几百桩流行的故事一一考出它的来源与结果，那最是有功中国文学史的了。②

由此可见他是相当有意识地进行这项为新文学阵营中人所忽略的为建构白话文学史的实际工作。

1921 年冬，顾颉刚正研究与《诗经》相关的书籍，尤其是着手辑集郑樵《诗辨妄》，连带从郑樵各著作中辑集诗论。他偶见郑氏论《琴操》提及虞舜父、杞梁妻本“于经传所言者不过数十言”，却被稗官之流的唇舌“演成万千言”。顾颉刚顿时对孟姜女故事产生兴趣：

> 杞梁之妻即孟姜女，这是我一向知道的；但我却没有

① 顾颉刚：《自序》，《孟姜女故事研究集》，上海古籍出版社 1984 年版，第 5 页。

② 顾颉刚：《跋》，《孟姜女故事研究集》，上海古籍出版社 1984 年版，第 88 页。

想到“初未尝有是事，而为稗官之流所演成”。经他一提示，才知道里边原有一段很复杂的因缘。这是我对于她的故事注意的第一回。①

1923年春天，顾颉刚又读到姚际恒《诗经通论》在《郑风》的《有女同车》篇一段有关“孟姜”的注释，他“惊讶其历年的久远，引动了搜辑这件故事的好奇心。”自此之后，他就立心收集与发掘有关孟姜女故事的资料。1924年，顾颉刚所作的《孟姜女故事的转变》登于《歌谣周刊》第69期；1926年，顾颉刚又写了《孟姜女故事研究》。然而，顾颉刚花了数十年之功，搜集了《孟姜女故事资料集》，几近百万字，却在“文化大革命”时毁于一旦；因此未能完成《孟姜女故事考》，现仅留下《孟姜女故事资料集目录》的初稿，② 殊为可惜。

整体而言，顾颉刚在孟姜女研究上有开山之功，撰写了很多征集孟姜女故事的启事与各文集的序言。而在研究方面则主要注重孟姜女故事的演变③、传说与考证④、孟姜女故事与歌谣⑤以

① 顾颉刚：《孟姜女故事研究的第二次开头》，《孟姜女故事研究集》，上海古籍出版社1984年版，第93页。

② 有关顾颉刚孟姜女研究的崎岖曲折的过程，可参阅《孟姜女故事研究集》，上海古籍出版社1984年版，第1—6页。

③ 顾颉刚：《孟姜女故事的转变》《孟姜女故事研究》，见《孟姜女故事研究集》第1册，第1—73页。

④ 顾颉刚：《杞梁妻哭崩的城》《杞梁妻的哭崩梁山》《唐代的孟姜女故事的传说》，《孟姜女故事研究集》第2册、第4册。

⑤ 顾颉刚：《孟姜女十二月歌与放羊调》《孟姜女故事的歌曲甲集弁言》，《孟姜女故事研究集》，上海古籍出版社1984年版，第117—122、285页。

及相关资料与图画的整理。[①] 如此艰巨的工作得以完成，实有赖其由疑古精神而培养出来的深厚与严谨的治学态度。

3. 歌谣

周作人在为《吴歌戊集》写的《序》便曾说过："民歌在一方面原是民族的文学的初基"。[②] 这确是睿见。中国文学之源，《诗经》不亦来自民歌？顾颉刚在歌谣方面的贡献主要是集中关于"吴歌"[③] 的搜集。他曾编辑、出版了《吴歌甲集》以及撰写了《吴歌小史》等重要文章。歌谣之搜集，实始于鲁迅与周作人之提倡，但因为当时风气未开，成绩未如理想。及至刘复[④]与沈尹默之鼓吹，刘复得北大校长蔡元培之鼎力支持，由刘氏拟定《北京大学征集全国近世歌谣简章》，并成立《歌谣周刊》，征集歌谣的工作于焉展开，并得到广泛的响应。三个月内，共征集了一千多首歌谣。此举在当时的卫道之士看

---

① 顾颉刚：《图画》《孟姜女故事材料目录说明》，《孟姜女故事研究集》，上海古籍出版社 1984 年版，第 152—159、288—297 页。此外还可参考其有关孟姜女故事的笔记，见顾颉刚《顾颉刚读书笔记·篇目分类索引》第 1 册，第 335—336 页。

② 周作人：《中国民歌的价值》，《吴歌 吴歌小史》，江苏古籍出版社 1999 年版，第 399 页。

③ 顾颉刚这样为"吴歌"的地域作界定："吴的区域包括很广，差不多现在说江、浙的区域都是。……我们现在所说的三吴，大致有江以南，自浙以西，都包括在内；所谓吴歌，便是流转于这一带小儿口中的民间歌曲。"见顾颉刚《吴歌小史》，《吴歌 吴歌小史》，江苏古籍出版社 1999 年版，第 603 页。

④ 其实，刘复亦是当时发起搜集歌谣的领导人物与实践者，他曾在 1919 年 8 月收编《江阴船歌》，并曾模拟江阴民歌，创作了《扬鞭集》，其中有的新诗便是用江阴的方言创作的。参见王煦华《前言》，《吴歌 吴歌小史》，江苏古籍出版社 1999 年版，第 5 页。

来，不啻“离经叛道”。①

顾颉刚当时因妻子病故而休学在家，看到北大征集歌谣的消息，故而亦从家中开始了吴歌的搜集。他认为歌谣这样的民间文学在当时是一个新潮流：

> 那时的我，已经看了五年的戏，对于一切的民间文艺有了比较平等的眼光，自己想道：《小放牛》剧中，不是一个牧童跟一个女孩唱对山歌吗？《孟姜女》剧中，不是过关时唱“十二月花名”吗？为什么要反对？所以也就很乐意地接受了这个新潮流。②

这个“新潮流”其实就是明代文人从公安派到冯梦龙（犹龙，1574—1646）等人的对“民间”的追求的一个延续，亦是千多年以来的疑古思潮的叛逆精神在“五四”的彻底呈现。前人的疑古精神与对民间文学的倡导，导引顾颉刚为白话文学史的建构作出了最具体而又最坚实的奠基性贡献。

关于顾颉刚在编收吴歌、各集的不同编辑者及其过程，可从其学生王煦华记载中得悉：

> 《吴歌甲集》出版后，顾先生原想继续出下去……可是，顾先生以后没有闲暇去编《乙集》，正好他的友人王

---

① 王煦华：《前言》，《吴歌　吴歌小史》，江苏古籍出版社 1999 年版，第 4 页。周作人亦指出绍兴“秧歌”的扮演曾列入禁令，而江、浙通行的印本“山歌”亦遭排斥。周作人：《中国民歌的价值》，《吴歌　吴歌小史》，江苏古籍出版社 1999 年版，第 400 页。

② 顾颉刚：《我和歌谣》，《民间文学》1962 年第 6 期。此处乃转引自王煦华《前言》，《吴歌　吴歌小史》，江苏古籍出版社 1999 年版，第 5 页。

> 翼之搜集苏州歌谣百余首，编为《吴歌乙集》，他见到后甚为欢喜，就将它先在《民间文艺》上陆续发表，并推荐给民俗学会，列入《民俗学会丛书》，由中山大学语言历史研究所于一九二八年六月出版。王翼之的《乙集》在《民间文艺》发表后，顾先生又想把七八年前搜集之稿未付印的，写清后，在《民间文艺》上登载，题为《吴歌丙集》（据《吴歌丙集·前记》），可是，除了在《民间文艺》第十一、十二期合刊（一九二七年一月出版）上登载过六首外，以后就没有继续下去，可见他的《丙集》没有编成。而一九二一年王君纲已编成了《吴歌丙集》，刊载于《礼俗》第八、九期（一九三一年出版）……①

王煦华的叙述，清晰地记录了顾颉刚在收编、出版民谣上的经过和工作，更突显其持之以恒的治学态度对民间文学倾注的心血，以及对白话文学的开拓，尤其是他在民间文学方面的努力。

顾颉刚在《吴歌甲集》中将吴歌分为五类：一，儿歌；二，乡村妇女的歌；三，闺阁妇女的歌；四，农工、流氓的歌；五，杂歌。对此书搜集的内容，胡适有如下的具体评价：

> 我读第二卷的感想是嫌他收集的闺阁妇女的歌——弹词式的长歌——太多，而第二和第四类真正民歌太少。这也难怪，颉刚生长在苏州城里，那几位帮他搜集的朋友也

① 王煦华：《前言》，《吴歌 吴歌小史》，江苏古籍出版社 1999 年版，第 10 页。

都是城里人，他们都不大接近乡村的妇女和农、工、流氓，所以这一集里就不免有偏重闺阁歌词的缺点。这些闺阁歌词虽然也很能代表一部分人的心理习惯，却因为沿袭的部分太多，创造的部分太少，剪裁不严，言语不新鲜，他们的文学价值是不很高的。①

因为胡适的批评，后来几集的《吴歌》便逐渐偏向采集农、工、流氓方面的歌谣，以丰富这方面的资源。

顾颉刚在歌谣的搜集与研究上的工作和成就得到当时很多人的称誉，沈兼士便这样评价顾颉刚搜集吴歌在文学上的意义：

颉刚搜集的吴歌，虽不能说尽是有精彩的技巧和思想，但是那种旖旎温柔情文兼至的风调，总不能不推它为南方歌谣中的巨擘。这一点就足以值得研究文学和国语的人的注意。②

王煦华更指出顾颉刚对吴歌的研究属开创性的系统研究，影响深远：

吴歌的历史，前人从未作过系统的研究，顾先生作的《吴歌小史》从战国的吴歈越吟，一直叙述到现代铺陈景

① 胡适：《序（一）》，顾颉刚等辑《吴歌　吴歌小史》，江苏古籍出版社1999年版，第13页。

② 沈兼士：《序（二）》，顾颉刚等辑《吴歌　吴歌小史》，江苏古籍出版社1999年版，第15页。

> 致的民歌，源源本本，实是吴歌史的开创之作。[①]

其中一位歌谣搜集者张伯新甚至希望“吴歌成为势力最大的民间文学和方言文学”。[②]

上面提及北大发起征集歌谣后惹来卫道之士的攻击。那么顾颉刚所收编、发现、刊行的歌谣又是如何离经叛道？从所谓的离经叛道而言，“吴歌”中大致有两类：一，情欲；二，滑稽。这些都是传统学者忽视或否定的民间作品，认为俗套、下流，不能亦不应登大雅之堂，然而顾颉刚却认为这些歌谣接近社会实况，接近民间生活面貌，不容忽视。在情欲的歌谣中，《吴歌甲集》收有《结识私情东海东》（第75页）、《结识私情恩对恩》（第75页）、《结识私情隔条浜》（第76页）。《吴歌乙集》中有《姐妮生来白奶白胸膛》（第292页）、《姐妮生来白爱爱》（第292页）、《姐妮生来骨头轻》（第292页）、《约郎约到月上时》（第296页）。以下数首富有代表性的歌谣可以验证其“离经叛道”之所在：

杨柳那得青青

杨柳那得青青，
青青那得早起，
失落了个女美珍。

---

① 王煦华：《前言》，顾颉刚等辑《吴歌　吴歌小史》，江苏古籍出版社1999年版，第13页。

② 张伯新：《〈吴歌乙集〉代序》，顾颉刚等辑《吴歌　吴歌小史》，江苏古籍出版社1999年版，第252页。

在家的公子失了奴的贞，
害了奴的贞。
十三岁，要偷情；
偷到如今，终弗能称心；
刚刚称心，终弗能称心；
刚刚称心，夫家知道，一定要退婚；
叫肩小轿，抬进庵门；
先拜弥陀，慢拜尼僧。
削落两根头发，做个尼僧。
“月亮里点灯，挂舍名！”
从今以后，终弗偷情。①

结识私情隔条滨

结识私情隔条滨，
绕滨走过二三更。
“走到喻口五笃场上狗要叫；
走到时口五笃窝里鸡要啼；
走到口五笃房里三岁孩童觉转来。”
“倷来末哉！
我麻骨门闩笞帚撑，
轻轻到我房里来！
三岁孩童娘做主，
两只奶奶塞子嘴，

① 顾颉刚等辑：《吴歌甲集》，江苏古籍出版社 1999 年版，第 101 页。

轻轻到我里床来！”①

顾颉刚就是用这首歌谣来说明《诗经》中的《野有死麕》是首吉士诱怀春少女。其中的关键就是以下三句：

舒而脱脱兮，
无感我帨兮，
无使尨也吠！

很明显，从歌谣《结识私情隔条浜》的露骨描写可以凸显《野有死麕》所要表达的意思，不是经学家所说的贞女抗暴，而是怀春少女吩咐情郎动作要轻点，以免私情为人发现的状况。

滑稽的歌谣，旨在呈现民间文学中常见的童心、童趣：

康铃康铃马来哉

康铃康铃马来哉，隔壁大姐转来哉！
啥个小菜？茭白炒虾。
　　田鸡踏杀老鸦。
老鸦告状，告拨文王。
文王卖布，卖着姐夫。
姐夫关门，关着苍蝇。
苍蝇扒灰，扒着乌龟。

① 顾颉刚等辑：《吴歌甲集》，江苏古籍出版社1999年版，第76页。

乌龟撒尿，撒得满地！[①]

萤火虫

……千金小姐嫁秀才。

秀才秀，修只狗。

狗会咬人，嫁个道人。

道人会念经，胡里胡里念经。[②]

这些儿歌中，充满了童稚，亦蕴含着蔑视礼教的民间活力。歌谣所体现的大胆与活泼，均非卫道之士所能想象，亦非“五四”时期的文学家所能比拟，但顾颉刚却独排议，努力在这方面下功夫，收集并整理出版这些资料，并不曾因当时守旧派的批评而放弃。这不仅显示了他对白话文学史应包括的资源以及应走的方向上有独特的见解，而且他更坚定不移地在民间故事及歌谣方面着手，整理出一个头绪，留下一个研究的典范，以供后人参考，实在贡献良多。

除了“吴歌”的搜集、刊行、研究之外，顾颉刚及其友人又发现了古代的民歌。原来，早在明末便已有歌谣的收编、刊刻。1934 年抱经堂主人朱遂翔告诉顾颉刚，他的弟弟朱瑞轩在徽州发现了冯梦龙收编的《山歌》，有万历的刻本。[③] 冯氏又收编有《挂枝儿》一书，1929 年上海华通书局出版的《挂枝儿》

① 顾颉刚等辑：《吴歌甲集》，江苏古籍出版社 1999 年版，第 43 页。

② 同上书，第 47 页。

③ 顾颉刚：《〈山歌〉序》，《吴歌　吴歌小史》，江苏古籍出版社 1999 年版，第 707 页。

乃浮白主人的选本，只存 41 首，远不及《山歌》丰富。[①] 而在清初，又有吴淇（1615—1675）收编的《粤风续九》，此书后来为清末的李调元（羹堂，1734—1802）收编在其《函海》，名为《粤风》。[②]

《山歌》中的山歌连附载五条共有 345 首。此书所收录的全是情歌，而范围之广、形式之多、内容之复杂，顾颉刚自言"皆非《吴歌》甲、乙集或其他歌谣辑本所能及"。[③] 在《山歌》的篇幅方面，最短的只有七言四句，而"杂咏长歌"中的《烧香娘娘》（卷九）竟长达一千六百四十多字。如此长篇巨著，顾颉刚指出唯有东莞民歌《撒帐歌》差堪比拟。[④]

更为震撼的是《山歌》所收录的作品全是"私情歌"。其中三分之一还直接、间接，或隐，或显地涉及性事。顾颉刚曾打趣地警告读者中若有卫道之士："则最好请趁早掩卷合十，收视返听……"[⑤] 他认为重新刊行并关注《山歌》乃出于学术立场，借此以知道明季的社会情形是何等的黑暗凌乱，又可见当时礼教束缚之严，一般民众没有丝毫恋爱的自由，婚姻多不满意，唯有另求满足。他的结论是这些山歌反映了："有勇气的就实行反抗，毅然的为自己打出一条血路。"[⑥] 这样的思想，不正是"五四"时期提倡的反抗封建、争取婚姻自主的回应吗？而更为珍贵的是，《山歌》《吴歌》等歌谣选本的出现，足

---

① 顾颉刚：《〈山歌〉序》，顾颉刚等辑《吴歌　吴歌小史》，江苏古籍出版社 1999 年版，第 708 页。

② 同上书，第 707 页。

③ 同上书，第 710 页。

④ 同上。

⑤ 同上书，第 712 页。

⑥ 同上。

证古代中国民间生活的活力，这种活力正是当时黑暗中国的希望，同时亦说服了许多犹豫中的青年男女，说明反抗封建与争取婚姻自主并不是空穴来风的革命，亦非文学创作的虚构，而是源于个人本能需要和期盼，历代均是如此，正视其中的义涵并推动国民对婚姻与性观念的改变，正是“五四”精神的体现。

值得注意的是胡适曾说过希望《吴歌乙集》的出版是一部纯粹吴歌的平民文学的专集。若是这样的话，他认为“这部书的出世真可说是给中国文学史开一新纪元了”[①]。胡适在此使用了“平民文学”的字眼，并预示《吴歌乙集》的出版将为“中国文学史开一新纪元”。这都是当时新文学阵营中人走向民间的理想，而民歌作为“平民文学”与白话文学史的一个重要组成部分都是宣之于口、见诸文字的事实，却一直以来为文学史所忽略而得不到应有的地位。这或许是因为白话文学在“五四”以来未能真正的走向民间的原因。

七　结语

“走向民间”是白话文学史的建构中的一个关键，新文学阵营中人虽没有深入的为“民间文学”作界定，然而却都将反传统的精神寄托于斯。故此可说，“走向民间”是“五四”知识分子有意识地与传统决裂的革命精神的追求，同时亦是疑古思潮在“五四”叛逆传统文学史书写的一个具体而精彩的

① 胡适：《序一》，《吴歌　吴歌小史》，江苏古籍出版社 1999 年版，第 12—13 页。

呈现。

从以上论述，我们可以作出如下的结论：一，胡适心目中的“民间文学”是经过文人提炼的雅化的民间文学，而顾颉刚则直接收录民间流传的故事与民歌，是原始、活泼、狂放的民间。二，顾颉刚在民间文学的资料搜集与研究方面持久而绰有成就，默默地为轰轰烈烈而又不无失之匆促的新文学理想作了实际内容的充实。三，无论是《诗经》与歌谣的关系的研究，还是孟姜女故事演变、吴歌的搜集，顾颉刚的工作均是从疑古思潮出发，立足于反传统、反封建，真真正正地走向民间，贴近孟姜女的多情与执着，展现民间的活泼与叛逆“民间文学”是“旁行斜出”的疑古精神。四，胡适“走向民间”的理念结合顾颉刚的对民间文学的挖掘与整理，两人在白话文学史上的建构恰有互补的作用,[①] 这亦就是胡适与顾颉刚两人分别在白话文学史上的角色与位置。

① 季维龙亦认为：“胡适和顾颉刚在收集、整理和研究民间歌谣方面，就整体而言，虽没有统一的步调，但在客观上收到相互呼应的效果。”季维龙：《胡适与顾颉刚的师生关系和学术情谊》，《胡适研究》2000 年第 4 期。

第五章

发明传统与白话文学史的建构

一　前言

现在一般对五四运动的基本评价就是：一场激烈反传统的运动；甚或如林毓生所说的“全盘的反传统”等。当然，在“反传统”与“全盘反传统”之间已蕴含在性质上的极大差别，林毓生的结论值得商榷。其实，假如能真正地了解何谓传统的话，我们都可以预知在任何时空、任何国度，均没可能“全盘反传统”；即使有“全盘反传统”的计划或思想，亦永远不能成为事实。“传统”如水银泻地，无所不在，如何“全盘”反得了？我们知道“传统”在五四运动中是一个非常重要的议题，在白话文学史的建构过程中，也同样是绕不过去的。在前面我们已详细地论证了胡适与顾颉刚在疑古思潮上的传承关系，而疑古思潮之出现，其实亦就是源自汉、宋以来的对传统“经典”的质疑。这股疑古思潮始于涓滴之水，而随着中国历代的民族危机而逐渐扩大，及至清末民初，在民族的生死存亡之秋，终于汇聚成汹涌的激流。疑古思潮在“五四”时期的冲击无所不在，其力量亘古未见。胡适、顾颉刚他们以至于当时绝大多数的知识分子都相信，“传统”的导致是民族衰落的最主要原因之一，亦是阻碍国家进步的一大负累，故而反传统而进而疑古之声此起彼落，形式林林总总。从康有为的托古改制以至于胡适、顾颉刚他们建构的白话文学史，其实都是这股疑古思潮底下在不同层面的不同表现而已。

二　“被发明的传统”与民族主义

传统属于一连绵不绝的、一系列的文化与思想纵横交织，彼此环环相扣，而其距离是那么近，又仿佛那么远，既时时存在于当下，却又变化万千。传统是可以“挪移”的，而胡、顾及新文学阵营他们之所以引发了那么多的守旧或维护传统者的攻击的原因，亦不外是大家的立场不一样：前者认为传统可变，而后者则认为传统不可变，甚至是昨天说可以变，而今天又反过来攻击主变者，如康有为的从托古改制而转为被胡、顾等人视为守旧者，就是最佳例子。

关于“传统”的“变”与“不变”，霍布斯鲍姆（Eric Hobsbawm）在《发明传统》（*Inventing Traditions*）中的一段话可引发我们作进一步的思考：

> 在历史学家所关注的任何时代和地域中，都可能看到这种意义上的传统的“发明”。然而，我们可以认为，在以下情况中，传统的发明会出现得更为频繁：当社会的迅速转型削弱甚或摧毁了那些与“旧”传统相适宜的社会模

> 式，并产生了旧传统已不再能适应的新社会模式时；当这些旧传统和它们的机构载体与传播者不再具有充分的适应性和灵活性，或是已被消除时；总之，当需求方或供应方发生了相当大且迅速的变化时。[①]

即是说，“传统”并非一成不变、铁板一块，而是不停地回应时代的变幻及社会的需求而作出调适。换而言之，“传统”就是一直在处于动态模式的“被发明”中的。从三皇、五帝到周公的制礼作乐，以至于孔子及其儒家思想，甚至于朱熹的注释《四书》颁行天下，规划社会的人伦纲常，其实都是一种“传统的发明”。每个不同的时代都在不断地对这些传统有所更改，唯有其核心价值的持续力较为稳定。必须注意的是霍布鲍姆所说的“发明传统”，一般均发生于社会的转型时代，故而这种“发明传统”的诞生是有强烈的目的性的。胡、顾等人因疑古思潮而产生的“发明传统”为的就是再造传统以符合时代的需求，而民族主义（nationalism）即乃其中一个主要驱动力。[②] 葛尔纳（Ernest Gellner）认为，民族主义时而利用文化传统作为凝聚民族的手段，时而因应成立新民族的需要而将文化传统加以革新，甚至造成传统文化的失调，这乃是不可否认的历史事实。[③]

---

① ［英］E. 霍布斯鲍姆等：《传统的发明》，顾杭、庞冠群译，译林出版社2004年版，第5页。

② 同上书，第13—14页。

③ Ernest Gellner, *Nations and Nationalism*, Ithaca: Cornell University Press, 1983, pp. 44-49.

民族主义深深地植根于文化传统，例如对过去共同的历史或经典的认同等，正是新文化运动期间所造成的现象；而传统并不是目的本身，其目的是民族主义，[①] 发明传统的目的就是要凝聚对民族共同体的巩固与合理化。胡适与顾颉刚所建构的白话文学史其实就是一种文化重构（cultural re-evaluation），以文化的重构重新调整文化内涵，去芜存菁，以适应时代的需求与挑战，最终的驱动力便是民族主义的激发所致的应变策略。

以下我们将从白话文与文言文的冲突以及关于"国故整理"的论争，深入论述胡适与顾颉刚是如何"发明传统"，以及此中所蕴含的民族主义，借此对白话文学史的建构与"传统的发明"的关系作进一步的思考。

三　从白话文学导致传统崩溃、文化破产的质疑说起

胡适与顾颉刚所建构的白话文学运动招来旧派文人的强烈攻击，除了林纾等守旧文人学者的攻击之外，甚至有人认为白话文学造成传统崩溃、文化破产之说。钱基博所著的《中国文学史》与《现代中国文学史》二书便是为了捍卫传统中国文化而对新文学革命而作出具体而深入的抗衡论述之显例，却一直

① Joseph R. Levenson, *The Past and Future of Nationalism in China*, Berkeley: Center for Chinese Studies, 1968, p. 92.

为学界所忽略。① 此中呈现的是钱基博这位颇富代表性的反白话文学、反疑古思潮的传统学者的逆向论述。借其思索，我们得以得见胡适与顾颉刚在建构白话文学史的过程中是如何面对导致传统崩溃、文化破产的质疑，又在社会转型与民族危机时期，如何措置白话文史与民族主义的错综复杂的关系。

钱基博《现代中国文学史》的初版与增订版对新文学革命，特别是关于胡适的评价，前后截然不同，基本上乃从肯定而转为攻击。现在我们以其作为定稿的《现代中国文学史》增订版为主，看他如何论述白话文之不足。

此书最惹人注目的是钱基博对胡适《尝试集》所作出的挖苦与批评。② 钱基博于《尝试集》中"录一二篇以见一斑"，并非随意引录，而是引录胡适的《病中得冬秀书》与《新婚》这两首"由有韵而无韵""长短随意"的作品，以便其嘲弄与揶揄，以证明用白话写诗之难以成功。至于胡适的《尝试集》中有否值得肯定的作品，则只字不提。钱基博又借章士钊之言

---

① 例如吉平平与黄晓雯合撰的《中国文学史著作版本概览》一书便漏了提及钱基博的《中国文学史》，只提及其《现代中国文学史》。见吉平平、黄晓雯《中国文学史著作版本概览》，辽宁大学出版社 1992 年版，第 231—232 页。目前可见的有关钱基博的两部文学史的论著的并不多，可见的论述如下：钱氏弟子吴忠匡、周振甫与钱基博女儿钱锺霞对此书的介绍文字，见《中国文学史・后记》，中华书局 1993 年版，第 1132—1145 页；其中，以周振甫一文较为详细。此外，吴忠匡另有《吾师钱基博先生传略》一文，对其师的生平与学问作了整体的介绍与评价，见《中国文化》1991 年第 4 期。另有傅道彬《钱基博先生小传》，刘梦溪主编《中国现代学术经典：钱基博卷》，河北教育出版社 1996 年版，第 1—4 页；此文亦是对钱氏生平与学问作简略介绍，不及吴忠匡《吾师钱基博先生传略》一文详细深入。至于对钱氏的《现代中国文学史》的讨论则较少，目前可见的只有许怀中《中国现代文学史研究史论》，厦门大学出版社 1997 年版，第 32—33 页；此外，张英进在其英文论文"The Institutionalization of Modern Literary History in China, 1922—1980"中略为提及，该文见 *Modern China*, 20. 3 (July 1994)。

② 钱基博：《现代中国文学史》，岳麓书社 1986 年版，第 485—486 页。

攻击新文学运动，其出发点其实也就是林纾的“古文不当废”的观点。钱基博又对白话文作出以下具体的批评：

> 夫文之为道，要在雅驯。俚言之屏于雅，自无待论；而其蔽害之深切着明者，尤在不驯。凡说理层累之文，恒见五六“的”字，贯于一句，亘二三十言不休；耳治既艰，口诵尤涩；运思至四五分钟，意犹莫明。请遣他词，源乃不具；谋易他句，法亦不习；臃肿堆垛，语不成章。以今去文未远，白话多出能文者之手，茅塞已呈是境。更越若干年，将所谓作文一事，达意又为一事，打成两橛，不见相属。尤不仅此。文事之精，在以少许胜人多许；文简而当，其品乃高。计世界文字之中，此点以吾文为独至。而白话文则反之。胎息《水浒》《红楼梦》之白话尤反之。其参入“的”“吗”“哩”“咧”，及其他借撼听觉，羌无意义之辅字而自成为赘，尤不待言也。是文贵剪剔纷淆；而白话以纷淆为尚；文贵整齐驳冗，而白话以驳冗为高。立言无范，共喻为艰，犷悍相师，如兽走圹。①

他从论证古文之简洁，白话之繁芜，进而引申至以文言文与白话文在创作思维上优劣；更重要的是他指出，白话文创作乃导致“文化濒于破产，中国人且失其所以为中国人而不自知”。② 而造成此厄运的罪魁祸首者，便是胡适。最能表达出钱基博心声的莫过于以下的一段文字，足证其发愤著书的心态：

① 钱基博：《现代中国文学史》，岳麓书社1986年版，第475—476页。
② 同上书，第476页。

> 语其表也，似天下之论已归于一；至语其里，则不少学者少数人发纵指示，强令天下之学者，自默焉屈于己而已。如金在冶，不跃为常；复假定天下之学者，自默屈于己外，无他道而已。为问此默而屈者，其将与之终古否乎？与之终古，中国之文化也将至何境矣乎？四五年来，自非无目，莫不见伦纪之凌夷，文事之倾落，如水就下、兽走圹，日蹙千里而未艾也。[①]

由此可见，钱基博便是不甘“默屈”，不忍见中国文化就此沉沦于疑古思潮的鼓吹者。其著书乃代千千万万默屈的学者发声，以抒其对当时“伦纪之凌夷，文事之倾落”的现象的不满与担忧。至于白话文学作品，在钱基博眼中，不外“淫情滥绪”[②] 而已，当然不获其青睐了。

钱基博认为文学与现实有密不可分的关系，他说：“事异世变，文学随之。”[③] 这种因“世变”而“文学”的关系贯穿了整部本《现代中国文学史》，特别是在“新文学”部分中更为突出，但却并没有出现于其《中国文学史》；或许前者乃其有意为之之作，而后者则乃教材之故，而不及详细论及。当时新文学革命正是如火如荼，而他却认为“尚有老成人”“尽罗吾国三四千年变动不居之文学，以缩演诸民国之二十年间”。[④] “变动不居之文学”当然是指此书中大篇幅的“古文学”，以与

① 钱基博：《现代中国文学史》，岳麓书社 1986 年版，第 472—473 页。

② 同上书，第 474 页。

③ 分别见钱基博《中国文学史》，中华书局 1993 年版，第 9 页；《现代中国文学史》，岳麓书社 1986 年版，第 10 页。

④ 钱基博：《现代中国文学史》，岳麓书社 1986 年版，第 8 页。

"变"的"新文学"相抗衡。最令钱基博悲愤莫名的便是"新文学"中的康有为、梁启超以及胡适等疑古学派的狂言惑世、败坏国运，从而导致传统崩溃、文化破产。其实，白话文的提倡并不始于胡适，求变的意识，亦非始于康、梁，[①] 这种急于求变以拯救国家的强烈民主主义，亟希望以白话文代替文言文的呼声，在清末民初相当普遍，而彼等的主要目的就是以白话文作为启蒙民众的工具。

以下我们将从白话文作为启蒙工具的历史背景说起，从而再进入胡适、顾颉刚是如何从民族主义的立场将白话文与白话文学视作启蒙工具而加以推广。

四 作为启蒙工具的白话文

一篇发表于1901年，题为《论白话为维新之本》的文章写道：

> 有文字有智民，而中国独为有文字而无智民。何也？

---

① 有关胡适对传统批判的肯定论述极多，在此只略举一二。例如参见周策纵《胡适对中国文化的批判与贡献》，《胡适与近代中国》，时报文化出版企业有限公司1991年版，第319—324页；罗志田《新旧文明过渡之使命：胡适反传统思想的民族主义关怀》，《传统文化与现代化》1995年第6期；Chou Min-chih, *Hu Shih and Intellectual Choice in Modern China*, Ann Arbor: U of Michigan P, 1984, pp. 166-187。至于有关梁启超的启蒙思想及其鼓吹革命的动机，可参见张朋园《梁启超与清季革命》，"中研院"近代研究所1999年版，尤其是第二章第三节"新民、破坏、革命"中对梁氏"排满以兴民国"以及"破坏以建民国"的论述，正好回应钱基博对梁启超缺乏理解的指责；有关梁启超个人的政治与对待传统的态度以及其新民说的论述，可参阅Chang Hao, *Liang Chi-chao and Intellectual Transition in China*, 1890—1907 (Cambridge, Mass: Harvard UP, 1971), pp. 220 - 237, 272 - 295。

文言文之过也。[1]

指责文言文之失败后，该文又道出白话文的以下好处：

一曰省目力，二曰除矫气，三曰免枉读，四曰保圣教，五曰便幼学，六曰练心力，七曰少弃才，八曰便贫民……由斯言之，愚天下之言具，莫文言若；智天下之具，莫白话若。[2]

“智天下之具”的白话文的提倡及普及的关键，应在于“便贫民”，亦即是将牢牢拴于贵族手中所掌握的知识解放出来，以平民百姓的语言书写，实乃语言与文学的口、写合一的创举。

此外，1907年一位署名“民”的作者发表了《“好古”》的文章在《新世纪》第24期上，直接将革命与文言对立起来，因为革命的第一步就在于破除“好古之成见”。[3]

白话道人林獬（宣樊，1874—1926）在1903年的《中国白话报》上将推广白话视为振兴国家与民族的最重要途径，他说：

个个明白，个个增进学问，增进识见，那中国自强就有希望了。[4]

---

① 裘廷梁：《论白话为维新之本》，《清议报全编》卷二十六。
② 同上。
③ 同上。
④ 同上。

结论亦即推行白话文的同时，在于拯救国家。

文、白之争，最终的矛头还是指向传统。钱玄同这样借文字而攻击传统，特别是作为传统的中心的孔学：

> 欲废孔学，欲剿灭道教，惟有将中国书籍一概束诸高阁之一法。何以故？因中国书籍，千百分之九十九都是这两类之书故；中国文字，自来即专拘于发挥孔门学说，及道教妖言故……此种文字，断断不能适用于二十世纪之新时代。我再大胆宣言道：欲使中国不亡，欲使中国民族为二十世纪文明之民族，必以废孔学，灭道教为根本之解决，而废记载孔门学说及道教妖言之汉文，尤为根本解决之根本解决。①

钱玄同乃“五四”反传统的急先锋，其所言或有夸张之处，然而我们可以理解其欲矫枉必须过正的用心。其所谓的“汉文”即文言文，在此他将语言、孔学、道教并列为腐朽的传统，而这一切在其眼中均是可能导致中国灭亡的因素。其种种激烈言行，其实均为当时强烈民族主义的极端体现。白话文学的建构过程中的另一重要人物傅斯年则说：

> ……中国文字尤其有缺点的地方，就是野蛮根性太深了。造字的时候，原是极野蛮的世代，造出的文字，岂有

① 钱玄同：《中国今后之文字问题》，《中国新文学大系·建设理论集》，香港文学研究社 1972 年版，第 170—172 页。

> 不野蛮之理？一直保持到现代社会里，难道不自惭形秽吗？[①]

野蛮的世代、野蛮的文字，亟须的就是身处“现代”的他们的改造，以配合现代社会的需求。在“过去”与“现在”的中介物就是新文学阵营中人。钱玄同、傅斯年两人均对语言有深入的认识，然而以上的言论则不无偏激之处，甚至有论者认为：

> ……世纪初的那些早期文化革命者，把文言文的罪责提到无以复加的程度未免显得幼稚，有些主张（如废除汉字）也表现了很大程度的乌托邦性质。[②]

亦有学者指出当时的文、白之争根本不存在，就语音、语构和语意三层次而言，文言与白话没有本质上的差异，即使有区别，也仅在语用层次，故而指出文、白之争乃“语言的二元论神话”。[③]然而，在革命的年代，矫枉往往必须过正，不然难以产生激荡人心的效果，与其说钱玄同傅斯年等人反中国文字、反传统，不如直接地说他们最终的目的都是为了发明传统，以救中国。

在发明传统的过程中，最为瞩目的，非胡适的将白话文与

---

① 傅斯年：《汉语改用拼音文字的初步谈》，《中国新文学大系·建设理论集》，香港文学研究社 1972 年版，第 177 页。

② 马钦忠：《白话文运动的文化针对性与崇古情结》，《二十一世纪》1997 年总第 44 期。

③ 张汉良：《白话文与白话文学》，《比较文学理论与实践》，东大图书 1986 年版，第 121 页；另可参见龚鹏程《传统与反传统——以章太炎为线索论晚清到五四的文化变迁》，中国古典文学研究会主编《五四文学与文化变迁》，学生书局 1990 年版，第 23 页。

白话文学从传统的边缘位置推至中心莫属。胡适提倡白话文的时代背景及其功绩，顾颉刚在1921年9月21日的笔记中这样写道：

> 杜甫诗“王、杨、卢、骆当时体，轻薄为文哂未休”，可见在韩愈之前已有排斥骈俪文字者。韩愈生在杜甫之后，当时机会已将成熟，故彼得以成功。此犹适之先生之于白话文学也。清末提倡白话之风极盛，有《杭州白话报》，有《蒙学报》，有简字，各杂志多有文论其事；光绪末年，巴黎世界社所译《鸣不平》《夜未央》二剧，皆白话标点，与今之译剧完全一致矣。适之先生于此时，振臂一呼，自易收效。
>
> 清末人士提倡白话，有一公同之意见：即白话用于通俗，文言专为学者设。故章太炎能在《教育今语》杂志为白话文，而于文学上则专提倡魏、晋文字。当时人对章太炎之魏、晋文，林琴南等之八家文，同有信仰。适之先生在《新青年》上痛辟之，其运命正长也。此风不熄，则白话仍为局部之应用，适之先生之功正在此。
>
> 彭清鹏等所组织之国语统一会，竭力提倡白话，而自己作文，则皆用文言，言行不一，所以不能多占势力。适之先生以身作则，有极好的成绩给人家看，所以大家风从得快了。陆雨庵（基）民国初年在苏州，已以白话写信，此在适之先生之前，特彼不能加以鼓吹耳。①

① 顾颉刚：《文言改为白话》，《顾颉刚读书笔记》第1卷，联经出版事业公司1990年版，第257—258页。

由以上顾颉刚对当时白话文与文言文之争的叙述可见，没有胡适对白话文的鼓吹，文言文的寿命肯定还要持续一段很长的时期，甚至于后来能不能成功实践，亦成问题。

至于胡适本人，则是如此论述“白话”与“文言”的关系：

> 中国这二千年何以没有真价真有生命的文言的文学？……这都是因为这二千年的文人所做的文学都是死的，都是用已经死了的语言文字做的。死文字决不能产生活文学。……简单说来，自从三百篇到于今，中国的文学凡是有一些价值有一些儿生命的，都是白话的，或是近于白话的。其余的都是没有生气的古董，都是博物院中的陈列品。①

由他发明的白话文学就是“活文学”，而一直以来中国人所读的，甚至写的都是“死文学”。然而他亦坦白地指出他发明的白话文乃“方言”/边缘，并非原来的“国语”/中心。而他及新文学阵营中人将作为“方言”的白话奉为“国语”。很明显，在胡适笔下，一个“被发明”的白话传统已然取替了原有以文言文为中心的传统。白话文就是文明与进步，文言文则是腐朽与落后；白话文学乃活文学，文言文学乃死文学，两者的截然对立，被发明的传统与原有的传统之此消彼长，甚至前者之迅速取缔后者，成为建构白话文学史的过程至关重要的

① 胡适：《建设的文学革命论》，《胡适文存》第1集，亚东图书公司1953年版，第57页。

一环。

他虽说过去的文言文学是死的，但他并没有说传统是死的，故此他便发明了一个新的传统——白话文的传统。他不止发明了这个白话文学的传统，而且还与顾颉刚及新文学阵营中人一起建构起了这个白话文学的传统。然而，毕竟白话文的传统还是“旁行斜出”，[①] 资源毕竟还有待后天的补充，故而胡适在为顾颉刚编的《吴歌甲集》所撰写的《序》中便指出“国语”的成熟还得靠吸收“方言的文学”。[②]

文言与白话之争，是白话文学史的建构过程中的一个时代印记。成王败寇，我们知道历史往往不是真相的呈现，而是胜利者的独白。在胡适等人眼中，白话文的推行、白话文学的创作及白话文学史的建构，其实正是一个被发明的传统的建构于新生的中国（中华民国）的诞生。在他们眼中，“文言”就属于过去，国语或曰白话则属于现代。因此，古代白话文学的历史既成了导向现代的文学史叙事的一部分，[③] 亦是作为建构新中国的重要启蒙工具。

五　在文艺复兴与启蒙之间的白话文学史

一直以来，学术界对五四运动持有迥然不同的判价，可谓

---

① 胡适：《白话文学史》，东方出版社 1996 年版，第 3 页。

② 胡适：《〈吴歌甲集〉序》，《胡适文存》第 3 集，亚东图书公司 1953 年版，第 659—660 页。

③ ［美］宇文所安：《他山的石头记》，田晓菲译，江苏人民出版社 2003 年版，第 310 页。

汗牛充栋，莫衷一是，因为在这一场运动中，既有新文学革命，亦有新文化运动在其中，而且这种定义之所以难于一锤定音，还因为此中牵涉复杂政治的因素。大致而言，对“五四”的界定，狭义方面指的是1919年的学生运动，广义方面则指胡适与新潮社所谓的“中国文艺复兴”。[①] 此外，亦有称之为“启蒙与救亡的双重变奏”,[②] 而称之为“启蒙运动”者,[③] 则更为广泛。此中，费正清（John K. Fairbank）与余英时均认为胡适在思想上提倡的“科学方法”与鼓吹民主自由具有“启蒙”作用，费正清甚至将胡适视作“现代的伏尔泰”。[④]《剑桥中国史》亦认为顾颉刚所从事的民间文学研究乃属于“启蒙”的工作。[⑤] 钟敬文则称由顾颉刚发起的孟姜女研究为“启蒙的

---

① 相关的论述可参见唐德刚《胡适与“中国文艺复兴运动”》，《胡适研究丛刊》1995年第1辑；高大鹏：《传递白话的圣火——少年胡适与中国文艺复兴运动》，骆驼出版社1996年版。

② 李泽厚：《启蒙与救亡的双重变奏》，《中国思想史论》，安徽文艺出版社1999年版，第823—866页。

③ 钱理群等在《中国现代文学三十年（修订本）》中便指出新文学革命：“表现出浓厚的思想启蒙的功利色彩。”钱理群、温儒敏、吴福辉：《中国现代文学三十年（修订本）》，北京大学出版社1998年版，第7页。另可参见Vera Schwarcz, *The Chinese Englishment: Intellectuals and the Legacy of the May Fourth Movement of* 1919 (Berkeley: University of California Press, 1986)；胡成《启蒙：胡适的忧虑和他的困境》，刘青峰编《胡适与现代中国文化转型》，香港中文大学出版社1994年版，第353—368页。

④ John k. Fairbank, Chinabound: *A Fifty Year Memoir* (New York: Harper & Row, 1982), p. 46. 此处转引自余英时《中国近代思想史上的胡适》，联经出版事业公司1984年版，第62页。另可参见胡成《启蒙：胡适的忧虑和他的困境》，刘青峰编《胡适与现代中国文化转型》，香港中文大学出版社1994年版，第353页。

⑤ 顾潮：《顾颉刚评传》，百花洲文艺出版社1995年版，第109页。

民俗运动”。[①] 由此可见，胡适与顾颉刚所提倡的理念与实践，均同样被视作具有“启蒙”作用的共通性。

然而，余英时亦指出，“五四”既非胡适所说的“文艺复兴运动”，亦非学者所宣称的“启蒙运动”，而是复杂而多元的思想场域，[②] 此中关键乃“文艺复兴在根本意义上是一种寓开来于继往之中的复古运动”[③]。他指出，最根本的是由语言方面而引起的误解：

> 近人引用拉丁文与土语之例证来推广白话文运动的确收到了宣传的效果。但就事论事，却是出于对近代西方文学发展的曲解或误解。近人之所以将拉丁与土语文学的关系作如此之曲解或误解，以为鼓吹文学革命的手段，则实因他们有一套特殊的历史观亘于胸中。这套历史观质言之便是以文艺复兴为近代欧洲史的开始：在此以前欧洲是处于黑暗的、静止的中古状态；文艺复兴以后，西方文化进入了光明的、进步的与动态的阶段。[④]

由此而言，难道一再宣扬新文学革命是一场“文艺复兴”、

---

① 钟敬文：《〈孟姜女故事研究集第一册〉校后附写》，顾颉刚编著《孟姜女故事研究集》，上海古籍出版社 1984 年版，第 74 页。

② 参见余英时《文艺复兴乎？启蒙运动乎？——一个史学家对五四运动的反思》，《五四新论：既非文艺复兴，亦非启蒙运动》，联经出版事业公司 1999 年版，第 26 页。有关“五四”以来对“文艺复兴”的错误认识以及关于“文艺复兴”的阐述，可参见余英时《文艺复兴与人文思潮》，《历史与思想》，联经出版事业公司 1997 年版，第 305—315 页。

③ 余英时：《文艺复兴与人文思潮》，《历史与思想》，联经出版事业公司 1976 年版，第 306 页。

④ 同上书，第 307 页。

甚至著有《中国的文艺复兴》(*The Chinese Renaissance*)[①] 一书的胡适，其毕生努力均在于打倒“复古运动”，在此却对“文艺复兴”有所误解吗？其实，作为“五四”遗产的一部分的白话文学史建构明显地带有余英时所指出的矛盾的结合，即是既带有“启蒙”的目的，同时亦蕴含胡适所寄予的“文艺复兴”[②] 的色彩，故他们所一直努力的就是在“复兴”一个在传统中已经存在的辉煌的白话文学传统。故此，胡适所教唆的“文艺复兴”并没有在语言上有任何的矛盾。

1919 年左右的中国，在无论在文坛或思想界上均可谓人才济济，中坚一辈如严复、康有为、章炳麟、梁启超，他们均曾在政治、社会、思想以至于文学上产生了巨大而深远的影响。例如撰写《孔子改制考》(1896) 与《新学伪经考》(1891) 的康有为便是用叛离传统观点，重新诠释儒家经典以作为自己所领导的“戊戌变法”的变革先声。其学生梁启超则借教学而传播改革思想，更在报纸上以其“新文体”启蒙沉睡的国民、号召同志。严复则以翻译《天演论》《原富》《群己权界论》《法意》《群学肄言》等西方思潮而闻名于世，“进化”“物竞天择，适者生存”等先进观念便是在中华民族的生死存亡关头

---

① Hu Shih, *The Chinese Renaissance*: *The Haskell lectures* 1933 (Chicago: University of Chicago Press, 1934). 当时美国便视胡适为“中国的文艺复兴之父”。详见余英时《文艺复兴乎？启蒙运动乎？——一个史学家对五四运动的反思》,《五四新论：既非文艺复兴，亦非启蒙运动》，联经出版事业公司 1999 年版，第 2 页。在最近出版的何炳棣的回忆中，胡适曾在美国的公开场合中亦曾相当自豪地自称为“中国二十世纪文艺复兴之父”。见何炳棣《读史阅世六十年》，商务印书馆 2003 年版，第 325 页。

② 罗志田对从清末至民国的所谓“文艺复兴”的曲折过程有深入详细的探讨。见罗志田《中国文艺复兴之梦：从清季的古学复兴到民国的新潮》,《汉学研究》2002 年第 1 期。

被引进，意图明显。由此可见，这时期的知识分子的“入世”与著述均具有高度的目的性与自觉性，而彼等的努力都徘徊在“发明传统”与“启蒙”之间。“发明传统”是为“启蒙”定下新的文化与民族想象，而“启蒙”则是为了拯救国家民族于危难。因此，这两项工作之间是互动而密切相关。而且，为了“发明传统”与扩大“启蒙”的影响力，就不得不简化庞大而复杂的传统，并刻意突出新、旧之间的紧张对立。罗志田指出：

> 新文化诸人的激进既然存在着有意为之的成分，其所认知的传统的压迫，恐怕就更多是一种假想（imaginary）型的。①

这种“有意为之的成分”，正是霍布斯鲍姆（Eric Hobsbawm）在《发明传统》一文中所指出的“发明传统”的必要手段：

> ……就与历史意义重大的过去存在着联系而言，“被发明的”传统之独特性在于它们与过去的这种连续性大多是人为的。总之，它们采取参照旧形势的方式来回应新形势，或是通过近乎强制性的重复来建立它们自己的过去。②

---

① 罗志田：《林纾的认同危机与民初的新旧之争》，《权势转移：近代中国的思想、社会与学术》，上海古籍出版社 2001 年版，第 284 页。

② ［英］E. 霍布斯鲍姆等：《传统的发明》，顾杭、庞冠群译，译林出版社 2004 年版，第 2 页。

“传统的压迫”显然在很大的程度上是夸大，或如罗志田所说的“假想型的”，如“传统”“过去”是“黑暗的”，“未来”是“光明的”，“白话文学”是“活文学”，“文言文学”是“死文学”等，甚或其时鲁迅的著名小说《狂人日记》中的“吃人的礼教”“救救孩子”的呐喊，均应作如是观。

民族想象，总是要从纷乱的“过去”提炼出来、回应“现在”并导向无尽的“未来”，五四运动正好标示着现代中国文化的“诞生”（过去）、“失败”（现在）、“使命”（未来）。胡适与顾颉刚以疑古的方法与精神，建构白话古史、发掘民间的文学资源，其实既是一种“文化更新”“文化再造”，亦是“文化再现”（cultural representation）。这些概念的对立，其目的均在颠覆古典，为的是走向民间，走向一个被他们发明了的“传统”。正如余英时所说：

> 杜威实验主义通过胡适的中国化的诠释之后，这种“改造世界”的性格表现得更为突出。他把“新思潮的意义”归结到“再造文明”便是最有力的证据。[①]

到了胡适与顾颉刚以至于新文学阵营中人将杜威实验主义的“改造”特征，发挥至淋漓尽致，胡适与顾颉刚便成为“新思潮”底下“再造文明”[②]的倡导者与实践者，原因亦即纪尔兹（Clifford Geertz）所指出的：

---

① 余英时：《中国近代思想史上的胡适》，联经出版事业公司 1995 年版，第 61 页。

② 相关论述可参见洪峻峰《从“反传统”到“再造文明”——“五四”现代性方案再认识》，《厦门大学学报》（哲学社会科学版）2001 年第 3 期。

> 民族主义不仅仅是社会变迁的附产物，而是其实质内容；民族主义不是社会变迁的反映、原因、表达、甚而其动力，它就是社会变迁本身。[①]

这句话对于“五四”时期的中国而言是最为贴切不过的了。杜威便认为五四运动的意义相当于“民族/国家的诞生”，他在1919年6月1日的信中说：“我们正目睹一个民族/国家的诞生（the birth of a nation），而出生总是艰难的。”[②] 余英时亦曾指出，民族主义是百年来中国最大的一个动力。[③] 必须指出的是，民族主义的激情亦只于当时的年轻一辈中产生效用，这对于他们渴望摧毁旧秩序及其所依赖支撑的传统文化，有密不可分的关系。胡适对民族主义有如下的理解：

> 民族主义有三方面：最浅的是排外；其次是拥护本国固有的文化；最高又最难的是努力建设一个民族的国家。因为最后一步是最难的，所以一切民族主义运动往往最容易先走上前面的两步。[④]

义和团的排外便是典型的排外的民族主义，然却亦曾招来

---

① Clifford Geertz, “After the Revolution: The Fate of Nationalism in the New States”, *The Interpretation of Culture: Selected essays* (New York: Basic books, 1973), pp. 251-252.

② “John Dewey from Peking”, June 1, 1919, in John Dewey and Alice Chipman Dewey, *Letters from China and Japan*, ed. Evelyn Dewey (New York: E. P. Dutton, 1920), p. 209.

③ 余英时：《中国近代思想史中的激进与保守》，《历史月刊》1990年第28期。

④ 胡适：《个人自由与社会进步》，《独立评论》1935年第150期。

国人包括慈禧太后最热烈的赞美。至于第二点的维护本国固有的文化与第三点的建设一个民族的国家，便是钱基博、林纾等传统文人学者与胡适、顾颉刚及新文学阵营等人的分野所在。其实，无论是胡适，还是顾颉刚，他们都是爱国者，都怀有强烈的民族情感，而非钱基博在《现代中国文学史》增订版中所指斥的“骛外”、攻击传统而导致文化破产的包藏祸心。

胡、顾的“发明传统”不止在观念上作出阐述，更戮力于具体而实际的工作。顾颉刚曾激于强邻逞暴，国土日蹙之势，不甘坐以待毙，遂以一半的精力搞通俗读物宣传民族意识。[①] 1929 年，国民党对顾颉刚用疑古史观为商务印书馆编的一种《中学用本国史教科书》，以“非圣无法”的理由向政府作出弹劾，令顾颉刚和商务印书馆在政治上受到了很大的打击。为此，胡适在当年发表的《新文化运动与国民党》一文中，便对国民党进行了揭露和批评。他明确地指出顾颉刚该书是“一部很好的历史教科书”，而这本书“曹锟、吴佩孚所不曾禁止的终于不准发行了！”[②]

顾颉刚又从文字的考证而猜测大禹是一条虫，虽然沦为笑话，而其积极的破除偶像的意义却甚少为人所理解，正如周策纵所言：

> 疑古史派促成了旧的虚构的古史观的崩溃，或者至少对它提出了怀疑，但是他们对重建古史却十分的谨慎。他

① 顾颉刚：《序》，《古史辨》第 4 册，上海古籍出版社 1982 年版，第 5 页。
② 杜蒸民：《胡适与古史辨派》，陈其泰、张京华主编《古史辨说评价讨论集（1949—2000）》，京华出版社 2001 年版，第 328 页。

> 们认为，如果不仔细逐一检索每一块碎片，那么就不可能将一个破碎的古代花瓶复原；然而作为一个民族，却急需一个新花瓶。后来，和新文学运动一样，古史问题也与政治纠缠在一起。①

经过胡、顾及新文学阵营对中国文学传统的“怀疑”，古代文学传统也没有因此而崩溃或衰落，然而白话文学以及民间文学却因此而真正地踏进文学史的舞台，并结合新文学阵营中人的文学创作，历史、理念以及实绩齐头并进，可谓声势浩大。至于新文学运动与政治的纠缠，亦属必然，因为民族主义自必难以绕过政治一关，新文学被用作以宣传政治或达至某种政治目的，自古至今，皆是无可能摆脱的现实之一。

大致而言，顾颉刚在整理民间文学史料而带出的“发明传统”有以下几方面：一，打破民族出于一元的观念；二，打破地域向来一统的观念；三，打破古史人化的观念；四，打破古代为黄金世界的观念。②而导致其“发明传统”的背景，正如顾颉刚坦言：

> 予若不处五四运动时代，决不敢辨古史；即敢辨矣，亦决无人信，生不出影响也。③

---

① Chow Tse-Tsung, *The May Fourth Movement: Intellectual Revolution in Modern China*, Cambridge: Hardvard UP, 1960. ［美］周策纵：《五四运动史》，陈永明等译，岳麓书社 2001 年版，第 447 页。

② 顾颉刚：《答刘胡两先生书》，《古史辨》第 1 册，上海古籍出版社 1982 年版，第 96—102 页。

③ 顾颉刚：《愚偺录（一）：任大桩之疑古（戴震之反疑古）》，《顾颉刚读书笔记》第 9 卷（上），联经出版事业公司 1990 年版，第 6617 页。

顾颉刚又说："我们为了反封建，就应当彻底地反对汉学。"[①] 由此可见，"五四"这个时代在其心目中，是一个冲决一切的特别时代，其反汉学或疑古，其实从一开始就并不是纯学术的研究，而是带有强烈"发明传统"的目的。有论者便认为：

> 顾颉刚认为：一旦新的历史观取代了传统的看法，诸如演进、历史关联和进步的观念当可使中国人进入另一心态，永可适应变化中的环境。此外，中国过去的真相长久以来一直隐晦不彰且受到曲解，如今终于可以开始显露了。对过去有了确切的知识，真实的中国本体——过去、现在、和未来——当可确定无疑了。[②]

所谓"新的历史观"取代"传统的看法"，所谓的过去的真相长久以来隐晦而如今才得彰显，就是因为这是"被发明的传统"。"演进"和"进步"的观念就是发明传统的重要观念，而"历史关联"正是将"现在"与"过去"联系起来。而其目的，就在于改造人心。唯有人心接受"演进"与"进步"这种"变"的观念，中国方才能摆脱传统的负累，进入"发明的传统"，进入未来，重建民族自信，[③] 以适应变化中的环境。

罗志田亦认为：

① 顾颉刚：《古史杂记（一）：汉学》，《顾颉刚读书笔记》第10卷，联经出版事业公司1990年版，第7600页。

② ［美］施耐德：《顾颉刚与中国新史学》，梅寅生译，华世出版社1984年版，第9页。

③ 许冠三：《新史学九十年》，香港中文大学出版社1986年版，第134页。

> ……他们的基本目标是力图“民族或国家的整体目标与价值体系”，以“指向一个风格不同的未来”，他们的反传统恰是出于民族主义的关怀。①

又：

> 对于许多趋新者来说，由于未来必然是或至少可能是美好的，本民族固有之文化是否保守已不那么重要，从传统中寻找不足（而不是光荣）以摈除或改进这样一种“反求诸己”的取向不但不那么可怕，而且简直成为走向美好的未来的必由之路。……后来的新文化运动，多偏向于这一取向。②

胡适和顾颉刚与当时绝大多数的知识分子所面对的就是同样一个国族危机，那就是在列强的冲击底下所呈现的衰颓的“现在”国族，而他们亦同样地站在了批判传统——“过去”的阵营。在这种批判“过去”、传统以洗涤失败的“现在”，其实就是在为缔造一个辉煌未来。

由此可见，胡适与顾颉刚两人曾在学术方面对中国的启蒙作出过非常重要的推动以及领导的作用，而贯穿“启蒙”与“文艺复兴”这吊诡的双重目的一个核心，就是疑古思潮底下的民族主义。激烈的反传统是疑古思潮的一种表现，而反传统

① 罗志田：《序论》，《民族主义与近代中国》，东大图书股份有限公司 1998 年版，第 17 页。

② 同上。

则乃出于一股强烈的民族主义情绪在清末民初的崛起,[①] 结合当时的启蒙思潮与文学革命，从而造成一种对传统文化的价值重估。

六　“整理国故”与“重新估定一切价值”

胡适与顾颉刚在反传统之余，掉过头来提倡“整理国故”，确实在当时令很多人相当疑惑，如钱基博便就此而指责此举与其倡导文学革命乃言行不一致。[②] 其实，胡、顾他们的进入“传统”，其实亦在于向旧学中人证明他们不忘传统，并且拥有熟谙旧学的实力之外；更重要的是进入传统的反“传统”、反封建只是一种空洞的概念，切实的进入“传统”的内部，并对其作出“整理”方才是具体而深入的“发明传统”的进程。这种“整理国故”的构想，其实胡适早已表达得很清楚，只不过不为旧派所理解而已。胡适在《新思潮的意义》一文中如此说明“整理国故”的意义：

> 我们对于旧有的学术思想，积极的只有一个主张，——就是“整理国故”。整理就是从乱七八糟里面寻出一个条理脉络来；从无头无脑里面寻出一个前因后果来；从胡说谬解里面寻出一个真意义来；从武断迷信里面

① 叶忆如认为：“检视郑樵的科学精神及勇气，正与胡适自海外携回的实验主义方法不谋而合……重要的是，郑樵的治学方法和疑古辨伪思想符合了动荡、瞬息万变的民初中国的需求。”叶忆如：《顾颉刚古史神话观研究》，硕士学位论文，高雄师范大学国文研究所，1993 年。

② 钱基博：《现代中国文学史》，岳麓书社 1986 年版，第 475、492 页。

寻出一个真价值来。[1]

在胡适眼中的“国故”，原来是“乱七八糟”“无头无脑”“胡说谬解”“武断迷信”，即他所说的：“国故”包含“国粹”；但它又包含“国渣”。[2] 有学者曾指出无论是激烈的“打倒传统”，还是看似客观的“整理国故”，皆是把传统置于现代的裁判下。拨归“国故”，意在绝其“统”之再“传”。[3] 事实是否真的如此？这并非过度的猜测，因为胡适便曾说过“整理国故”与“打鬼”的关系：

> 用精密的方法，考出古文化的真相……化黑暗为光明，化神奇为臭腐，化玄妙为平常，化神圣为凡庸：这才是“重新估定一切的价值”。他的功用可以解放人心，可以保护人们不受鬼怪的迷惑。[4]

其将整理国故视为“捉妖”“打鬼”，既是对国学的一种去芜存菁的工作，更为重要的是用现代的眼光重新审视人们心目中至高无上的“国学”，借此以驱除个中蕴藏的束缚人心的思想与荒谬的迷信。他又说：

---

① 胡适：《新思潮的意义》，《胡适文存》第1集，亚东图书公司1953年版，第735页。

② 胡适：《〈国学季刊〉发刊宣言》，《胡适文存》第2集，亚东图书公司1953年版，第7页。

③ 黄继持：《中国文学传统：现代文学行程中之审思》，《现代化·现代性·现代文学》，牛津大学出版社2003年版，第33页。

④ 胡适：《整理国故与“打鬼”》，《胡适文存》第3集，亚东图书公司1953年版，第126页。

> 前人读古书，除极少数学者以外，大都是以讹传讹的谬说，——如太极图，爻辰，卦气……之类……有种种的迷信，——如骂杨朱、墨翟为禽兽，却尊孔丘为德配天地，道冠古今。①

太极图、爻辰、卦气被视作迷信，孔子被视作诸子百家之一，杨朱、墨翟的实际贡献亦逐渐为世人所认识，正是出于胡适“整理国故”的努力。

由此可见，胡适的这种“整理国故”不是纯粹的颠覆，而是有破亦有立。② 经过整理，“国粹”与“国渣”，判然立现，而其最终的目的就是在于“再造文明”。③ 胡适要的就是以“历史的眼光来整统一切”，“整理国故”的使命在于“整理中国一切文化历史”，以“系统的整理”清理“国故”，由此而达至“再造文明”：

> 在历史的眼光里，今日民间小儿女唱的歌谣，和诗三百篇有同等的位置；民间流传的小说，和高文典册有同等的位置；吴梓敬、曹霑和关汉卿、马东篱（马致远）和杜

---

① 胡适：《新思潮的意义》，《胡适文存》第1集，亚东图书公司1953年版，第735页。

② 耿云志：“所谓‘整理国故’的范围，最主要的意义就是重新认识传统文化的价值。这自然不是全盘否定传统的意思。胡适一生的学术工作，绝大部分都可归入‘整理国故’的范围，其中既有破，也有立。”耿云志：《论胡适的文化心态形成的背景及其特点》，刘青峰编《胡适与现代中国文化转型》，香港中文大学出版社1994年版，第301页。

③ 胡适：《新思潮的意义》，《胡适文存》第1集，亚东图书公司1953年版，第736页。

甫、韩愈有同等的位置。[1]

因为胡适、顾颉刚的“整理国故”的关系，顾炎武、颜元、戴震、吴敬恒这些反理学的思想家纷纷被挖掘出土，[2] 以及代表白话小说典范如《水浒传》《红楼梦》《西游记》经过其长篇大幅的考证，从而登入白话文学的殿堂。因为顾颉刚的“整理国故”，姚际恒、崔述、郑樵以及王柏这些敢于疑经的学者及其著述得以重新面世，《诗经》之作为民间文学的源头、孟姜女的故事以及吴歌的纷繁多姿，成为白话文学的重要支柱，并从此进入文学史家的视野。

在“整理国故”的议题上，顾颉刚则认为“现在”与“过去”有如下的分别：

> 现在是与过去对待“国故”的态度的不同。过去整理国故乃站在某一家派的立场作“弃恶扬善”的工作，而现在是站在家派之外，用平等的眼光去整理各家派或向来不入家派的思想学术。[3]

“家派”与“家派之外”的分别在于前者将胡、顾口中的“国故”视为“经典”来治理，具有有一种非常的投入的精神与虔敬的态度，如刘师培的家族几代人皆治《左传》，便是最

① 胡适：《新思潮的意义》，《胡适文存》第1集，亚东图书公司1953年版，第8页。

② 胡适：《几个反理学的思想家》，《胡适文存》第3集，亚东图书公司1953年版，第53—108页。

③ 顾颉刚：《我们对于国故应用的态度》，张若英编《中国新文学运动史料》，光明书局1936年版，第211页。

佳的例子；而胡、顾及新文学阵营中人便是没有了传统的“家派”的关系，故而将昔日的“经典”视为“国故”来“整理”。顾颉刚认为“整理国故”的意义在于“知道过去”：

> 他们以为新与旧的人截然两派，所用的材料也截然两种：研究了国故就不应再有新文学运动的气息；做新文化运动的也不应再去整理国故。所以加入新文学运动的人多了，大家就叹息痛恨于“国粹沦丧”了。他们不知道新文学与国故并不是冤雠对垒的两处军队，乃是一种学问上的两个阶段。生在现在的人，要说现在的话，所以要有新文学运动。生在现在的人，要知道过去的生活状况，与现在各种境界的由来，所以要有整理国故的要求。①

新文化/新文学中人为何不可以整理国故呢？顾颉刚上述的观点是对钱基博的最佳回应。顾颉刚的“要知道过去”其实就是胡适在指出清代学者在古学研究上的许多缺点中的其中三项缺点的另一种说法而已：一，研究的范围太狭窄；二，太注重功力而忽略了理解；三，缺乏参考比较的材料。② 我们要知道，第一，清代学者并没有好像胡、顾两位一样要整理整个传统的企图，他们大部分是纯为学术性的训诂、考证，故而范围必然“狭窄”；第二，考证、训诂与诠释性的“理解”，亦正是汉、宋学之别，而胡、顾他们所着重的就是重新“理解”“知道”

---

① 顾颉刚：《我们对于国故应用的态度》，张若英编《中国新文学运动史料》，光明书局 1936 年版，第 212 页。

② 胡适：《〈国故季刊〉发刊宣言》，《胡适文存》第 2 集，亚东图书公司 1953 年版，第 3—6 页。

传统；第三，何谓参考比较呢？其实就是霍布斯鲍姆所说的“采取参照旧形势的方式来回应新形势”。而在“参考比较”之下，他们便对历史上的一些定案有了如下的新理解：

> 怎样“博采参考比较的资料”呢？……看惯了近世国家注重财政的趋势，自然不觉得李觏、王安石的政治思想的可怪了。懂得了近世社会主义的政策，自然不能不佩服王莽、王安石的见解和魄力了。……至于文学史上，小说戏曲近年忽然受学者的看重，民间俗歌近年渐渐引起了学者的注意，都是和西洋文学接触比较的功效……①

因为“参考比较”西方的财政、社会主义以及文学史，长年被压抑的历史人物如李觏、王安石及王莽便获得了“价值重估”，这无疑便是摆脱了儒家思想的束缚，而西方流行的小说与戏曲，亦顺理成章地被引进中国，戏曲和小说亦由配角而晋升为主角。

张灏先生在《重访五四：论五四思想的两歧性》一文中认为“五四”在思想上是一个多元而且充满矛盾的时代，“五四”中的领袖人物无疑均具有民族主义思想，然而更倾向的是世界主义。② 这种观察固然是有其坚实的文献资料作为依据的，然而自“五四”后期，随着民族危机的加深，世界主义正迅速地让步于民族主义。而且，从康有为以降的对“大同”或世界主

---

① 胡适：《〈国故季刊〉发刊宣言》，《胡适文存》第2集，亚东图书公司1953年版，第15—17页。

② 张灏：《重访五四：论五四思想的两歧性》，余英时等《五四新论：既非文艺复兴，亦非启蒙运动》，联经出版事业公司1999年版，第59—62页。

义的追求，大致只是一种理想，而对民族主义的阐扬却是具体而实在的当前急务，亦即张灏所提出的“五四”时期乃“转型时期”，故而知识分子急需一套思想和信仰来作为共识和共信的基础，以认识方向，团结意志。[①]“三民主义”“自由主义”或“共产主义”，便是当时较为突出的思想与信仰。

虽然，胡适曾对友人说过“整理国故”与“发扬民族精神”无关，[②]然而其民族关怀却是非常明显的。胡明便认为：

> “整理国故”即对中国传统文化进行科学的清理与评判是一项无法回避的重大历史任务，它直接关系到“再造文明”的新文化运动总战略方针的成败利钝……他本人的大量实践也是成功的，具有开创风气的榜样作用与学术层面的样板价值。……对于我国民族文化遗产的发扬光大尤其在去芜存菁、推陈出新方面涌出的创造价值具有深远的积极意义。对全盘否定中国文化传统的民族虚无主义思潮也起了重要的阻遏作用。[③]

而据周质平的观察，胡适整理国故的态度在早期曾经是为知识而知识的，及至1928年其态度才有所改变，认为学术研

① 张灏：《重访五四：论五四思想的两歧性》，余英时等《五四新论：既非文艺复兴，亦非启蒙运动》，联经出版事业公司1999年版，第43页。另可参见张灏《中国近代思想史上的转型时期》，《二十一世纪》1999年4月总第52期。

② 胡适：《胡适致胡朴安》，《胡适来往书信选》，中华书局1983年版，第499页。

③ 胡明：《胡适“整理国故”的现代评价》，《传统文化与现代化》1995年第2期。

究亦应与国计民生有所关联。[①] 以下述的一段话，足见胡适在“整理国故”中所存在的民族主义：

> 我们考证学的方法尽管精密，只因为始终不接近实物的材料，只因为始终不曾走上实验的大路上去，所以我们三百年最高的成绩终不过几部古书的整理，于人生有何益处？于国家的治乱安危有何裨益？虽然做学问的人不应用太狭义的实利主义来评判学术的价值，然而学问若完全抛弃了功用的标准，便会走上很荒谬的路上去，变成枉费精力的废物。[②]

这便是他在《〈国故季刊〉发刊宣言》中，希望当时的学者具体地做出可以影响社会的学问来的原因所在。[③]

胡适所提倡的“国故整理”方法并非“洋货”，而是清代乾嘉考证的复兴，即是将西方的实验主义与考证学结合起来，[④] 将传统的考证方法发挥到了极致；故而方有很多的学者均以为胡适所谓“科学方法”不过尔尔而不值一晒。例如钱基博便曾指出胡适以为读古书的方法只有一途，“即用清代汉学家之校

① 周质平：《评胡适的提倡科学与整理国故》，《胡适与中国现代思潮》，南京大学出版社 2002 年版，第 210 页。

② 胡适：《治学的方法与材料》，《胡适文存》第 3 集，亚东图书公司 1953 年版，第 119 页。

③ 胡适：《〈国故季刊〉发刊宣言》，《胡适文存》第 2 集，亚东图书公司 1953 年版，第 5 页。

④ 胡适在晚年曾认为清代朴学家的考证方法就是赫胥黎（Thomas Henry Huxley，1825—1895）研究古生物的方法。胡适：《胡适手稿》第 9 集，胡适纪念馆 1970 年版，第 501—504、549 页。

勘训诂方法，以求本子之订正与古义之考定”，[①] 其用意亦在揭穿胡适所谓的“科学方法”，其实也不过是清代的朴学而已。《学衡》派的梅光迪对胡适整理国故而用所谓“科学方法”亦曾作出嘲弄。[②] 其实钱基博与“学衡派”的梅光迪对胡、顾等人的“国故整理”的方法与目的均有所不解，他们面对他们心目中的“传统”的“被发明”，“学衡派”以及旧派中人徒有无可奈何花落去的悲叹而已。

七　结语

夏志清曾说过一句几乎已成为经典的话，他说现代文学乃“感时忧国”（obsession with China）的文学，[③] 一语道出现代中国文学与国家民族的命运的密切关系，便在于过于倾向于以文学作为启蒙的工具。这种启蒙的意图不止体现于文学创作上，同样亦体现于白话文学史的建构上。新文学革命提出的白话文书写，其根本就是为了启蒙，为了挣脱文言文及其“封建”意识形态的羁绊；在从白话文转为文言文的过程中，可以得见白话文被视为振兴国族的必要工具，而文言文则乃一切落后蒙昧的包袱。白话文学史的建构，颠覆了古典文学的传统，从古典（传统）而走向民间（现代），均出于一种迫切的时代需要。这一切的最根本、最敏感的动机，就是源于“五四”时期的强烈民族主义。

---

① 钱基博：《现代中国文学史》，岳麓书社 1986 年版，第 502 页。

② 梅光迪：《评今人提倡学术之方法》（原载《学衡》1922 年第 2 期），孙尚扬、郭兰芳编《国故新知论：学衡派文化论著辑要》，中国广播电视出版社 1995 年版，第 130—137 页。

③ 夏志清：《现代中国文学感时忧国的精神》，《中国现代小说史》，刘绍铭等译，友联出版社 1979 年版，第 459—477 页。

第六章

总　　结

一　疑古思潮与白话文学史的建构及其意义

疑古思潮在“五四”期间达致前所未有的高潮并非偶然，白话文学史的建构亦非胡适、陈独秀的无端发难而刹那间爆发。我们抛开现有的论述框架，选择以疑古思潮作为理解建构白话文学史的切入点，以胡适与顾颉刚为论述中心，是较为符合实际的历史背景。

曾经有一时期，因为政治的原因，文学史上胡适几乎不被认为是文学革命的领导者；亦因为学科分科之见，其名字不见于在疑古思潮上之列，而他却切切实实地是钱基博在《现代中国文学史》中所痛诋的晚清疑古脉络中的殿军人物，而且亦是引导顾颉刚走上疑古之途的导师。同样，学术界又将顾颉刚置放于史学的范畴，而对其在文学史上的贡献，视若无睹。如此一来，学术界依循的依然是前人的叙述，而不重新进入历史，迹近真相。因此，前人叙述中的政治动机亦就在后人的依循陋习中传承下去，这不是真正学术应有的态度。

从疑古思潮的脉络进入白话文学史的建构时空，我们抛开了作为首举革命旗帜的陈独秀以及其他人物，不是说他们不重要，而是顾颉刚与胡适在疑古思想上乃一脉相承，并且相互呼应，将疑古思潮落实在白话文学史的建构上，并因此而将疑古思潮推至高峰。我们之所以选择曾经说过自己的兴趣在历史而非文学的顾颉刚作为一位与胡适同共建构白话文学史的关键人物，在于其在“五四”期间的实际工作。我们发现偏重于“历史”的他，并没有将《诗经》视为历史文献，而是强调其文学性。同样，在孟姜女、歌谣这些民间文学的挖掘、整理过程中，他乃以历史的方法将这些真正的民间文学的脉络整理出来，并在文学的价值上予以宣扬。这便是顾颉刚在建构白话文学史上的实际贡献。

胡适与顾颉刚在疑古思潮上具有传承的关系之外，又是建构白话文学史的实际伙伴。胡、顾两人以疑古思想为指导思想而建构的白话文学史具有如下两个意义：一，将疑古思想从康有为等人在政治上的作用导引至学术上，乃是中国学术史上的一种突破；二，以疑古为手段，将传统的经典转化为新的学术资源，并发明了一个白话文学的新传统，从而达到了启蒙民众与文艺复兴的目的。

二　方法论的不同与胡、顾在文学史上的定位

从方法论的分析中，我们可见胡适的方法论偏向于“重建的逻辑”，而顾颉刚的方法论则偏于“应用的逻辑”。前者偏向于概念，后者偏向于实践。以《诗经》的研究为例子，胡适主要是提出一套研究的方法，而顾颉刚则从《诗经》的研究中发现其规律。胡、顾两人在白话文学史的建构上所扮演的角色，

便是前者往往是理念的提出者，而后者则乃此理念的真正实践者。胡适在白话文学史上是一个革命者，亦是一个开山祖师：所谓“文学革命”，就是勇于打破传统；所谓“开山祖宗”，就是一切都是尝试。其“革命”是前无古人，故而一切都是尝试，无既定成规可循。胡适的《白话文学史》以及大量的明、清白话小说的考证无疑为白话文学史的建构提出了一个大方向。而当具体进入其中时，我们发现其实践与理念并不配合，无论是其白话文学史理论还是白话小说考证，虽亟于建构白话文学史的新典范，然而始终都是睽离或违背其走向“民间”的文学史理想。相对而言，顾颉刚在民间文学的资料搜集与研究方面则卓有成就，而其方向恰恰正是胡适当初标举的“走向民间”的理念。顾颉刚在孟姜女与歌谣的搜集、整理以及出版方面，真正而实际地充实了白话文学史的内涵，并为民间文学的发展找到了正确的方向。由此可见，胡、顾两人在白话文学史的建构过程中恰有从理念而至实践的互补作用，这亦是他们两人分别在建构白话文学史上的角色与位置。

三　发明的传统与白话文学史的建构

在论述的过程中，有一条贯穿整体的线索，那就是关于“传统”的思考。从第一章有关林毓生提出的“全盘反传统主义”（totalistic antitraditionalism，totalistic icononclasm）的反思开始，及至第三章中有关胡适、顾颉刚将《诗经》从经典转化至民间文学的源头，以及第四章“走向民间”中有关白话文学传统的建构、第五章的“发明传统”与白话文学史的关系这条脉络的讨论中，我们发现“传统”的力量与复杂性，并非三言两言可以下结论。在胡、顾的建构策略中，反传统只是一种姿态，他们更侧重的是将“传统”转化为一种新的学术资源。这种“转化”，就是“发明传统”。“发明传统”并不等于反传统，自古以来，“发明传统”的工作一直在进行当中。传统并非一成不变，根据我们的分析，“传统”中有变的动能在其中。要求传统“不变”者，或对传统有所不见；至于认为传统凝固而招致“全盘反传统主义”者，亦未免是以偏概全之论。

激烈反传统的时代予以胡、顾破坏的热情，而破坏在于他们来说，就是建设的前提。没有反《诗序》、反汉人的说《诗》，根本没办法展开“发明传统”的工作。解除了道统、学派的束缚，糅合疑古思想与西方杜威“实验主义”的方法，胡适与顾颉刚以中、西结合的方法论，整理中国的学术传统，展开对传统的发明。故而顾颉刚亦曾有意识地说过各种史实的新解释，皆为史观革命的表演。这不是一种单纯的学术研究，而是带有“改变世界”的强烈目的性。“改变世界”这一传统恰如余英时所说乃儒学的基本类型，亦是程、朱以降的儒学总纲领，其用意即在于此。从乾嘉时代、晚清的经世运动以至于康有为的《孔子改制考》，知识分子“改变世界”之企图，日益激烈，这是时代之变化使然。时代与学术脉搏相通，唯有从这样的历史语境理解胡、顾在建构白话文学史上的工作，方能有同情、体贴的理解，而非嘲讽彼等在纯学理上的荒谬。

在胡、顾“发明的传统”下，昔日的经典如《诗经》转为民间文学的源头，而民间文学则从边缘走向中心。顾颉刚在《诗经》、孟姜女故事以及歌谣的研究上堪称最为具体而相当富有说服力，为白话文学史的建构过程中最为绵密的论证，为白话文学理念的提出找到了最为坚实的依据，影响力至今仍在。

顾颉刚在建构白话文学史上的另一具体而宏大的拓荒工作，即为孟姜女故事与歌谣的搜集、整理及出版。他花了数十年所从事的孟姜女故事的挖掘与整理，如此的恒心与贡献，远非胡适所能比拟，更莫提其他的新文学阵营中人。而更为震撼的是吴歌的搜集。从搜集吴歌，我们发现原来从明末的冯梦龙已开始了对民间文学的关注。其辑录的《山歌》中的作品全是“私情歌”（即偷情歌），其中三分之一还直接间接、或隐或显地涉及性交。借此书的重新出版，我们知道了明季的社会情形，又可见当时礼教束缚之严，一般民众没有丝毫恋爱的自由，婚姻多不满意，唯有另求满足，由此亦可见民间生活的活泼。这样的实绩，正是“五四”时期提倡的反抗封建、婚姻自主的实际回应。更为珍贵的是，《山歌》《吴歌》等歌谣选本的发现、出版足证古代中国民间的活力，这种活力正是当时黑暗中国的希望，同时亦说服了许多犹豫中的青年男女，反抗封建与婚姻自主并不是空穴来风的革命，亦非文学创作的向壁虚构。

从有关白话文与文言文以至于“整理国故”的论述可见，胡适与顾颉刚念兹在兹的就是启蒙民众，故而彼等提倡的白话文写作与“整理国故”均乃“发明传统”的策略，借此对构成阻碍的“国故”去芜存菁，而这项工作亦正是疑古思潮在学术上的具体化与深化。从“整理国故”中，可见胡、顾乃将“国故”转化作为白话文学史的资源，并由此而建立白话文学史与传统的关系。而其中“发明传统”的意图则可见彼等的反传统其实是为了应对当时的民族危机，而非如钱基博所攻击的存心令文化倾颓崩裂。胡适与顾颉刚的批判传统以洗涤失败的“现在”，其实就是在为缔造未来。

胡适与顾颉刚等新文学阵营中人标榜的是新文学“革命”。

既是“革命”，即在乎迅速，在乎彻底。“革命”既是对既有一切的破坏，同时亦在建构起一种崭新的传统。“五四”时期的知识分子，一方面是传统文化的批判者，同时亦是文化民族主义者。我们应从这样的角度对待胡适和顾颉刚的角色及彼等所建构的白话文学史。整体而言，彼等不一定具有统一的步调，但在建构白话文学史上，却收到相互呼应的客观效果。胡、顾的白话文学史的建构并不止于文学史的理念论争，而是牵涉更为复杂的时代、政治，以至于思想史的因素。

附录

抗衡书写，发愤抒情：钱基博的《现代中国文学史》

一 前言

清末民初，乃新、旧交替的时代。所谓的“交替”，绝非和平的转移，而是政局动荡、民不聊生。在文坛上，新、旧势力之间的角力亦相当炽烈。新势力者，以胡适（适之，1891—1962）、陈独秀（仲甫，1879—1942）等为首，领袖群伦，掀起轰轰烈烈的新文学运动，倡白话文之写作，引介“德先生”（Democracy）与“赛先生”（Science），高举“重新估定一切价值”（Transvaluation of Values）[①] 之旗帜，举世蹈奋，景从者众。然而，在高蹈的文学史表象背后，却有以陈三立（伯严，1853—1937）与郑孝胥（苏堪，1860—1938）等人为首的晚清宋诗派，[②] 以林纾（群玉，

① 胡适：《新思潮的意义》，《胡适文存》第1集，远东图书公司1953年版，第728页。

② 清末陈三立与郑孝胥等人所领导的宋诗派亦称“同光体”，据陈衍《石遗室诗话》所言，“同光体”之得名乃郑孝胥与陈衍等人对同治、光绪以来“不专宗盛唐者”的戏称。而当时的另一派便乃以王闿运为首的“湖湘派”，追随者有蔡毓春、邓辅纶、邓绎、李寿蓉、龙汝霖等人，主张复古，他们的诗则学汉魏六朝及初盛唐。有关同光体与湖湘派的论述，可参阅马卫中《光宣诗坛流派发展史论》，苏州大学出版社2000年版，第198—249、250—326页。

1852—1924）为首的桐城古文派[①]以及其他旧文人，仍从事古典文学创作。此派中人，亦即与胡、陈等文坛新势力相颉颃的旧势力代表。彼等以遗老自居，目睹政治之衰颓、传统价值之崩溃而彷徨愁苦。然而，随着桐城派的林纾死于1924年，宋诗派的陈三立与郑孝胥分别死于1937年与1938年，旧势力日渐凋零，对新势力不复存在威胁。相对而言，新文学运动的作家群，则活跃文坛，努力促使白话文创作成为主流。虽则新、旧两派实力悬殊，然而我们却不能因此而漠视或忽略旧势力的声音。可惜，一般文学史却往往作出了无意的忽略或有意的压抑，为我们提供一种新势力一举打倒旧势力的摧枯拉朽式的态势；绝大部分的"现代文学史"中，均不曾详细论述当时的古典文学创作，[②]亦甚少提及传统文人学者对新文学运动所表达的异议，除了往往不忘提及被视为古文学而垂死挣扎的林纾所演出的闹剧及所谓"复古派"的攻击。[③]

① 关于清末民初马其昶、姚永朴、姚永概及林纾等的桐城派古文的相关论述，可参阅周中明《桐城派研究》，辽宁大学出版社1999年版，第373—394页。

② 例如钱理群、温儒敏、吴福辉《中国现代文学三十年（修订本）》，北京大学出版社1998年版；黄修己《中国现代文学发展史（修订本）》，中国图书刊行社1994年版。

③ 例如黄修己中便以"封建守旧派""复古派"描述林纾与《学衡》《甲寅》等抗衡新文学阵营的文人，然却没有让这批人物"发声"。由此可见，黄修己及其他类似的文学史中对抗衡新文学阵营的旧文人的这种书写方法对文学史真相的压抑，而这种压抑却往往源自蹈袭前人旧说，而未能客观深入作研究。见黄修己《中国现代文学发展史（修订本）》，中国图书刊行社1994年版，第37—39、200—204页。这类以"复古"的字眼形容《学衡》《甲寅》中人的"传统"，同样可见于如下的文学史，唐弢主编《中国现代文学史》第1册，人民文学出版社1998年版，第81—94页；林志浩主编《中国现代文学史》上册，中国人民大学出版社1995年版，第63—69页。

实际上，新文学运动并非在1919年之后便一举统占文坛，而是经由教育部于1920年颁定白话文为小学的国语教育，从而产生牵一发而动全身的效应，从小学、中学至师范均自愿或不得不采用国语，原因诚如胡适所言：“教育制度是上下连接的；牵动一发，便可动全身”；及至民国九年、十年（1920—1921），“白话公然叫做国语了”[①]。1921年，胡适应教育部之邀，在第三届国语讲习所讲“国语文学史”，其后他便依据这一底本，在不同的学校演讲，因而有不同的油印本流行。[②] 经过他多次修改后，终于在1928年出版了《白话文学史》。这是第一部从“白话”角度撰写的文学史，为新文学运动的发展奠下了基础。然而，这并不表示白话文从此便全然确立，新文学运动便彻底取得胜利，而反对的声音亦就此断绝。相反，白话文创作与新文学运动的成功是要再经过相当长时间与旧文学的论争之后，才逐渐成为“正宗”的。

在这样的背景底下，以下所要讨论的钱基博自称立意为现代文人而作的“忏悔录”——《现代中国文学史》一书，既能呈现在新文学运动如日中天之际，一代旧文人面对社会、文化与传统价值之急速转变所流露的悲愤心态，复可助我们透视在当时文坛新、旧两派不同立场之根本所在。

---

① 胡适：《五十年来中国之文学》，《胡适文存》第2集，远东图书公司1953年版，第256—257页。近人李泽厚指出：“‘五四’新文化运动最明显的成功和确定不移的果实是白话文的胜利。”见李泽厚《中国思想史论》下册，安徽文艺出版社1999年版，第867页。

② 有关从“国语文学史”至《白话文学史》的过程，详见胡适《白话文学史·自序》，东方文化出版社1996年版，第1—10页。

二　钱基博生平及其文学旨趣述略

钱基博的价值观与文学趣向对其治学有很大的影响，故此我们有必要对其生平与文学志趣有所了解，以资理解《现代中国文学史》一书。

目前可见的有关钱基博生平事迹的资料中，有他自己所撰写的《钱基博自传》、其门人吴忠匡所撰的《吾师钱基博先生传略》以及傅道彬的《钱基博先生小传》① 三篇文章；此外，近人孔庆茂的《丹桂堂前：钱锺书家族文化史》一书，对钱基博的一生由童年至晚年都略有介绍，② 颇值得参考。

钱基博之自传侧重于个人品格与学术趣向；至于吴忠匡一文，则对其师之学问作出颇为详细的描述。从吴忠匡的介绍中，我们得知钱基博是由早年短暂的幕僚生涯，继而转为下半生的从事教育事业。③ 钱基博自述，他自小便受传统学问的教育，九岁已读完《四书》《易经》《尚书》《毛诗》《周礼》《礼记》《春秋左氏传》《古文翼》，且皆能背诵。十岁时，他便由伯父仲眉公教为策论，课以熟读《史记》、诸氏唐宋八家文选；尤为喜欢读史，自十三岁便读司马光（君实，1019—1083）《资治通鉴》、毕沅（秋帆，1730—1797）《续通鉴》，

---

① 傅道彬：《钱基博先生小传》，刘梦溪主编《中国现代学术经典：钱基博卷》，河北教育出版社 1996 年版，第 1—4 页。

② 第一章“20 世纪初的时代与家庭”中对钱基博的童年至青年的求学过程与第二章第二节的“古文名家钱基博”尤值得参考。详见孔庆《丹桂堂前：钱锺书家族文化史》，长江文艺出版社 2000 年版，第 3—20、32—40 页。

③ 吴忠匡：《吾师钱基博先生传略》，《中国文化》1991 年第 4 期。

且圈点了七遍。[①] 故此，他对于“史”的性质，有其独特见解，绝非偶然。而他对自己早年博通经史子集以至于个人著述，亦颇为自诩。当时名人如陶大均、曾广钧（重伯，1866—1929）、张謇（季直，1853—1926）及费树蔚等人均对其学问文章甚为推崇，许以“大江以北，未见其伦”[②]“岂惟江北，即江南宁复有第二手”之誉；[③] 而他则自诩“集部之学，海内罕对”。[④] 钱基博又曾自题楹联云：“书非三代两汉不读，未为大雅；文在桐城阳湖之外，别辟一途。”[⑤]其于文章之自信，可见一斑。

由钱基博的自传及其弟子的文章可见，他深受中国传统文化的影响，服膺并实践传统中国道德文化，可谓乃一典型的传统中国文人学者。而这种传统的思想则完全体现于其《现代中国文学史》一书之中。

三　文·文学·文学史

在未进入探讨《现代中国文学史》一书的内容之前，先让我们了解钱基博对“文”“文学”与“文学史”的定义，好让我们依其定义、循其思路，借此以理解这本文学史的叙述架构与具体内容。

---

① 见《中国现代学术经典：钱基博卷》，河北教育出版社 1996 年版，第 932 页。

② 张謇语，见《中国现代学术经典：钱基博卷》，河北教育出版社 1996 年版，第 935 页。

③ 费树蔚语，见《中国现代学术经典：钱基博卷》，河北教育出版社 1996 年版，第 935 页。

④ 《中国现代学术经典：钱基博卷》，河北教育出版社 1996 年版，第 934 页。

⑤ 同上书，第 937 页。

首先，他综合多种经典而对于“文”有如下定义：“所谓文者，盖复杂而有组织，美丽而适娱悦者也。”① 至于“文学”，则分为“狭义的文学”与“广义的文学”。他所谓的“狭义的文学”乃专指“美的文学”而言：

> 所谓美的文学者，论内容，则情感丰富，而不必合义理；论形式，则音韵铿锵，而或出于整比；可以被弦诵，可以动欣赏。……大抵六朝以前，所谓“文学”者，“著述之总称”，所包者广。六朝以下，则“文学”者，“有韵之殊名”，立界也严。其大较然也。然吾人倘必持狭义以绳文学，则所谓文学者，殆韵文之专利品耳。②

“狭义的文学”与“广义的文学”之区分乃以六朝为界，以韵文为“狭义的文学”；至于“广义的文学”，则乃泛指一切非韵文的著述总称，包括“论辩”“序跋”“传记”，即其所谓“偏于发智者”，至于“偏于抒情”的，则有“诗歌”“戏曲”与“小说”。③ 至于他认为“广义的文学”乃“文学之平民化”，大概是受当时的文艺思潮所影响，亦乃此书之取向，详情稍后再论。

关于“文学史”与文学之别以及两者之功能，钱基博有如下阐述：

---

① 钱基博：《现代中国文学史》，岳麓书社 1986 年版，第 1 页。

② 同上书，第 2—3 页。

③ 同上书，第 3 页。

> 夫史以传信。所贵于史者，贵能为忠实之客观的记载，而非贵其有丰厚的主观的情绪也，夫然后不偏不党而能持以中正。推而论之，文学史非文学。何也？盖文学者，文学也。文学史者，科学也。文学之职志，在抒情达意。而文学史之职志，则在纪实传信。文学史之异于文学者，文学史乃纪述之事，论证之事；而非描写创作之事；以文学为记载之对象，如动物学家之记载动物，植物学家之记载植物，理化学家之记载理化自然现象，诉诸智力而为客观之学，科学之范畴也。不如文学抒写情志之动于主观也。①

以上引文有两点值得注意：一、文学史之为“史”者，贵在客观的记载，而文学则贵在抒写情志之主观；二、他认为文学史乃纪述之事，而文学则重抒情达意。重要的是，他认为前者“不如”后者，因为前者乃科学，而后者乃创作。依其判价，文学创作乃高于文学史的书写。

基于以上的定义，他认为司马迁的《史记》与胡适的《五十年来之中国文学史》并非文学史。原因在于前者乃“发愤之作”②“工于抒慨而疏于记事”“其文则史，其情则骚”，即是说司马迁在记事上仍具“史”的特性，可是整体上偏向于抒情；至于胡适该文，则因为“褒弹古今”“好为议论”“成见太深而记载欠翔实”，故亦被划为非文学史之列。③他重申，

---

① 钱基博：《现代中国文学史》，岳麓书社 1986 年版，第 4—5 页。

② 司马迁说：“《诗》三百篇，大抵贤圣发愤之所为作也。此人皆意有所郁结，不得通其道，故述往事，思来者。”见司马迁《报任安书》，郭绍虞主编《中国历代文论选》第 1 册，上海古籍出版社 1996 年版，第 83 页。

③ 钱基博：《现代中国文学史》，岳麓书社 1986 年版，第 4—5 页。

“史之所以为贵”，在于记实；而著者之成见，则“史之所大忌”。他又补充：

> ……盖文学史者，文学作业之记载也；所重者，在综贯百家，博通古今文学之嬗变，洞流索源，而不在姝姝一先生之说，在记载文学作业，而不在铺叙文学家之履历。文学家之履历，虽或可借为考证之资，欧西批评文学家尝言：“人种、环境、时代三者构成艺术之三要素也；欲研究一种著作，不可不先考究作者之人物、环境及时代。”质而言之：即不可不先考证文学家之履历也。然而所以考证文学家之履历者，其主旨在说明文学著作。舍文学著作而言文学史，几于买椟还珠矣。[①]

最后一句关于文学史与文学著作的评价，足证上述所言，即他认为主观的文学创作乃高于客观的文学史书写。至于他所谓以人种、环境与时代构成艺术三要素的欧西批评家，指的应是法国史学家兼批评家泰纳（Hipplyte Taine，1828—1893）。泰纳从实证主义（Positivism）的立场出发，提出文学研究与批评必须注意决定文学形成的三种因素，即种族、环境与时代。这种观念乃重视写实的、社会学的文学观，进而为文学指定一种可以认识与改造社会的功用。[②] 泰纳的观点对“五四”时代的文学家具有相当大的影响，其中尤以茅盾与周作人两位为

① 钱基博：《现代中国文学史》，岳麓书社 1986 年版，第 5—6 页。

② 温儒敏：《中国现代文学批评史》，北京大学出版社 2000 年版，第 103—104 页。

甚。钱基博亦乃受其影响者之一，其《现代中国文学史》之侧重环境与时代，或许便是其受泰纳之影响。

总而言之，钱基博强调的是直接的阅读文学作品，再参阅作家的履历；而论述的方法，则在于“综贯百家”，以达至“博通古今文学之嬗变，洞流索源”的目的。然而，在钱基博的《现代中国文学史》中，其研究的方法恰恰与上述所提倡的方法背道而驰，大多乃铺叙作家的履历与时代背景，而关于作品的讨论相对地少，特别是“新文学”作品。我们必须对钱基博的文学史观有一番认识，方能解答上述其文学史中所存在的这种重作家履历与时代背景，而又几不提及“新文学”作品的问题。

四 文学史观：“返本修古”与“有往必复”

在钱基博《现代中国文学史》一书中，新、旧文学所占的篇幅在比例上极之悬殊，“新文学”作家只有寥寥数人，与阵营庞大的古文学家相比，可谓黯然失色。至于三数新文学作家中，只有胡适、鲁迅与徐志摩作专门讨论。此外，书中也偶尔提及周作人、郭沫若与郁达夫等人。此等作家算是现在公认的“新文学”作家。而同样被置于“新文学”中的梁启超，则乃介乎新、旧之间而启新文学之风者，并不能算是新文学作家。至于同列中的康有为、简朝亮（季纪，1851—1933）、徐勤、陈千秋、谭嗣同、严复、章士钊与黄远庸这些以文言文创作的人物，根本与“新文学”作家风马牛不相及。再就其“新文学”一编的论述而言，对新文学发展的真正描述只是止于“白话文”一节；而且，在这不够三十页的篇幅中，多是对作者生平的描写与攻击。钱基博否定新文学运动之态度，昭然若揭。

从《现代中国文学史》一书中的篇幅安排，以至其对胡适及其所领导的新文学运动之攻击，我们可以清楚得见钱基博在新、旧文学上之偏向。以下，我们可从钱基博另一本文学史——《中国文学史》中的一段话，对其文学史观作更进一步的发掘：

> 自来论文章者，多侈谈汉魏唐宋，而罕及明代。……自我观之：中国文学之有明，其如欧洲中世纪之有文艺复兴乎？……而文则奥博排奡，力追秦汉，以矫欧、苏、曾、王之平熟；而宋濂、刘基骅骝开道，以着李、何、王、李之先鞭。诗则雄迈高亮，出入汉、魏、盛唐，以救宋诗之粗硬，革元风之纤浓；而高启、李东阳后先继轨，以为何、李、王、李开山。①

由上所述，我们可以断言，钱基博所持的便是“崇古”的文学史观，可谓追迹明代前、后七子的“诗必盛唐，文必秦汉”② 的文学理念。后世对明代前、后七子的评价，除了明末清初的少数文人学者之外，实际上是毁多于誉。至于八股文，

① 钱基博：《中国文学史》下册，中华书局 1993 年版，第 845 页。

② 见（清）张廷玉等《明史》卷 286，中华书局 1974 年版，第 7348 页。前七子的领袖李梦阳自己曾这样说：“西京（西汉）之后，作者勿闻矣。”见李梦阳《论学（上篇第五）》，《空同集》第 66 卷，上海古籍出版社 1991 年版，第 602 页。另一领袖何景明在《海叟诗序》中说：“学歌行近体，有取于二家（李白、杜甫），旁及初盛唐诸人，而古作者必从汉、魏求之。”见蔡景康编选《明代文论选》，人民文学出版社 1993 年版，第 117 页。康海则说他们七子中人：“言文与诗者，先秦两汉魏晋盛唐，彬彬然盈乎域中矣。”见康海《渼陂先生集序》，《对山集》第 1 册，台湾商务印书馆 1972 年版，第 40 页。

则更是众矢之的，然而钱基博却独辟众议，大力褒扬：

> 八股文，则利禄之途，俗称时文者也。然唐顺之、归有光纵横轶荡，则以古文为时文，力求返虚入浑，积健为雄；虽与诗古文体气不同，而反本修古一也。……不知明有何李之复古，以矫唐宋八家之平熟；犹唐有韩柳之复古，以救汉、魏、六朝之缛靡；有往必复，亦气运之自然。①

钱基博对以唐顺之（应德，1507—1560）与归有光（熙甫，1506—1571）为首的“唐宋派”的八股文成就虽难得地予以肯定，然而他又认为若较诸前、后七子，唐、归二人只能如唐代的裴度（中立，765—839）、段文昌（墨卿，773—835）之于一代正宗的韩愈与柳宗元。正偏之别，可见一斑。新文学与古典文学两者的正偏之别，主次之分，亦正在此。

再就上述引文中其“返本修古”与“有往必复”的文学史观而言，文学史是循环的，亦即是说，文学的复古是可以预期的。由此我们便不难明白钱基博何以于“现代”的文学史中以“魏晋文”冠其首，以桐城派古文附其后，再以“中唐诗”“宋诗”“词”“曲”充撑了整本《现代文学史》，而其以“新文学”缀其末，显然对于在30年代已成就斐然的新文学不屑一顾。

其实，钱基博对于新文学运动在不同时期的态度有所不同，而且其转变之幅度相当大。以下将从《现代中国文学》的

---

① 钱基博：《中国文学史》下册，中华书局1993年版，第845页。

初版与增订版在内容上与观点之截然不同处作分析，以观其对新文学态度之转变，以及其攻击焦点与意图之所在。

五　对新文学运动态度之转变

（一）《现代中国文学史》版本异同比较

1. 版本述略

由刘梦溪主编、傅道杉编校的《中国现代学术经典：钱基博卷》，对钱基博《现代中国文学史》一书的版本源流有如下“说明”：

> 本书原由无锡国专学生会于1932年集资排版。时先生任教于上海光华大学，并兼任无锡国专教授。1932年9月由上海世界书局正式出版；1934年、1935年连续再版，1936年增订出版；1974年收入台湾出版的《近代中国史料丛刊续刊》中。1986年由岳麓书社据1936年增订版改版印行，改版时由华中师范大学中文系石声淮教授校订。此次整理以岳麓书社1986年版为底本。[①]

其实，《现代中国文学史》最早乃由无锡国专学生会于1932年集资排版，原书名为《现代中国文学史长编》。[②] 此书的初版日期并非如《中国现代学术经典：钱基博卷》所说的

① 《中国现代学术经典：钱基博卷》，岳麓书社1986年版，第3页。
② 钱基博：《现代中国文学史》，岳麓书社1986年版，第507页。

1932年9月，而1933年8月，由上海的世界书局出版，及至1935年2月，已出了三版。[①]《中国现代学术经典：钱基博卷》中对此书初版日期所犯之错误，大概亦乃源于沿袭1986年岳麓书社版的《现代中国文学史》中“出版说明”的错误记载所致。[②]此书于1934年、1935年连续再版，1936年增订出版；1974年此书被收入台湾出版的《近代中国史料丛刊续刊》中；1986年由岳麓书社据1936年增订版改版印行，改版时由华中师范大学中文系石声淮教授校订；1965年香港龙门书店重印了其增订版；此书由岳麓书社于1986年重排；1989年上海书店将此书与吴文祺的《新文学概要》及陈炳的《最近三十年中国文学史》合为一书出版；[③] 1996年再由河北教育出版社收入“现代学术经典”丛书。

2. 增订内容：“原书所未及三事”

钱基博在30年代出版的《现代中国文学史》中，为世人提供了一幅另类的“现代文学史”图像。他在此书的《四版增订识语》中指出增订版“有郑重申叙，而为原书所未及者三事”：一，将胡适及其所领导的新文学运动的非周薄孔的言行上溯至王闿运、廖平、吴虞、康有为与梁启超这一脉中；二，指出晚清的桐城派乃由非桐城范围作家所撑拄；三，指出以陈三立、郑孝胥为代表的同光体乃嬗衍自桐城派的姚鼐（姬传，

① 钱基博：《现代中国文学史》，世界书局1933年8月初版，1935年2月第3版，背页出版资料。笔者所据为香港中文大学新亚图书馆藏书。

② 《出版说明》，《现代中国文学史》，岳麓书社1986年版，第1页。

③ 吴文祺、陈炳堃、钱基博：《新文学概要 最近三十年中国文学史 现代中国文学史》，上海书店1989年版。

1732—1815)。[①] 增订版据钱基博自述，“材料增十之四，改窜及十之五”，[②] 而大篇幅地鞭挞梁启超、胡适以及新文学运动，则乃其重心所在。值得关注的是，在增订版中，他增添以上三项为原书所未道及之事，究竟意欲何为？

上述三个问题，除了第二个关于桐城派作家之地域问题应无可议之外，第一与第三个问题均有其特定目的。先处理第一个问题。依其言，我们可得知他乃将胡适及其所领导的新文学运动上溯至王闿运、廖平、吴虞、康有为与梁启超非周薄孔这一脉。其中，钱基博借吴虞之口对这批人物的操守作出猛烈的攻击，[③] 除了王闿运之外，后世称之为大师或革命先驱的这批人物，在钱基博笔下，全部沦为丑角，几乎无一幸免。而此等为钱基博所攻击的人物有一共通的特色，即均为反传统的人物。由此可见，《现代中国文学史》所处理的除了文学之外，还包括超乎文学以外的课题，故此有不少论者称此书并非纯粹的文学史，相当中肯。至于第三项所提及的以陈三立、郑孝胥为代表的同光体乃衍生自桐城派的姚鼐，更是值得商榷。其实，同光体既以宋诗为学习方向，最直接的便是学江西诗派，甚至上溯杜甫与韩愈，即使在理念上与桐城派偶有相同，亦不表示同光体乃自“姚鼐嬗衍而来”。[④]

---

① 钱基博：《四版增订识语》，《现代中国文学史》，岳麓书社 1986 年版，第 509—510 页。

② 钱基博：《现代中国文学史》，岳麓书社 1986 年版，第 509 页。

③ 同上书，第 68—69 页。

④ 例如有关于晚清宋诗派的研究者杨扬便不曾提及同光体乃衍生自桐城派，见杨扬《晚清宋诗运动与“五四”新文学》，《中国古代、近代文学研究》1999 年第 2 期。吴淑钿虽认为宋诗派在诗论上受桐城派的“启导”，但却说：“整体而言，我们很难说桐城派是近代宋诗派理论的渊源……” 见吴淑钿《近代宋诗派诗论研究》，文津出版社 1996 年版，第 51 页。

以下我们再看一段文字，即可对钱基博所增订的方向与意图有多一分了解：

> 民国肇造，国体更新；而文学亦言革命，与之俱新。尚有老成人，湛深古学，亦既如荼如火，尽罗吾国三四千年变动不居之文学，以缩演诸民国之二十年间；而欧洲思潮又适以时澎湃东渐；入主出奴，聚讼盈庭，一哄之市，莫衷其是。榷而为论，其弊有二：一曰执古，一曰骛外。何以骛外？欧化之东，浅识或自菲薄，衡政论学，必准诸欧；文学有作，势亦从同，以为“欧美之学，不异话言，家喻户晓，故平民化。太炎、畏庐，今之作者，然文必典则，出于尔雅；若衡诸欧，嫌非平民。”又谓：“西洋文学，诗歌、小说、戏剧而已。唐宋八家，自古称文宗焉；倘准则于欧美，当摈不与斯文。”如斯之类，今之所谓美谈；它无谬巧，不过轻其家丘，震惊欧化，降服焉耳。不知川谷异则，民生异俗，文学之作，根于民性；欧亚别俗，宁可强同？李戴张冠，世俗知笑；国文准欧，视此何异。必以欧衡，以诸削足；屦则适矣，足削为病。兹之为弊，谥曰“骛外”。然而茹古深者又乖今宜；崇归、方以不祧，鄙剧曲为下里，徒示不广，无当大雅。兹之为弊，谥曰“执古”。①

钱基博所抨击的“执古”与“骛外”的两种极端现象，实际所指的是胡适等新文学运动领导者与当时拥护旧文学者之间

① 钱基博：《现代中国文学史》，岳麓书社1986年版，第8—9页。

的角力、论战。

在胡适的《文学改良刍议》与陈独秀的《文学革命论》两篇文章中，他们共设立了三个攻击的靶子：桐城派、骈文体和江西诗派。陈独秀在其《文学革命论》中对骈文、桐城古文与江西诗派则有如下抨击：

> 东晋而后，即细事陈启，亦尚骈丽。演至有唐，遂成骈体。诗之有律、文之有骈，皆发源于南北朝、大成于唐代。更进而为排律为四六。此等雕琢阿谀的铺张的空泛的贵族古典文学，极其长技，不过如涂脂抹粉之泥塑美人，以视八股试帖之价值，未必能高几何，可谓为文学之末运矣。
>
> 今日吾国文学，悉承前代之敝，所谓"桐城派"者，八家与八股之混合体也；所谓骈体文者，思绮堂与随园之四六也；所谓"江西派"者，山谷之偶像也。求夫目无古人，赤裸裸的抒情写世，所谓代表时代之文豪者，不独全国无其人，而且举世无此想。①

陈独秀甚至称"明之前后七子及八家文派之归〔有光〕方〔苞〕刘〔大櫆〕姚〔鼐〕"为"十八妖魔"，② 攻击的是彼等之"尊古蔑今，咬文嚼字"。③ 以上攻击的便计有以林纾为首

① 陈独秀：《文学革命论》，北京师范大学中文系现代文学教学改革小组编《中国现代文学史参考资料》第1卷上册，高等教育出版社1959年版，第21—22页。

② 同上书，第22页。

③ 同上。

的桐城派与以陈三立、郑孝胥为首的宋诗派。[①] 至于胡适，在其《文学改良刍议》《五十年来中国之文学》《历史的文学观念》等文章中，他侧重强调晚清宋诗派的消极影响，甚至将它作为“五四”新文学运动的对立面来理解。他便曾这样批评陈三立与郑孝胥：

> 陈三立是近代宋诗的代表作者，但他的《散原精舍诗》里实在很少可以独立的诗。近代的作家中，郑孝胥虽然也不脱模仿性，但他的魄力大些，故还不是模仿。[②]

胡适指出宋诗派志在学古，故也不将他们算在那五十年之内。

在这场新、旧文学的论战之中，两派之陈容极之悬殊，为旧文学辩护的而又为人熟知的，大概有只林纾以及以吴宓（雨僧，1894—1978）、梅光迪（觐庄，1890—1945）以及胡先骕（步曾，1894—1968）为主的《学衡》诸君；至于新文学运动阵营中人，既是人多势众，且态度激烈。当时，钱玄同高呼“桐城谬种，选学妖孽”，攻击的是桐城派的古文与骈文一脉，而其主要的对象乃是桐城派的末代宗师——林纾，而非章太炎所提倡的六朝文。据陈平原之见，六朝文之所以没有受到如桐城派之备受攻击，乃是倡六朝文者乃章太炎，而他便是新文学

① 参阅陈平原《中国现代学术之建立》，北京大学出版社 1998 年版，第 376 页。

② 姜义华主编：《胡适学术文集：新文学运动》，中华书局 1993 年版，第 123 页。

运动中人如钱玄同与周氏兄弟的老师，故而有同门不相斗的默契。[①] 至于林纾本人虽曾自辩自己并没有门派，然而曾国藩的四大弟子之一的吴汝纶，临终前则曾有桐城一脉尽在林纾之意。而且，林纾本人在当时以古文大量翻译西方名著，炙手可热，成为钱玄同、胡适等新文学运动中人的攻击对象，亦乃势所难免。况且，民国之后，本由桐城派（马其昶、姚永概等）所控制的北京大学国文系，尽为章太炎之弟子如黄侃（季刚，1886—1936）、鲁迅、周作人、钱玄同等人所取代，[②] 其中除了黄侃之外，其他几乎全是新文学运动阵营中人，再加上激进的陈独秀与胡适的摇旗呐喊、大肆攻击，桐城派中人自不免有被驱逐的感觉。林纾于是不得不挺身而出，质疑新文学运动以至丑化其领导人物。新、旧文学之争，至此而臻白热化。

钱基博虽则“执古”与“骛外”并斥，所论亦言之成理。然而，展开其《现代中国文学史》一书的目录，我们难免大吃一惊。因为，他所谓的“现代”中国文学史，却是以清末至民初的旧文学作家，即他所谓的“执古”者为主，差不多占了八成的篇幅；至于“骛外”者的新文学中人，竟由康有为冠其首，其弟子梁启超居其次，称之为“新民体”；复有“逻辑文”，标举的是严复与章士钊；最重要的新文学运动领导者与实践者的胡适则敬陪末座。至于以小说名世的鲁迅与新诗健将的徐志摩则更是附录于胡适一节之下。无论是直接“骛外”派的攻击，还是为之勾勒出“非周薄孔”的一条线索，以至于增

---

① 陈平原：《中国现代学术之建立》，北京大学出版社 1998 年版，第 384 页。

② 钱基博：《现代中国文学史》，岳麓书社 1986 年版，第 491 页。

补了桐城派与宋诗派的详细讨论，均意在“执古”与“骛外”的文坛争夺战中为前者壮声势，并将新文学的意识形态定为“非周薄孔”的叛逆性质。一言以蔽之，增订版的《现代中国文学》之矛头所向，均是对新文学运动不同方面的攻击，亦是对旧文学的有力支持。

3. 刻意攻击胡适及新文学运动

据钱基博自述，《现代中国文学史》的写作“始民国六年，积十余岁”[①] 而成。自此书出版后，友侪纷纷来信讨论、切磋，胡先骕与郭斌佳也于报上有批评、介绍此书的文章。据说，两君对此书“奖勖交至”。[②] 其中，胡先骕曾是胡适之好友，而他则非常质疑新文学运动以及以白话创作，曾作二万多字的长文批评胡适的《尝试集》以及《五十年来中国之文学》，[③] 更与梅光迪以及吴宓办《学衡》以抗衡新文学运动，[④] 当然乃钱基博的同道了。我们或可借此而推测，在 1936 年再版前，钱基博便可能在初稿加上后来他与朋辈间尤其是学衡派中人的讨论成果，于当年的 5 月 20 日至 7 月 11 日期间，以 1 个月又 22 日的时间，对原著作“材料增十之四，改窜及十之五”[⑤] 的大规

① 钱基博：《现代中国文学史》，岳麓书社 1986 年版，第 507 页。

② 同上书，第 509 页。

③ 胡先骕《评〈尝试集〉》《评〈尝试集〉（续）》及《评胡适〈五十年来中国之文学〉》，孙尚扬、郭兰芳编《国故新知论——学衡派文化论著辑要》，中国广播电视出版社 1995 年版，第 292—31、312—328、329—350 页。

④ 相关的论述可参阅乐黛云《重估〈学衡〉——兼论现代保守主义》，郭齐勇《试论“五四”与“后五四”时期的文化保守主义思潮》，刘青峰主编《历史的反响》，香港中文大学出版社 1990 年版，第 265—275、243—264 页。另可参阅沈卫威《回眸学衡派：文化保守主义的现代命运》，立绪文化事业有限公司 2000 年版。

⑤ 钱基博：《现代中国文学史》，岳麓书社 1986 年版，第 509 页。

模改写。此中，值得注意的是他对于在民初的新、旧文学上扮演举足轻重的两个关键人物胡适与林纾的内容进行极之不寻常的重写。至于其他文学家的之增入与对原有代表作家的评论的重写，大抵只求更为翔实与全面而已，与原来的版本并没有根本上的分别。现依次序述其原著与增订版对胡适与林纾两人之极之不寻常的重写，以观其对桐城派与白话文学运动之态度的转变。

钱基博与林纾之间素有宿怨。据钱基博在其《钱基博自传》中所言，林纾当时乃文坛宗主，因见钱基博文章骎骎然有盖其名之势，故而欲使商务书店勿刊行其书。其后，林纾更以卑劣手段致使钱基博无法任教于北京师范大学。然而钱基博声言，他并不计较个人恩怨，在《现代中国文学史》中，仍给予林纾客观的评价。事实上，钱基博确如其所言，只是在桐城派作家的排名次序上略作调动而已，在增订版中将本来先于马其昶（通伯，1855—1930）、姚永朴（仲实，1866—1923）与姚永概（叔节，1866—1923）之前的林纾置于最后。这大概是将之视为桐城派的殿军人物，亦合乎其文学史的实际地位，并无贬抑之意。更且，在1935年增订版的《现代中国文学史》中，钱基博更加插了“天性敦挚”一词形容林纾，并叙述林纾十岁时以家中之米接济其师薛锡极的事迹，立意在印证、推崇林纾之敦挚本性。至于对林纾之致书蔡元培以攻击北京大学为新文学基地的不满，以及其以《妖梦》《荆生》诸小说攻击新文学阵营中的陈独秀、钱玄同与胡适，钱基博则大篇幅地列出，不亦是表示支持吗？而且他又在增订版中，将原本关于胡适有关新文学革命的内容全部删掉。这样的比较之下，钱基博反新文学运动的立场便非常明显了。

然而，钱基博在初版与增订版对胡适的记载以及对由胡适所倡导的白话文学运动的评价，则有非常明显的不同。其对胡适以至于白话文学运动之鞭挞，近乎党同伐异。在初版的《现代中国文学史》中，钱基博对胡适的评价是相当高的：

> 及胡适自美洲毕所学而归，都讲京师，倡为白话文。其友人陈独秀诵其说而张之，以其长大学文科，锐意于意大利文艺改革之事也！登高之呼，薄海风动骎骎乎白话篡文言之统，而与代兴为文章之宗焉。[①]

就以上文字观之，不但没有任何诋毁攻击之迹象，而且似乎颇有肯定之意。例如，他跟着便以差不多十四页纸[②]的大篇幅引录胡适有关白话文学运动的文章与日记，约占“胡适附黄远庸”这一节[③]的一半篇幅以上。据其言，乃借此“可以窥见胡适文学革命思想之历程”。[④] 钱基博对胡适及其所领导的文学革命之肯定又可见于其在1924年出版的《国学必读》一书中，其中他便收录了胡适的四篇文章，分别是：《文学改良刍议》《谈新诗》《论短篇小说》《国语文法概论》[⑤] 以及《诸子不出于王官论》。[⑥] 胡适的这五篇文章，前四篇全是属于倡导新文学的。然而，钱基博却将之收入“国学”的“必读”之列。而

① 钱基博：《现代中国文学史》，世界书局1935年版，第427页。
② 同上书，第427—441页。
③ 同上书，第424—449页。
④ 同上书，第441页。
⑤ 钱基博编：《国学必读》上册，中华书局1924年版，第158—260页。
⑥ 钱基博编：《国学必读》下册，中华书局1924年版，第409—416页。

且，他又在该书的《作者录》中这样介绍胡适：

> 一面倡建设的文学革命之论，而以国语的文学，打倒桐城派古文之旧势力；一面又主张整理国故之议，以刷新国学之面目。其于中国学术摧陷廓清之功，信不可没！惟其衡评国学，过重知识论；而功利之见太深，此其所短！①

由以上文字可见，他当时对胡适以及其所倡导的新文学运动并未有任何恶感，甚至在很大的程度上，似乎颇为认同。

然而，在增订版《现代中国文学史》一书中，钱基博完全删去对胡适的提倡新文学之成就颇为肯定的这重要一段。值得注意的是，他将初版中引录胡适接近十四页纸文学革命主张大幅度地压缩为不够一页纸，而且只以列点的形式略作介绍而已。虽然，他在初版中论述胡适的后面对他亦不无贬抑之意，称其过为"武谲"，即"尚诈取，贵诡获"，② 抨击胡适及其同侪误导后生小子。且在结束之前，藉当时的新青年之口而讥胡适之倡重整国故之论为"落伍"，并有如下悻悻然的慨叹：

> 十年推排，已成老物；身名寂寞，胡适盖不胜今昔之感！而逐林纾之后尘，以为后生揶揄云！又岂适始计之所及者也哉！③

① 钱基博编：《国学必读》上册，中华书局 1924 年版，第 8 页。
② 钱基博：《现代中国文学史》，岳麓书社 1986 年版，第 447 页。
③ 同上书，第 449 页。

钱基博在初版本对胡适的批评与揶揄，相较增订本而言，尚算轻微；而他对白话文学运动，也不见有任何过激的大肆攻击。然而，在1936年的增订版中，胡适及其所领导的新文学运动在钱基博眼中骤然变成了伪君子与洪水猛兽。钱基博无所不用其极地对胡适作出挖苦、嘲弄，甚至于长篇累牍地引用他人（主要是章士钊）的文字，对胡适及新文学运动作出彻底的攻击。

《现代中国文学史》增订版中最惹人注目的是钱基博对胡适《尝试集》所作出的挖苦与批评。[①] 钱基博于《尝试集》中"录一二篇以见一斑"，并非随意引录，而是引录胡适的《病中得冬秀书》与《新婚》这两首"由有韵而无韵""长短随意"的作品，以便其嘲弄与揶揄，以证以白话写诗之难以成功。至于胡适的《尝试集》中有否值得肯定的作品，则只字不提。

钱基博又指出，胡适以为读古书的方法只有一途"即用清代汉学家之校勘训诂方法，以求本子之订正与古义之考定"，[②] 其用意亦在揭穿胡适所谓的"科学方法"，其实也不过是清代的朴学而已。至于胡适一方面力倡使用白话文，然另一方面却又自相矛盾地倡整理国故，[③] 自然又是其言行不一的罪证了。又借章士钊之言攻击新文学运动，其出发点其实也就是林纾的"古文不当废"的观点。钱基博从论证古文之简洁，白话之繁芜，进而引申至创作思维上的优劣。更重要的是他指出，以白

① 钱基博：《现代中国文学史》，岳麓书社1986年版，第485—486页。
② 同上书，第502页。
③ 同上书，第475、492页。

话文创作乃“文化濒于破产，中国人且失其所以为中国人而不自知”，[①] 而造成此厄运的罪魁祸首，便是胡适。

最能表达出钱基博心声的莫过于以下的一段文字，足证其发愤著书的心态：

> 语其表也，似天下之论已归于一；至语其里，则不少学者少数人发纵指示，强令天下之学者，自默焉屈于己而已。如金在冶，不跃为常；复假定天下之学者，自默屈于己外，无他道而已。为问此默而屈者，其将与之终古否乎？与之终古，中国之文化也将至何境矣乎？四五年来，自非无目，莫不见伦纪之凌夷，文事之倾落，如水就下、兽走圹，日蹙千里而未艾也。[②]

由此可见，钱基博便是不甘“默屈”，不忍见中国文化就此沉沦于新文化运动的学者。其著书乃代千千万万默屈的学者发声，以抒其对当时“伦纪之凌夷，文事之倾落”的现象的不满与担忧。至于新文学作品，在章士钊以至于钱基博眼中，不外“淫情滥绪”[③] 而已，当然不获其青睐了。

以上论述，旨在印证钱基博悲愤之心态与全方位对新文学运动的攻击。他对古文与白话的性质的分析，虽不乏洞见，但若将传统价值之崩溃与社会之纷乱，全归咎于新文学运动与白话文创作，均是倒果为因。整体而言，多为激愤之语，而且其

---

① 钱基博：《现代中国文学史》，岳麓书社 1986 年版，第 476 页。
② 同上书，第 472—473 页。
③ 同上书，第 474 页。

中夹杂过多的人身攻击。其严厉控诉，并不客观，实不符胡适与梁启超二人对当时社会所产生的积极作用。

（二）有关鲁迅、徐志摩以及其他新文学作家的评价

在钱基博的视野中，鲁迅与徐志摩并非独当一面的作家，而是“景附”胡适而“有大名者”。钱基博又认为：

> 树人颓废，不适于奋斗。志摩华靡，何当于民众。志摩沉溺小己之享乐，漠视民之惨沮，唯心而非唯物者也。至树人所着，只有过去回忆，而不知建设将来；只抒小己愤慨，而不图福利民众。若而人者，彼其心目中，何尝有民众耶！①

在此，钱基博将鲁迅与徐志摩等量齐观，评为“资产阶级文学”。钱基博之引用“资产阶级文学”“唯心”“唯物”等术语，以及“小己”与“民众”对立的思维，应是从报章上全部照录不误，而不问这些概念是否与自己的文学观有所冲突。我们再看多一段他所录的文字，大抵可知他当时所受的影响来自何方：

> 若渐由小己而转向民众以为青年所推者，曰郭沫若、郁达夫。郭沫若代表青年抵抗一派；郁达夫代表颓废一派；而其所以可贵，则要在意趣之转向劳动阶级。而于是所谓新文艺之新而又新者，盖莫如第四阶级之文艺，谥之曰普罗文学，其精神则愤怒抗进，其文章则震动咆哮，以

① 钱基博：《现代中国文学史》，岳麓书社 1986 年版，第 504 页。

唯物主义树骨干，以阶级斗争奠基石，急言极论，即此可征新文艺之极左倾。而周树人、徐志摩，则以文艺之右倾，而失热血青年之望。①

这里推崇的是郭沫若与郁达夫，乃当时创造社的主要成员与作家。郭沫若属于“抵抗一派”，自不在批评之列。就算是与鲁迅一样，同是“颓废”的作家郁达夫，在钱基博眼中则因为其“意趣之转向劳动阶级”而属“可贵”。至于其所列举的“第四阶级之文艺”（“普罗文学”）、“唯物主义”“阶级斗争”“左倾”“右倾”等口号与思维，实则全乃受自当时“关于无产阶级文学论争”以及“左联”的影响。② 所谓的“关于无产阶级文学的论争”，指的是以郭沫若、郁达夫与成仿吾（1897—1984）等人为主的创造社与以钱杏邨（阿英，1900—1977）、冯乃超（1901—1983）为主的太阳社，在鲁迅未加入彼左派阵营前对鲁迅的攻击。③ 无论是创造社，还是太阳社，他们都提倡革命文学，提出文学作品应该：“反抗一切旧势力”“反个人主义”“它的主人翁应当是群众，而不是个人；它的倾向应当是集体主义”“要以真挚之情去描写‘农工大众的激烈的悲愤，英勇的行为与胜利的欢喜’。”④ 这不就正是钱基博所

① 钱基博：《现代中国文学史》，岳麓书社 1986 年版，第 505 页。

② 黄修己：《中国现代文学发展史（修订本）》，中国图书刊行社 1994 年版，第 223 页。

③ 钱理群、温儒敏、吴福辉：《中国现代文学三十年（修订本）》，北京大学出版社 1998 年版，第 194 页。

④ 原出自蒋光慈《关于革命文学》，《太阳月刊》1928 年第 2 期。此处乃转引自黄修己《中国现代文学发展史（修订本）》，中国图书刊行社 1994 年版，第 228 页。

引用以攻击鲁迅与徐志摩两人的缺失之所在吗？

钱基博《现代中国文学史》一书初版乃由 1933 年出版，然而自 1928 年开始，鲁迅已开始注意马列主义文艺理论著作，于同年 6 月译介苏联的《文艺政策》并在他所主编的《奔流》上连载。[①] 而于 1930 年，鲁迅已与左翼人士达成共识，于该年 3 月 2 日在上海成立“中国左翼联盟”。自此，鲁迅虽非共产党党员，但他实际上已成为“左联”的一位重要人物。由此可见，钱基博对鲁迅的实际倾向并不太了解，只是不自觉地引录了报章上派系冲突的言论而妄下定论而已。

鲁迅的小说虽不无灰暗，而钱基博以至于其他攻击者均不明白其小说之所以灰暗的原因及目的所在。[②] 问题是，他似乎并非从亲自阅读而获得的感受，而只是抄袭报章上他人攻击鲁迅的文章。从这事例可带出两个可能性：一，他撰写文学史而可能没有看所评论的作家的文学作品，实有违其为文学史而立的宗旨；二，他不看或未看鲁迅以至于其他新文学作家的作品，实亦是出于对新文学的鄙薄。对此，石声淮对其《现代中国文学史》便有如下评价：

> 钱先生以当时的观点对那些作家和作品进行了评价。

① 鲁迅还译有其他有关马列主义文艺理论著作。详见黄修己《中国现代文学发展史（修订本）》，中国图书刊行社 1994 年版，第 232 页。

② 有关这方面的论述，可参见 Hsia，T. A.，“Aspect of the Power of Darkness in Lu Hsun”，*The Gate of Darkness*. Seattle：U of Washington P，1968，pp. 146-162；此外，李欧梵亦曾论及鲁迅小说“独异个人”与“庸众”之间的关系，可作钱基博对鲁迅小说无当于民众的回应，见李欧梵《铁屋中的呐喊》，尹慧珉译，三联书店（香港）1991 年版，第 74—93 页；关于鲁迅思想演变，可参见李泽厚《略论鲁迅思想的发展》，《中国思想史论》中册，安徽文艺出版社 1999 年版，第 762—794 页。

从今天看，那些评价不尽全面和准确。①

然而，无论在《现代中国文学史》或《中国文学史》中，他对古文学作家的论述均有颇多精彩而深入的个人见解。

我们之所以列举出以上的事实以及标明事件发生的日期，旨在说明钱基博在其《现代中国文学史》中对鲁迅的批评只是人云亦云，其所抄袭的并非全属事实。另外，当时左翼在上海主办的文艺刊物极多，钱基博随意抄录，肆意对鲁迅以及他人作出攻击，至于个中所隐含的意识形态的斗争，非其所知。

六　文学史方法论

（一）“比类”“比次”之法

从以上的论述可见，钱基博对中国文学史的理解与当时的社会与文坛的态势有着密不可分的关系。以下我们将探讨钱基博如何在其“比类”与“比次”的方法论底下，体现其与现实相涉的文学史观。

吴忠匡对其老师钱基博治文学史的方法有如下理解：

他著述《文学史》，自序中称于章氏书，“少耽研诵，粗有睹见，信余言之不文，幸比次有法。”“比次之法”正

① 石声淮：《校后记》，钱基博《现代中国文学史》，岳麓书社1986年版，第513页。

是章氏所讲求，而为先生所着意弘扬的治学方法。[①]

吴忠匡在钱基博 1993 年版的《中国文学史》“后记”中，再度阐述钱基博在治文学史时所运用的“比类”与“比次”的方法：

……“比类”“比次”之说，就作家所处的时代环境、政治思潮、社会思想等状况，着重考察历代文章的利病与其升降得失的历史根源，在评论历代文学理论与其作品的同时，运用排比综合的方法，揭示它的发展、演变与其流别。[②]

例如，在论及司马迁《史记》的文章时，钱基博便将之与《左传》及《庄子》相比较，指出《左传》以体会经之义理为主，结合事例而予以变化，《庄子》以情事为主，结合事理，寄以幻思奇想，至于《史记》则乃以事理为主，结合情事，而“如云龙雾豹，出没隐现，变化无方”。[③] 同样地，在《现代中国文学史》一书中，特别在“古文学”部分，我们也可发现这套方法的运用，他亦是以这套方法勾勒出整个上承司马迁而下贯清代桐城派的古文谱系。

至于“新文学”部分，虽亦略及康、梁源于桐城而败坏其义法，然而较多突出的却是清末民初的时代环境、政治思潮、社会思想等状况，或者部分受泰纳理论的影响，故此书中“比

---

① 吴忠匡：《吾师钱基博先生传略》，《中国文化》1991 年第 4 期。

② 吴忠匡：《后记》，钱基博《中国文学史》下册，中华书局 1993 年版，第 1132 页。

③ 同上。

次”或“比类”之方法运用似不及《中国文学史》多。

（二）“知人论世”

“比类”“比次”可以说是宏观的方法论，非学识渊博者不能为，而这套方法之应用实奠基于著者对作家生平与文学发展之深切认识，即“知人论世”。相较于“比次”“比类”而言，“知人论世”或可称之为微观的方法论。1986 年版的《现代中国文学史》在“出版说明”中对其“知人论世”之方法有如下说明：

> ……作者因本孟子“知人论世”的宗旨，并不局限于以文论文，就诗论诗，而是紧密地结合当时“朝政国事”，在极其宽广的背景中，寻求和探讨这一时期“文章得失升降之故”。……来反映时代和社会的内容以及这一时期中的政治、思想动态和一些历史事件的某些侧面。……本书在今天，仍不失为研究文学的历史发展和近代政治、社会方面的一部重要参考书。①

除了文学之外，很多讨论钱基博这本《现代中国文学史》的文章都不忘指出此书可作为当时的政治和社会的“参考书”。吴忠匡亦认为：

> 本书……是一部广义性质的文学史著作。……作者的爱憎情感是显而易见的。本书并不局限于以文论文，就诗论诗，而是在极其宽广的背景中，寻求和探讨这一时期

---

① 钱基博：《现代中国文学史》，岳麓书社 1986 年版，第 2 页。

> “文章得失升降之故”。有关一代文人的遗闻轶事，可作为“知人论世”之资的，也都纲〔网〕罗，粲然可观。正如先生自己所评说的：“读者以此一帙为现代文人之忏悔录可也。”这说明先生的这一著述，对当时的学术界起了一种不可或缺的深刻反思的作用。①

“知人论世”乃孟子说诗标准两个条件之一，亦即是对作家的背景要先有一番了解后，在诠释作品时，才能更准确地“以言逆志”。然而，正如钱基博在《现代中国文学史》一书的开始时所言，“考证文学家之履历”，旨在说明“文学著作”。《现代中国文学史》虽则名之为“文学史”，然而作者或深入人物内心，或征引他人的书信，以呈现人物的处境，实亦可将之视作为一本绘声绘影的历史小说。相较于其《中国文学史》中之偏重“比次”“比类”的方法，钱基博则较自觉地运用了“知人论世”的方法来撰写《现代中国文学史》，以达至文学史与现实相涉，以体现世变下的文学变迁。然而，过多的关于作家本人的琐屑记载，可能亦正是此书瑕疵之所在。

七　治文学史之意义及其目的

（一）治文学史的意义

在其《现代中国文学史》的开端，钱基博这样阐述治文学史的意义：

---

① 吴忠匡：《吾师钱基博先生传略》，《中国文化》1991 年第 4 期。

> 吾人何为而治文学〔史〕耶？曰：智莫大于知来。来何以能知？据往事以为推已矣。……而文学史者，所以见历代文学之动，而通其变，观其会通者也。[①]

在这里他指出，凭借文学史，“据往事以为推”，我们可以得见历代文学的“演变”，而把握其“动”与“变”之规律则为“会通”。从钱基博的“会通”角度推断，将来之文学复兴绝不在于以胡适为首的新文学；相反，他以“别张一军”来形容胡适所领导的新文学。而在《中国文学史》一书中，他亦以“别张一军”相近意思的“异军别张”[②]来形容明末他所谓的“尸亡国之大诟”的以钟惺与谭元春为首的竟陵派。正如他所谓的“有往必复”“返古修一”的文学史观，即变动之后仍归不变，新文学之出现只是旁枝（偏），中国文学之正统必然延绵不绝，一如中华民族及其传统文化。

（二）撰写《现代中国文学史》之目的

1. 由“现代”一词的定义说起

钱基博的《现代中国文学史》，既是以“现代”为限，然而其中所论述的人物大多是清朝遗老，而非新文学作家。其对“现代”一词的界定，与我们现在的一般文学史对于“现代”的认知，极为不同。且以以下几本较为知名的文学史为例，以观一般文学史对“现代”一词的界定与钱基博不同之所在。

由唐弢主编的《中国现代文学史》指出：“中国现代文学

---

① 铉基博：《现代中国文学史》，岳麓书社 1986 年版，第 8 页。
② 钱基博：《中国文学史》下册，中华书局 1993 年版，第 846 页。

发端于五四运动，但以鸦片战争后的近代文学为其先导。”① 黄修己在其《中国现代文学发展史》中则认为：“1917年是文学革命的开始，也是现代文学发生期的开始。”② 由钱理群等人所著的《中国现代文学三十年》一书则以1917年1月《新青年》第2卷第5号发表胡适的《文学改良刍议》为开端，而且对于“现代文学”的“现代”性质的概念，有如下阐释：

> 所谓“现代文学”，即是“用现代文学语言与文学形式，表达现代中国人的思想、感情、心理的文学”。③

以1917年为“现代文学”的开端，虽未必人人同意，但基本上已是当时以至现在的主流意见。钱基博身处“五四”新文学发轫之时代，且身为文人、学者，在撰写以“现代”为断限的文学史，自不可能不对“现代”一词的含义有所了解。然而，钱基博的《现代中国文学史》一书所涵盖的人物当中，冠于“魏晋文”之首而出生得最早的王闿运，生于1833（早于1840年的“鸦片战争”），而其逝世之时则为1916年，若依上述所引的几本现代文学史对“现代文学”的界定，则他仍未能活至赶上1917年开始的“现代文学”的头班车。

事实上，钱基博并非不知道当时对“现代”的定义，否则他不会特别对其采用“现代”一词而作出如下的定义以及

① 唐弢主编：《中国现代文学史》第1册，人民文学出版社1998年版，第1页。

② 黄修己：《中国现代文学发展史（修订本）》，中国图书刊行社1994年版，第15页。

③ 钱理群、温儒敏、吴福辉：《前言》，《中国现代文学三十年（修订版）》，北京大学出版社1998年版，第1页。

解说：

> 吾书之所为题“现代”，详于民国以来而略于推迹往古者，此物之志也。然不题“民国”而曰“现代”，何也？曰：维我民国，肇造日浅，而一时所推许文学家者，皆早崭然露头角于让清之末年；甚者遗老自居，不愿奉民国之正朔；宁可以民国概之？而别张一军，翘然特起于民国纪元之后，独章士钊之逻辑文学，胡适之白话文学耳。然则生今之世，言文学而必限于民国，斯亦廑矣。治国闻者，傥有取焉。①

据以上解释，他采用“现代”而舍“民国”，乃因为当时文坛所推许的文学家，都是在清末已崭露头角，而彼等以清朝遗老自居而不愿奉民国之正朔，故不勉强以民国国号涵盖这一批作家。但问题是，他声言采用“现代”一词乃为了方便于晚清“崭露头角”的遗老，若依其逻辑而言，则是因为民国以来，值得纳入文学史的作家并不多。他解释，因为民国建立的时间尚浅。故此，胡适等人所倡导的新文学，在钱基博这本以“现代”为称的《现代中国文学史》中，并非主流，只是“别张一军”而已。而且，在钱基博的设计下，“新文学”与“古文学”相区分，不计“绪论”与“编首”，增订版的《现代中国文学史》中“上编”的“古文学”由第39页至第328页止，而“下编”的“新文学”则由第329至第506页止。比例之悬殊，钱基博在新、旧文学之间的取舍，视新文学为“动”与

① 钱基博：《中国现代文学史》，岳麓书社1986年版，第9页。

“变”之意，可见一斑。

更令人纳闷的是，置于“新文学”之下率先是康有为、梁启超为主的“新民体”；其次则是严复与章士钊两人为中心的“逻辑文”；最后乃以胡适为主，附有不大为人熟知的黄远庸，凑上鲁迅与徐志摩，便成了“白话文”一节。说到底，实际此书中有关我们现在所认同的“现代文学”或“新文学”的便只有“白话文”的这一小节，约计 27 页，而其中不太为人熟知的黄远庸已占去数页的篇幅。

值得一提的是，无独有偶，早在钱基博《现代中国文学史》问世之前，胡适便曾应《申报》的邀请，撰写《五十年来中国之文学》一文，刊登于 1923 年 2 月《申报》五十周年纪念特刊的《最近五十年》之上；而其中他所攻击的古文学末期的人物恰恰大部分是钱基博《现代中国文学》中所予以肯定的古文学家。在《五十年来中国之文学》一文中，关于“古文学的末期”一处，胡适开出以下的代表人物：（一）严复林纾的翻译的文章；（二）谭嗣同梁启超一派的议论的文章；（三）章炳麟的述学的文章；（四）章士钊一派的政论的文章。[①] 胡适称：“这四派都是应用的古文”，而且只是“古文范围以内的革新运动”。[②] 可是，除了章太炎古雅的文章、经师的身份以及林纾怎样也无法摆脱的桐城古文大师的身份而难以将他们置于新文学之内，以上所有被胡适称为末期古文家的，全被钱基博安置于“新文学”的名目之下。由以上种种迹象推论，钱基博的

---

① 姜义华编：《胡适学术文集：新文学运动》，中华书局 1998 年版，第 95 页。

② 同上。

《现代中国文学史》很有可能是参考了胡适的论著之后，因应其攻击旧文学的方向而撰的抗衡论述。

由此可见，钱基博对“现代文学”的理解截然大异于当时以至于现在的主流观念。问题是，由上述文字可见，他并非不知道当时对“现代”一词的定义，而是别有苦心。由“然则生今之世，言文学而必限于民国，斯亦廑矣”一言推论，可见当时言现代文学者必以民国为时间断限的事实。依其言，并无失当之处，甚至可称之为有见地。至于具体的时限，则仍有可商榷之余地。可是“治国闻者，傥有取焉”一句这句话则值得我们注意。据钱基博记述：

> ……于是教育部以民国九年颁“小学课本改用国语”之令；而白话文之宣传，益得植其基于法令焉。①

由此可见，钱基博对于白话文学之盛行与权力之间的关系是了然于胸的。在1933年出版的《现代中国文学》，竟然给予晚清的古文学以绝大的篇幅，而故意缩小白话文学。入钱基博视野的并非我们现在所认知的新文学作家，而绝大部分是古典文学名家。这是罔顾事实的反新文学论述。按《现代中国文学史》出版的30年代，其时新文学运动已是成果累累。1935年由赵家璧主编，由上海良友图书印刷公司于1935年10月30日付排，1936年2月15日初版出版了十大卷的《中国新文学大系》，以展示新文学运动十年以来的实际成绩。然而钱基博在1936年的增订版的《现代中国文学史》中，不单没有改变其

① 钱基博：《现代中国文学史》，岳麓书社1986年版，第492页。

对新文学以至于对胡适、鲁迅、徐志摩等新文学作家的观感，反而大增挞伐之篇幅。其对新、旧文学的态度，判然立现。依上述引言推断，他可能对教育部所颁行的“小学课本改用国语”之令有所不满，故而在《现代中国文学史》才有扩阔“现代文学”的范围，向上追溯，而非依循以民国为开端的新文学主流。而从其以“现代（晚清）”抗衡民国以来的“现代（1917 年的新文学运动）”以及其向执政者进言之举而言，钱基博对于古文学实有“无可奈何花落去”的情绪。

2. 发愤以抒情

（1）文学与世变

钱基博做学问的一个最大的特征便是着重学问与现实相涉，他认为文学与现实有密不可分的关系，他指出：“事异世变，文学随之。”① 这种因“世变”而“文学”的关系贯穿了整本《现代中国文学史》，特别是在“新文学”部分中更为突出，相对而言，这种特色在《中国文学史》中并不明显；前者乃钱基博有切身的感受，受现实种种变动的发愤之作，而后者则可能乃教材之故而不及详细论及。当时文学革命正是如火如荼，而他却认为“尚有老成人”，“尽罗吾国三四千年变动不居之文学，以缩演诸民国之二十年间”，② “变动不居的”当然是指此书中大篇幅的“古文学”，以与“变”的“新文学”相抗衡。最令钱基博悲愤莫名的便是“新文学”中的康有为、梁启超与胡适等人的狂言惑世、败坏国运。他认为康有为的文章包

① 分别见钱基博《中国文学史》上册，中华书局 1983 年版，第 9 页；钱基博《现代中国文学史》，岳麓书社 1986 年版，第 10 页。

② 钱基博：《现代中国文学史》，岳麓书社 1986 年版，第 8 页。

罗万象、变化多端。而最重要的是批评："桐城义法至有为乃残坏无余"；其"恣纵不傥"的风格则为后来梁启超新民体之所承传。[①] 至于梁启超，钱基博认为他师法康有为而自成一家，虽承认其文"晰于事理，丰于情感"以及"文学感化力之伟大"，但亦不忘指出老一辈"诋之为文妖"，[②] 且其为文亦有"堆砌""冗长"与"沙泥俱下"[③] 之弊。一言以蔽之，在其眼中，康、梁师徒之文章，都是"变世"之文学，而这种文学亦乃惑乱家国，国运败坏之根源。

从《现代中国文学史》一书之偏重"古文学"，压抑与大肆抨击康、梁之文章以及胡适等人之"新文学"，我们不禁要问，他作此"文学史"，究竟有何目的？在其"四版增订识语"中，他便道出原委：

> 我生不辰，目睹诸公衮衮，放言高论，喜为异说而不让，令闻广誉施于身；而不自知诸公之高名厚实何莫非亿兆姓之含冤茹辛，有以成之。今吾侪小民，呻吟憔悴于新政之下，疾首恫心，求死不得；末学小生，叫嚣跳踉于新学说之中，急言竭论，迷复何日。而诸公声名日高，虑无反顾。[④]

从这段文字观之，钱基博之撰《现代中国文学史》乃是由政治而文学的。他认为，康、梁等人之倡议"维新"与

① 钱基博：《现代中国文学史》，岳麓书社 1986 年版，第 330 页。
② 同上书，第 383 页。
③ 同上书，第 385 页。
④ 同上书，第 511—512 页。

“变法”，实乃未见其利而已贻害苍生不浅。此乃基于其信守“旧法可损益，必不可叛”之宗旨，政治体制固然如此，视之文学亦然。了解其宗旨，我们便不难明白他何以力诋康、梁（尤以梁启超为甚，或许出于康有为仍是保皇派）以至批驳胡适等所倡导的推翻旧文学、以白话文取代文言文的文学革命，以及其所鼓吹的推翻一切旧制。这一切均是严复与钱基博这一派保守主义者所引以为忧的。其所作乃效前人之规劝迷途者，而背后所肩负的乃为“衮衮诸公”狂言乱世所殃及的“吾侪小民”发声，故而落实至发愤著书，代“亿兆姓之含冤茹辛”者鸣不平，以《现代中国文学史》作为“现代文人之忏悔录”，[①] 进入现代文人的内心，代他们执笔，将他们在文学上的创作及其对国家社会的影响尽剖人前。矛头之所指，首当其冲的，便是康、梁师徒以及胡适在内的“疑古非圣”一脉。

（2）“现代文人之忏悔录”

由以上的论证可见，《现代中国文学史》乃非一般的文学史。钱基博是这样自陈其撰《现代中国文学史》的目的：

> 举一世之人徒见诸公者文采炤映，倾动当时；而不知柴棘满胸，中有难言之隐，扪心不得，抱惭何穷。读者以此一帙为现代文人之忏悔录可也。[②]

何以称之为“忏悔录”呢？“忏悔”一词乃源自法国思想

① 钱基博：《现代中国文学史》，岳麓书社 1986 年版，第 508 页。
② 同上。

家卢梭（Jean-Jacques Rousseau，1712—1778）的《忏悔录》一书。卢梭的《忏悔录》，英文译名为*The Confessions*，蕴含着“在神面前坦白承认一切的宗教性意味”，[①] 而“把自己原原本本的写出来”，[②] 则是卢梭撰写其书的动机；方法便是令自己“再度进入自己的内心世界”。[③] 钱基博的《现代中国文学史》既意在描绘一幅“现代文人的忏悔录”，当然并没有卢梭的宗教的意味，可是他似乎立意进入现代文人的内心，代他们执笔，将他们在文学上的创作及其对国家社会的影响尽剖人前。然而，这一切均并非卢梭的以“忏悔”为名的“自辩”，而是仿具神力，进入犯罪者的内心，尽录其犯罪之动机与心态。这是《现代中国文学史》与《忏悔录》不同之处。

然则，何以钱基博会以此书作为“现代文人之忏悔录”呢？我们可从陈平原对《忏悔录》在民国年间的文人间掀起的热潮的论述以窥其底蕴：

> 卢梭在20世纪中国，可称得上“声名显赫，影响深远”。以《忏悔录》为例，20至40年代，便有七种中译本问世。其中，1929年商务印书馆出版的章独译本，附有大名人吴稚辉、蔡元培的序。周作人1918年出版的《欧洲文学史》，已开始讨论《忏悔录》的得失；约略同时，吴宓、林语堂则在哈佛大学听白壁德（Irving Babbit）讲授关

① 余鸿荣：《卢梭生平及其作品“忏悔录”》，［法］卢梭《忏悔录》，余鸿荣译志文出版社1997年版，第21页。

② 同上书，第14页。

③ 同上。

于卢梭的专题课。[①]

由此可见，受《忏悔录》影响而又为之宣扬的，均乃新文学运动中的领袖。陈平原又指出：

> ……法国大革命乃是《新民丛报》极为关心的话题。至于“激进主义”的《民报》之倾心于卢梭与法国大革命，更是意料之中。对于晚清主张改革的政治家——不管是温和派还是激进派——来说，法国大革命远比文艺复兴更接近于其现实关怀。[②]

而《新民丛报》的主笔梁启超既是引介卢梭与法国大革命之先驱，钱基博矛头之所指，首当其冲的，便是梁启超，至于胡适在内的“疑古非圣”一脉，当然也在“忏悔”之列了。

八　结语

从以上的论述可见，钱基博在《现代中国文学史》中所征用的乃广义的文学观念，这是一部众所公认的广义的文学史，任何的书写模式均为其所挪用。钱基博虽睽离自己的文学史理想，然其“比次”“比类”以及在《现代中国文学》中所运用

① 陈平原：《中国现代学术之建立》，北京大学出版社 1998 年版，第 434—435 页。有关卢梭思想在中国的传播及其对梁启超的影响，可参阅夏良才《卢梭》，中华书局 1994 年版，第 144—164 页。

② 陈平原：《中国现代学术之建立》，北京大学出版社 1998 年版，第 335 页。

的“知人论世”方法，则为我们提供了一幅幅栩栩如生的“现代”文人图像，而这一切又是截然迥异于目前我们所见的文学史论述。这正是钱基博所声称的作为“现代文人之忏悔录”的文学史。

在新、旧文化冲突底下，钱基博刻意为之的《现代中国文学史》，堪称逆流之作，充分流露其崇古意识与深切的现实关怀，虽对新文学运动中人之评价不无偏颇，而一切均乃发自一位传统文人对传统与家国之关怀。此文学史为我们提供了在面对翻天覆地的剧变中，传统文人的忧惧与不满，爱憎分明，语调激越，堪称发愤以抒情之作。而唯有将此书置于当时的大环境的时代氛围，方能理解其真正目的与价值之所在。

征引书目

——凡例——

一　本书目只包括正文及注释曾征引的书籍和论文

二　本书目分两部分：

1. 第一手资料：以胡适与顾颉刚的著作为主；

2. 第二手资料：中、英文专著及单篇文章。

三　中文资料排列，以著、编者等姓氏第一字笔画为序。若笔画数目相同，则再以部首先后次序排列。

一　中文专著

中国社会科学院近代史研究所中华民国史研究室编：《胡适来往书信选》，中华书局 1983 年版。

胡适：《胡适文存》，亚东图书公司 1953 年版。

胡适著，姜义华编：《胡适学术文集·中国哲学史》，中华书局 1998 年版。

胡适：《胡适文存》，亚东图书公司 1953 年版。

胡适：《白话文学史》，东方出版社 1996 年版。

胡适：《胡适选唐宋词三百首》，东方出版社 1995 年版。

胡适著，姜义华编：《胡适学术文集·新文学运动》，中华书局1993年版。

胡适：《胡适来往书信选》，中华书局1983年版。

胡适：《胡适手稿》，胡适纪念馆1970年版。

胡适著，周质平编：《胡适未刊英文遗稿（*A Collection of Hu Shih's Unpublished English Essays and Speeches*）》，联经出版事业公司2001年版。

顾颉刚等编著：《古史辨》，上海古籍出版社1982年版。

顾颉刚：《顾颉刚读书笔记》，联经出版事业公司1990年版。

顾颉刚：《当代中国史学》，龙门书店1964年版。

顾颉刚编著：《孟姜女故事研究集》，上海古籍出版社1984年版。

顾颉刚等辑：《吴歌　吴歌小史》，江苏古籍出版社1999年版。

二　第二手资料

中国古典文学研究会主编：《五四文学与文化变迁》，学生书局1990年版。

中国《诗经》学会编：《第五届〈诗经〉国际学术研讨会论文集》，学苑出版社2002年版。

尹雪曼：《中国新文学史论》，中央文学供应社1983年版。

孔庆茂：《丹桂堂前——钱锺书家族文化史》，长江文艺出版社2000年版。

王元化：《传统与反传统》，上海文艺出版社1990年版。

王汎森编：《古史辨运动的兴起》，允晨文化实业股份有限公司 1987 年版。

王汎森：《中国近代思想与学术的系谱》，河北教育出版社 2001 年版。

王汎森：《章太炎的思想》，时报出版公司 1985 年版。

王瑶：《中国新文学史稿》，上海文艺出版社 1982 年版。

王瑶：《中国现代文学史论集》，北京大学出版社 1998 年版。

王瑶：《关于中国古典文学问题》，上海古典文学出版社 1956 年版。

北京师范大学中文系现代文学教学改革小组编：《中国现代文学史参考资料》，高等教育出版社 1959 年版。

司马长风：《中国新文学史》，昭明出版社 1978 年版。

吉平平、黄晓雯：《中国文学史著作版本概览》，辽宁大学出版社 1992 年版。

［美］宇文所安（Stephen Owen）：《他山的石头记》，田晓菲译，江苏人民出版社 2003 年版。

朱维铮：《中国经学史十讲》，复旦大学出版社 2002 年版。

朱德发：《主体思维与文学史观》，山东教育出版社 1997 年版。

何炳棣：《读史阅世六十年》，商务印书馆 2004 年版。

余英时：《历史与思想》，联经出版事业公司 1976 年版。

余英时：《中国近代思想史上的胡适》，联经出版事业公司 1984 年版。

余英时等：《五四新论：既非文艺复兴，亦非启蒙运动》，联经出版事业公司 1999 年版。

李梦阳：《空同集》，上海古籍出版社 1991 年版。

李泽厚：《中国思想史论》，安徽文艺出版社 1999 年版。

李继春、刘瑞春选编：《解析吴宓》，社会科学文献出版社 2001 年版。

沈寂主编：《胡适研究》，安徽教育出版社 2000 年版。

沈卫威：《回眸学衡派》，立绪文化 2000 年版。

汪晖：《反抗的绝望》，久大文化股份有限公司 1990 年版。

汪荣祖编：《五四研究论文集》，联经出版事业公司 1979 年版。

汪荣祖：《康章合论》，联经出版事业公司 1988 年版。

周作人：《艺术与生活》，上海文艺出版社 1999 年版。

周策纵等：《胡适与近代中国》，时报文化出版企业有限公司 1991 年版。

［美］周策纵：《五四运动史》，陈永明等译，岳麓书社 2001 年版。

周质平：《胡适与中国现代思潮》，南京大学出版社 2002 年版。

姚际恒著，顾颉刚标点：《诗经通论》，中华书局 1958 年版。

［美］施耐德（Laurence A. Schneider）：《顾颉刚与中国新史学》，梅寅生译，华世出版社 1984 年版。

柳存仁等：《中国大文学史》，上海书店出版社 2001 年版。

洪长泰：《到民间去：1918—1937 年的知识分子与民间文学运动》，董晓萍译，上海文艺出版社 1993 年版。

胡颂平：《胡适之先生年谱长编》，联经出版事业公司 1984 年版。

唐弢、严家炎主编：《中国现代文学史》，人民出版社 1996 年版。

唐德刚：《胡适口述自传》，华东师范大学出版社 1993 年版。

夏志清：《中国现代小说史》，刘绍铭等译，友联出版社 1979 年版。

夏传才：《〈诗经〉研究概要》，中州书画社 1982 年版。

高大鹏：《传递白话的圣火：少年胡适与中国文艺复兴运动》，骆驼出版社 1996 年版。

康海：《对山集》，台湾商务印书馆 1972 年版。

康乐、黄进兴主编：《历史学与社会科学》，华世出版社 1981 年版。

陈平原主编：《二十世纪中国小说理论资料》第 1 卷，北京大学出版社 1997 年版。

陈平原：《中国现代学术之建立——以章太炎、胡适为中心》，北京大学出版社 1998 年版。

陈平原：《文学史的形成与建构》，广西教育出版社 1999 年版。

陈平原等编：《文学史》，北京大学出版社 1993 年版第 1 辑、1995 年版第 2 辑、1996 年版第 3 辑。

陈志明：《顾颉刚的疑古史学》，商鼎文化出版社 1993 年版。

陈思和：《笔走龙蛇》，山东友谊出版社 1997 年版。

陈国球：《文学史书写形态与文化政治》，北京大学出版社 2004 年版。

陈国球编：《中国文学史的省思》，生活·读书·新知三联书店 1993 年版。

陈国球等编：《书写文学的过去》，麦田出版社 1997 年版。

陈岸峰：《沈德潜诗学研究》，中国社会科学出版社 2019 年版。

孙玉石编：《王瑶和他的世界》，河北教育出版社 2000 年版。

孙尚扬、郭兰芳编：《国故新知论：学衡派文化论著辑要》，中国广播电视出版社 1995 年版。

郜积意：《经典的批判——西汉文学思想研究》，东方出版社 2000 年版。

崔述著，顾颉刚编订：《崔东壁遗书》，上海古籍出版社 1983 年版。

（清）张廷玉等撰：《明史》，中华书局 1974 年版。

张京华编：《古史辨学说评价讨论集》，京华出版社 2001 年版。

张京华等：《二十世纪疑古思潮》，学苑出版社 2003 年版。

张朋园：《梁启超与清季革命》，“中研院”近代研究所 1999 年版。

张汉良：《比较文学理论与实践》，东大图书股份有限公司 1986 年版。

张若英编：《中国新文学运动史料》，光明书局 1936 年版。

梁启超：《戊戌政变记》，中华书局 1954 年版。

许冠三：《新史学九十年》，香港中文大学出版社 1986 年版。

许怀中：《中国现代文学史研究史论》，厦门大学出版社 1997 年版。

连燕堂：《从古文到白话：近代文界革命与文体流体》，中央民族大学出版社2000年版。

郭绍虞编：《中国历代文论选》，上海古籍出版社1996年版。

陆侃如、冯沅君：《中国诗史》，百花文艺出版社1999年版。

彭明辉：《疑古思想与现代中国史学的发展》，商务印书馆1991年版。

游国恩等主编：《中国文学史》，人民出版社1989年版。

汤一介编：《论传统与反传统：五四70周年纪念文选》，联经出版事业公司1989年版。

冯友兰：《三松堂自序》，生活·读书·新知三联书店1984年版。

黄继持：《现代化·现代性·现代文学》，牛津大学出版社2003年版。

杨天石、刘彦成：《南社》，中华书局1980年版。

叶忆如：《顾颉刚古史神话观研究》，硕士学位论文，高雄师范大学国文研究所，1993年。

葛兆光：《中国思想史导论：思想史的写法》，复旦大学出版社2001年版。

路新生：《中国近三百年疑古思潮研究》，上海人民出版社2001年版。

裴斐主编：《中国古代文学史》，中央民族出版社1996年版。

赵家壁主编：《中国新文学大系》，香港文学研究社1972年版。

赵毅衡：《必要的孤独》，天地图书有限公司 1995 年版。

刘大杰：《中国文学发展史》，学林书店 1987 年版。

刘文典撰，冯逸、乔华点校：《淮南鸿烈集解》，中华书局 1989 年版。

刘青峰编：《胡适与现代中国文化转型》，香港中文大学出版社 1994 年版。

刘俐娜：《顾颉刚学术思想评传》，北京图书馆出版社 1999 年版。

刘起釪：《顾颉刚先生学述》，中华书局 1986 年版。

蔡景康编选：《明代文论选》，人民文学出版社 1993 年版。

郑振铎：《中国俗文学史》，商务书店 1938 年版。

郑振铎：《插图本中国文学史》，北京出版社 1999 年版。

郑笃（振铎）：《中国俗文学史》，台湾商务印书馆 1981 年版。

萧公权：《近代中国与新世界：康有为变法与大同思想研究》，汪荣祖译，江苏人民出版社 1997 年版。

钱基博：《现代中国文学史》，岳麓书社 1986 年版。

钱基博：《中国文学史》，中华书局 1993 年版。

钱基博：《中国现代学术经典：钱基博卷》，河北教育出版社 1996 年版。

钱理群、温儒敏、吴福辉：《中国现代文学三十年（修订本）》，北京大学出版社 1998 年版。

钱理群：《周作人论》，人民文学出版社 1991 年版。

钱理群：《反观与重构》，上海教育出版社 2000 年版。

［英］霍布斯鲍姆等：《传统的发明》，顾杭、庞冠群译，译林出版社 2004 年版。

戴燕：《文学史的权力》，北京大学出版社 2002 年版。

罗志田：《民族主义与近代中国》，东大图书股份有限公司 1998 年版。

罗志田：《国家与学术：清季民初关于“国学”的思想论争》，生活·读书·新知三联书店 2003 年版。

罗志田：《权势转移：近代中国的思想、社会与学术》，湖北人民出版社 1999 年版。

［法］罗兰·巴特：《神话——大众文化诠释》，许蔷蔷、许绮玲译，上海人民出版社 1999 年版。

严正：《五经哲学及其文化学的阐释》，齐鲁书社出版社 2001 年版。

顾潮：《顾颉刚评传》，百花洲文艺出版社 1995 年版。

张楠、王忍之编：《辛亥革命前十年间时论选集》，生活·读书·新知三联书店 1962 年版。

三　中文期刊

丁亚杰：《顾颉刚〈诗经〉研究方法论》，《元培学报》1997 年第 4 期。

王永健：《中国文学史的开山之作——黄摩西所著中国首部〈中国文学史〉》，《书目季刊》1995 年第 1 期。

吴忠匡：《吾师钱基博先生传略》，《中国文化》1991 年第 4 期。

季维龙：《胡适与顾颉刚的师生关系和学术情谊》，《胡适研究》2000 年第 5 期。

林庆彰：《姚际恒与顾颉刚》，《中国文哲研究集刊》1999

年第15期。

林庆彰：《民国初年的反〈诗序〉运动》，《中国古代、近代文学研究》1993年第3期。

邱丽娟：《崔述与顾颉刚疑古历程的比较研究》，《国立台南师院学报》1999年第32期。

洪峻峰：《从“反传统”到“再造文明”——“五四”现代性方案再认识》，《厦门大学学报》（哲学社会科学版）2001年第3期。

洪国梁：《“重章互足”与〈诗〉义诠释——兼论顾颉刚“重章复沓为乐师申述”说》，《清华学报》1998年第2期。

胡明：《胡适“整理国故”的现代评价》，《传统文化与现代化》1995年第2期。

唐德刚：《胡适与“中国文艺复兴运动”》，《胡适研究丛刊》1995年第1辑。

孙逊、回达强：《五四新文化运动和中国古代小说专学的建立》，《文学评论》2001年第3期。

殷光熹：《宋代疑古惑经思潮与〈诗经〉研究——兼论朱熹对〈诗经〉学的贡献》，《中国古代、近代文学研究》1997年第1期。

马钦忠：《白话文运动的文化针对性与崇古情结》，《二十一世纪》1997年总第44期。

张隆溪：《经典在阐释学上的意义》，《中国文哲研究通讯》1999年第3期。

张鼎国：《“较好地”还是“不同地”理解？——从诠释学论争看经典诠疏中的诠释定位与取向问题》，《中国文哲研究通讯》1999年第3期。

张灏：《中国近代思想史上的转型时期》，《二十一世纪》1999 年第 52 期。

莫砺锋：《论朱熹对〈诗序〉的态度》，《文献季刊》2000 年 1 月第 1 期。

陈改玲：《胡适与文学史学科——评〈白话文学史〉》《胡适研究》2000 年第 5 期。

章清：《传统作为"知识资源"的失落》，《二十一世纪》1999 年总第 56 期。

杨向奎：《古史辨派的学术思想批判》，《文史哲》1952 年第 3 期。

路新生：《崔述与顾颉刚》，《历史研究》1993 年第 4 期。

廖炳惠：《解构主义与诠释成规》，《中外文学》1982 年第 6 期。

赵制阳：《郑樵〈诗经〉论文评介》，《孔孟学报》1996 年第 9 期。

蒋星煜：《胡适论元杂剧与明清传奇》，《中国古代、近代文学研究》1993 年第 1 期。

蔡景康：《从孔子的"小道观"到梁启超的"小说为文学之最上乘"》，《中国古代、近代文学研究》1994 年第 6 期。

钟贤培：《梁启超对中国近代小说革新的贡献》，《中国古代、近代文学研究》1996 年第 10 期。

魏建、贾振勇：《"学衡派"再评价》，《文学评论》1995 年第 4 期。

罗志田：《中国文艺复兴之梦：从清季的古学复兴到民国的新潮》，《汉学研究》2002 年第 1 期。

罗志田：《新旧文明过渡之使命：胡适反传统思想的民族

主义关怀》，《传统文化与现代化》1995 年第 6 期。

罗志田：《整理国故与文学史研究——跋胡适的一封信》，《中国社会历史评论》2002 年第 4 卷。

罗岗：《历史中的〈学衡〉》，《二十一世纪》1995 年第 28 期。

四　英文专著及期刊论文

Bloom, Harold. *The Western Canon*. New York: Harcourt Brace, 1994.

Chang, Hao. *Liang Chi-chao and Intellectual Transition in China*, 1890-1907. Cambridge: Harvard UP, 1971.

Chou, Min-chih. *Hu Shih and Intellectual Choice in Modern China*. Ann Arbor: U of Michigan P, 1984.

Chow, Tse-Tsung. *The May Fourth Movement: Intellectual Revolution in Modern China*. Cambridge: Hardvard UP, 1960.

Dewey, John and Alice Chipman Dewey. *Letters from China and Japan*. Ed. Evelyn Dewey. New York: E.P. Dutton, 1920.

Derrida, Jacques. *Dissemination*. Chicago: Chicago UP, 1981.

Dolezelova-Velingerova, Milena and Oldrich Kral. *The Appropriation of Cultural Capital: China's May Fourth Project*. Cambridge & London: Harvard U Asia Centre, 2001.

Fairbank, John K. *Chinabound. A Fifty Year Memoir*. New York: Harper & Row, 1982.

Geertz, Clifford. *The Interpretation of Culture: Selected Essays*. New York: Basic Books, 1973.

Gellner, Ernest. *Nations and Nationalism*. Ithaca: Cornell University Press, 1983.

Hobsbawm, Eric, and Terence Ranger eds. *The Invention of tradition*. New York: Cambridge University Press, 1983.

Rickette, Adele Austin ed. *Chinese Approcahes to Literature from Confucius to Liang Ch'I-ch'ao*. Priececeton: Priececeton UP, 1978.

Hu, Shih. *The Chinese Renaissance: The Haskell Lectures* 1933. Chicago: University of Chicago Press, 1934.

Hsia, T.A. *The Gate of Darkness: Studies on the Leftist Literary Movement in China*. Settle: University of Washington Press, 1968.

Hung, Chang - tai. *Going to the People: Chinese Intellectuals and Folk Literature*, 1918 - 1937. Cambridge and London: The Council of East Asian Studies, 1985.

Lee, Leo Ou - fan. *Voices from the Iron House: A Study of Lu Xun*. Bloomington: Indiana University Press, 1987.

Levenson, Joseph R. *The Past and Future of Nationalism in China*. Berkeley: Center for Chinese Studies, 1968.

Lin, Yusheng. *The Crisis of Chinese Consciousness: Radical Antitraditionalism in the May Fourth Era*. Madison: University of Wisconsin Press, 1979.

Perkins, David. *Is Literary History Possible*. Baltimore: The Johns Hopkins UP, 1992.

Lee, Leo Ou-fan ed. *The Lyrical and the Epic*. Bloomington: India UP, 1980.

Schwarcz, Vera. *The Chinese Enlightenment: Intellectuals and the legacy of the May Fourth Movement of* 1919. Berkeley: University of California Press, 1986.

Wang, David Der-wei. *Fin-de Siècle Splendor: Repressed Modernities of Late Qing Fiction, 1849 - 1911*. Stanford: Stanford UP, 1997.

Zhang, Yingjin. "The Institutionalization of Modern Literary History in China, 1922 - 1980." *Modern China* 20. 3 (July 1994): 347-377.

后　　记

首先，我要谢谢郑炜明先生长期以来的关爱与支持，在大序中对我褒奖有嘉，姑权当鼓励与寄望，日后必当更加努力。我俩自 20 世纪 90 年代相识，并先后两次在不同院校成为同事，屈指一算，距今已有二十多年。岁月如梭，而我俩还是互相关心，常常聊天，从学术至时局发展，无所不谈。希望炜明兄多福多寿，未来的生活更加舒心。

秋意渐浓，葡萄叶子却仍绿意盎然。无论到了何处，我都喜欢种植花果，让自己的生活多点色彩。目前，我种了葡萄，还有茉莉、兰花，以及不知何以会冒出来的小木瓜苗。

小狗陈皮，虽然年近十四岁（相当于人的九十多岁高龄），却依然活泼可爱，令我安慰。

谢谢院长韦树关教授的支持与关爱，令我在异地常有温暖的感动。

谢谢编辑慈明亮先生及其同仁的帮忙与协助。

陈岸峰

2019 年 10 月 13 日